검은 개나리

검은 개나리 4

방휼지쟁蚌鷸之爭
-신(新) 망상가의 출현과 군국주의의 부활-

송기준

장편소설

도서출판 동인

검은 개나리   ㅡ송기준

사방천지 방방곡곡 개나리
잊혀질 산천에
흐드러지게
노랑 꽃 피어낸다.

가냘픈 가지로
모진 추위 삭풍 받아내고
따사로워진 햇살에
꽃망울 맺고 피워
그 끈기 이어 간다.

몇백 년 만의 풍설(風雪)이던가
갑작스럽고 서슬 퍼런
춘삼월 역 추위
눈보라 짙 퍼부으니
화사하게 피어나던 꽃봉오리
얼음조각 맺히고
하얀 수의 포 내려쓴다.

철없는 짓궂음에
변색되어
검은 개나리 되고
죄 떨어지니
그 누가 사연 알리오.

송금섭의 귀환

    광복군은 후일을 기약하며 모든 무기를 반납하고 해체하였다. 광복군에 가담한 장정들은 개인자격으로만 귀국할 수 있다고 하자 하는 수 없이 그 영(令)에 따를 수밖에 없었다. 미국과 소련이란 거대한 산이 떡 버티고 서서 군대를 해체하라는 명령을 내렸다. 임시정부는 도저히 자기들의 힘으로 어쩔 수 없는 상황이 되어 버렸고 점령군 즉 전승국인 미국과 소련의 지시에 따라야만 하였다. 설상가상으로 미국이 한국을 신탁통치 한다는 소문이 파다하게 떠돌고 있다. 하지만 모두 희망을 가지고 있다. 해방된 조국에 가면 무슨 일이든 할 수 있을 것 같은 자신감이 든다.

    송금섭은 집에 가면 무엇을 할까 여러 방향으로 생각하며 진로를 모색해본다. 자신이 좀 더 공부하여 후학을 양성하는 것이 쇠퇴한 조국을 부흥시키는 데 미약한 힘이나마 일조할 수 있는 지름길이라 마음먹는다.
    그래서 일단 선진문물을 폭넓게 공부하기로 한다. 자신이 중국에 와서 보니 막연하게 생각하던 세상은 너무나 앞서있고 상상을 초월하였다. 비행기, 배, 철도, 자동차 등 송금섭이 보고 경험한 것은 자신이 생각하고 본 것과는 너무나 상상밖에 있으며 세상은 벌써 천 리나 앞서갔다고 생각되었다. 그러면서 일본을 생각해본다. 우리가 왜놈이라고 깔보았던 저들이 어떻게 단숨에 세계열강에 들었으며 또 세계열강과 경합할 수 있는 힘은 어디에서 나왔을까?

1946년 10월 그는 광복군 여러 동료와 함께 배를 타고 부산항에 들어왔다. 병사들은 일단 각자 집으로 가서 추후 소식을 기다리며 사태의 추이를 지켜보는 것으로 하였다. 광복군이 새로운 정부의 군사조직 모태로 발전할 수 있을 때 모이기로 하고 뿔뿔이 헤어졌다.

송금섭도 대전까지 와서 다시 호남선 열차에 몸을 싣고 김제까지 온다. 산천은 변함이 없다. 가을 추수에 여념이 없는 농부들을 보니 마치 집에 들어온 것 같은 평온함을 느낀다. 주변을 물들이는 낙엽을 보면서 상해에서 중경으로 수천 리를 여행할 때 어떠한 자그마한 감동도 느낄 사이가 없었던 일들이 하나씩 다시 스쳐 지나고 있다.

― 가을걷이 ―

논둑 따라 구불구불
지렁이처럼 늘어진 나락가리
절 탑보다 높게 쌓은 노적봉
세 계절의 보람이로다.

한 단 한 단 훑어 내는 나락,
새로 짠 가마니로 담아내니
두 섬 지기지만 풍요롭구나.

늦은 가을 써늘한 바람
농부 땀 식혀주고
찬 기운 몰아온 기러기 떼
끼룩끼룩 행진곡 부르며
풍년 축하 비행한다.

질퍽해진 논이랑 일구어
재 뿌리고 두엄 내어
밀 보리 파종하니
명년 보릿고개
걱정 또한 없도다.

　하루에 세 번 다니는 버스가 요행히 시간이 비슷하게 맞아 그것을 타고 집으로 향한다. 오래간만에 들어가는 집이지만 선물을 사들고 들어갈 수 있는 처지가 아니다. 그는 아버지가 궁할 때 쓰라던 금반지를 아직도 꼭 끼고 있다. 중국에서 몇 번이나 팔까 말까 망설였지만 부모님이 주신 귀한 상징을 팔아버릴 수 없다고 생각하고 꾹 참았다. 그는 금반지를 들여다보며 잠시 추억에 잠긴다.

　차가 마을 정미소 앞에 있는 정류장에 섰고 송금섭이 내리니 정미소 너른 곳에 멍석을 깔고 가을 탈곡에 여념이 없던 여러 동네 사람들이 그를 알아본다. 그들은 손을 흔들며 혹은 다가와 악수를 청하고 환영해준다. 그리고 그동안의 행적을 물어보며 살아 돌아온 것을 대단하다고 수군거린다. 그는 수중에 남았던 돈을 모두 털어 점방에서 막걸리 한 되와 사탕 한 봉지를 사들고 집으로 걸어 들어간다. 집에 가까이 다가가자 길가에서 뛰놀던 마을 개구쟁이 그리고 졸개들이 우르르 뒤따라온다. 송금섭은 그들에게 가볍게 웃으며 인사한다.

"야뜰아 잘 있었냐?"

가까이 다가온 아이들의 머리를 쓰다듬어준다. 송금섭이 집에 들어가자 부모님과 가족들이 모두 뛰어나와 서로 부둥켜안고 기쁨의 눈물을 흘린다.

그동안 집에서는 상해에서 보낸 편지를 한 번 받았지만 해방이 되어 일 년여가 지났는데도 돌아오지 않고 소식이 없자 모두 죽은 줄로만 알았다. 그런 생사조차 알 수 없던 아들이 갑자기 돌아왔으니 이 얼마나 감격스러운 일인가! 송금섭은 가족들이 모두 모이자 그간의 행적을 소상히 말씀드린다.

다음날 아침 송금섭은 자신보다 앞서 일본에 징용되어 일하러 간 형들은 어떻게 되었느냐고 물어본다. 아버지는 두 형 다 아직 소식이 없고 죽었는지 살았는지 모른다고 하신다. 아들을 셋이나 일본 놈들에게 빼앗기게 되자 항상 근심으로 살던 아버지는 이 일을 잊으려 거의 매일 거나하게 약주를 들어 항상 취한 상태로 일본인들의 만행을 꾸짖고 다녔다. 그는 이 마을 저 마을로 돌아다니면서 친구들과 어울려 술을 마시고 취하여 항상 이렇게 소리치며 다녔다.

"악독한 일본 놈들 다 때려 죽여야 한다. 일본 놈들 나쁜 놈들 느그들 인제 망할 거다. 다 죽여버리겠다!"

친구들은 순사가 듣게 되면 크게 경을 칠 것이라고 손으로 그의 입을 막기도 하였다. 이런 소식은 실제로 지서로 들어갔다. 다행히 지서의 차석(次席)이 동네 절친한 친구의 동생이어서 눈감아주었다. 차석도 그의 심정과 처지를 이해하고 조용하게 긴히 말한다.

"아ー따 성님! 너무 그러지 마시오 잉! 다 성님의 맴 알고 있응게! 나나 괜찮지 만야그 그 일본 놈들이 그것을 알게 되면 좋지 않응게로 이쯤 그만 허시는 게 좋겠소 잉!"

이 일이 있은 후 송남식은 일본인을 향한 저주는 그만두었지만 술 마시는 정도는 점점 심하여졌다. 말로 풀어내는 스트레스 해소법이 술 마시는 것으로 변이되었다.

그래서 때로는 몸이 떡이 되게 마시고 인사불성이 되어서 길거리에 쓰러져 있기도 한다. 이럴 때에는 아들들이 리어카(손수레)를 끌고 가서 아버지를 실어와 엉망이 된 당신을 씻기고 옷을 다시 입히느라 무진 애를 먹기도 한다.

그렇다고 아버지의 건강이 좋은 것도 아니다. 이미 몸에 황달기가 보인다. 이런 일이 반복되는 것에 질려버린 집에 남았던 삼형제는 도원의 맹세처럼 결의하게 된다.

"앞으로 우리 형제들은 칼이 목에 들어온다 해도 죽어도 절대 술을 마시지 말자!"

송금섭은 시간이 날 때 이웃 다뭇에 살던 최상현이 혹시나 돌아왔는지 그의 집에 찾아가본다. 최상현 부모님의 말씀은 아직 그의 생사나 소식을 모른다는 것이다. 송금섭은 최상현의 그간의 행적을 소상히 그리고 양자강의 일까지 말씀드린다. 최상현의 부모님은 그가 이미 이 세상 사람이 아닐 것이라며 통곡한다. 송금섭은 자신 같은 사람도 살아 돌아왔는데 기다리시면 반드시 집에 올 것이라고 위로하고 같이 울어 퉁퉁 부은 눈으로 집을 나온다.

그리고 이번에는 이남제를 찾아갔지만 역시 같은 상황이다. 마지막으로 중국가기 전에 헤어졌던 김동욱을 보러 그의 집까지 간다. 김동욱을 만나 정말 반가웠지만 그가 크게 부상당하였고 심각한 우울증에 빠져 있다는 사실을 알게 된다. 과거는 가능한 한 잊으라고 그가 할 수 있는 모든 위로의 말을 한다.

김동욱도 같이 있는 이틀 동안 유쾌하게 말하고 막걸리를 마시면서 미래의 꿈도 이야기하였다. 송금섭은 김동욱의 집을 나서며 자신의 허황된 조선 탈출계획이 김동욱을 부상당하게 만들고 두 명의 친구도 생사를 모르게 만들었다고 생각하여 우울해진다. 눈물이 저절로 흘러나온다.

1947년 초 어느 날 죽은 줄만 알았던 둘째 아들 준섭이가 홀연히 돌아온다. 그는 오사카 외곽에서 일본의 유명한 철강업체인 히로히타 제철소에서 하루 16시간 정도의 막노동을 하면서 혹사당하고 왔다는 것이다. 한국인이 일을 하면서 약간의 게으름을 피우면 여지없이 구타 등의 제재가 따랐고 아파서 일을 못하겠다고 하면 밥 먹을 자격이 없다면서 밥도 주지 않았다는 것이다.

그는 그렇게 거의 3년 동안 강제노역을 하였지만 해방이 되었어도 바로 집으로 보내지지도 않았다. 그리고 노역비 한 푼도 받지 못하고 쫓겨나듯 귀국하였던 것이다. 그는 밥도 제대로 먹지 못하여 바싹 말라 있었다. 그의 말에 의하면 전쟁이 막바지에 접어들면서 노동시간도 처음 10시간에서 점점 증가하더니 나중에는 16시간이나 하였다 한다.

특히 한국인 노동자는 군대식으로 만든 별도의 열악한 숙소에서 겨우 일주일에 하루만 휴식을 취할 뿐이었다. 쉬는 날은 밀린 빨래와 개인 신변 정리에 시간을 쏟을 수밖에 없어 여유 있게 쉬거나 외출할 수도 없는 하루였다. 대부분 잠이 부족하여 오전까지 줄곧 잤으며 오후에야 겨우 밀린 일을 하고 다음날에는 다시 16시간의 강도 높은 작업을 해야만 하였다. 숙소에서 달아날 수도 없었다.

감시의 눈초리가 여기저기에 깔려 있으며 설령 오사카 시내로 달아났다 하더라도 금방 일경의 눈에 띄어 잡혀왔다. 일본인들도 어떻게 알아내는지 조선인이라고 바로 경찰에 신고하면 대부분 붙잡혀서 다시 강제노역 현장으로 돌아가야만 하였다. 일본 유수의 기업인 미쓰미시를 비롯한 대부분의 회사들은 이렇게 징용한 조선 사람들의 저임금에 편승하여 막대한 이익을 내어 부와 기술을 쌓았다. 이런 기업들은 조선 사람들에게 처음에는 많은 보수를 준다고 해놓고 실제로는 턱없이 낮은 임금을 주었다. 아예 임금을 주지 않고 혹은 떼어먹는 경우가 대부분이었다.

이들 회사의 경영주나 간부들은 징용자들을 강제노역시켜 만든 군수품을 국가에 납품하여 막대한 이윤을 남겼다. 이 과정에서 새로운 기술을 터득하고 보유하게 되었고 이를 기화로 세계적인 기업이 되었다.

이제 삼남 장섭이만 돌아오면 두 부부가 노심초사하였던 아들들이 모두 살아 돌아오게 된다. 온 가족은 새로운 희망을 갖기 시작한다. 송남식 부부는 그 아들이 꼭 살아 돌아올 것을 믿고 둘째 준섭이처럼 또 그렇게 갑자기 나타날 것이라 기대한다. 그래서 매일 신작로에 있는 정미소에 나가 차가 지나가면 누가 내리는가를 살펴보는 것이 아버지의 일과가 되었다.

셋째 장섭이는 머리가 좋아 국민(초등)학교 과정에서 최우등상을 받았다. 뜻한 바가 있어 중등학교에 보내달라고 부모님께 말씀드렸으나 집안 사정이 그의 밑에 줄줄이 5명이나 딸린 식구들 먹이기에도 힘들어 몇 년 만 기다리라고 하였다. 그도 집안 형편을 생각하고 그렇게 따르겠다고 하며 집안일을 거들었다. 세월은 금방 흘러 그가 18살이 되었을 때 장섭이는 아버지에게 자신은 일본에 가서 취직하여 돈을 벌어오겠다 하고 홀연히 집을 떠나간다.

그는 당시 젊은이들에게 파다하게 소문이 난 일본 회사의 구직 광고를 보고 지원하게 된 것이었다. 그는 처음 일본 규슈에 도착하여 미쓰비시 군수공장에 취직하였다. 이곳에는 일본이 자랑하는 98식 비행기를 만드는 공창(工廠: 무기나 함선을 만들거나 수리하는 공장)이 있다. 그러다가 나중에는 제로 전투기를 만드는 일에 단순노동을 제공한다.

그는 이곳에서 3년을 근무하였고 어느 정도 안정을 기하였으나 한 푼의 임금도 받지 못하였다. 그러다가 1943년 초에 그는 규슈지역의 요새화 사업에 강제로 동원되어 거의 1년 동안 참호, 땅굴파기 그리고 콘크리트 공사를 하는 등 조선 출신 수천 명과 함께 강제노역을 하게 된다. 이 일이 거의 마무리 되자 일제는 젊은 사람만을 골라내어 강제로 일본군에 편입시켜버린다. 부족한 병사를 채우기 위하여 강제로 군에 입대시킨 것이다.

송장섭을 포함한 조선 출신 수백 명의 노무자들은 규슈에 있는 한 훈련장에서 약식 훈련을 받고 1944년 말 군함에 승선하여 오키나와로 배속을 받아 간다. 이때까지의 소식은 송장섭이 간간이 집에 편지를 보내와 알게 되었다.

1944년 10월 필리핀 남동부 해역인 레이테 전투에서 참패한 일본군은 제해권 제공권을 완전히 상실하였다. 미군은 필리핀을 탈환한 후 다음 공격목표를 대만으로 할 것인지 아니면 일본 본토인 규슈로 할 것인지를 놓고 고민하다가 제3의 지역인 오키나와를 공격목표로 결정한다. 일본도 필리핀과 레이테 전투에서 완전히 패하자 미군의 다음 공격지점을 대만, 제주, 규슈 혹은 오키나와로 예상하고 병력과 화력을 집중시켰으며 요새화하기 시작한다.

그리고 미군의 공격에 대비하여 한반도를 방어하기 위하여 기존의 사단과는 별도로 새로운 사단을 창설한다. 병사를 모집하고 훈련시켜 제

16

주도 및 한반도 여러 곳에 병력을 배치하고 요새화를 시도한다. 일본은 한반도 내에 35만 명의 병력과 각종 무기를 배치 완료한다.

전쟁 말기 일본군의 한반도 방위 계획을 간단히 살펴보면 다음과 같다. 1910년 한일합방이후 일본은 한반도의 수비와 치안유지, 항일세력 토벌을 위해 육군 2개 사단의 병력을 주둔시켰다. 이 군대의 명칭이 "조선군"이다.

2개 사단은 함경북도 나남에 제19사단, 조선군 사령부와 제20사단은 서울 용산에 주둔하였다. 이때부터 용산 기지는 해방 후에도 계속 미군이 기지를 이어받아 주둔하고 한국의 국방부도 들어서게 되어 오늘에 이르렀다.

또 일제는 경상남도 진해만, 함경남도 영흥만, 함경북도 나진만 3군데에 해군요새를 설치하였다. 이 주둔군은 태평양전쟁 초까지도 특별한 변동이 없었다. 허나 태평양전쟁이 점점 격화되고 병력 수요가 많아지면서 한반도에 주둔한 조선군 제20사단은 43년 초에 뉴기니로, 44년 말에는 제19사단이 대만으로 이동하여 최전선에 배치되었다. 또 태평양전쟁 기간동안 신규로 창설된 제30사단과 제49사단 역시 필리핀과 버마(미얀마)로 이동하였고, 이 때문에 한반도에서 일본의 군사력은 일시적으로 진공 상태가 되었다.

44년 말이 되면서 전쟁의 패색이 짙어진다. 마리아나군도와 여러 해전 그리고 레이테 해전에서 연패 당하게 되자 일본 대본영은 연합군이 일본 본토를 공격하기 위하여 오키나와나 대만 그리고 규슈 혹은 제주도를 먼저 선점하기 위한 상륙공격에 들어갈 것으로 추측하였다. 그리하여 일본군은 상륙예정 지역 중의 하나인 제주도를 방어하기 위하여 요새화하고 병력을 증강하기로 하였다.

일본 대본영은 한반도와 제주도 수비를 위해 기존의 조선군 사령부를 조선군관구로 개칭하고 이와 함께 야전부대로서 제17 방면군을 창설한다. 그리고 제17 방면군과 별도로 4월 15일 제주도에는 제58군이 창설한다.

이 제58군은 전적으로 제주도 방어만을 위하여 편성되었고 독자적인 지휘권을 가지게 되었다. 한반도 주둔 제17 방면군은 총 4개 사단(제120사단, 제150사단, 제160사단, 제320사단)으로 구성되었으며 제58군은 3개 사단(제96사단, 제111사단, 제121사단)으로 구성되어 서울, 대구, 이리, 정읍 등지에서 창설되고 배치되었다. 이렇게 한반도내 병력은 1945년 4월에 15만 명으로 증강되었다.

4월 이후에도 병력이 계속 증강되어 종전직전인 8월에는 14개 사단과 여러 혼성 부대를 합하여 총병력은 35만 명에 달하였다. 이 과정에서 일본군은 인원을 채우기 위하여 조선의 많은 젊은 사람과 심지어는 미성년자와 나이든 사람도 강제로 징병을 하였다. 일본 대본영은 특히 제주도 방어에 중점을 두고 1개 군에 달하는 대병력을 배치하였다.

이렇게 작은 섬에 많은 병력을 배치한 이유는 연합군이 규슈 본토를 공격하려 제주도를 먼저 점령한 후 비행장과 해군기지를 건설할 가능성이 매우 높다고 판단했기 때문이었다.

그래서 제주도를 요새화하기 시작하였고 역시 이 과정에서 수많은 사람들이 강제로 징용이 되어 작업에 동원되었다. 지금도 제주도 섬 일부에 이런 흔적이 많이 남아있다.

한편 미 합참은 일본 본토 상륙을 위한 보조전선으로서 한반도에 대한 대규모 상륙 작전을 검토하였다.

검토 결과 ① 한반도나 제주도에는 대규모 상륙작전에 적합한 해안이 없으며 ② 일본군이 미군의 상륙에 대비해 대규모 병력을 배치한다면 미군으로서는 지구전 혹은 소모전을 강요당할 우려가 있었다.

당시 김구 주석의 임시정부는 연합군이 한반도에 상륙할 것을 대비해 45년 3월부터 미군의 지원을 받아 광복군 산하에 특작부대(OSS)를 편성하고 "독수리작전"을 계획하였다. 3개월의 훈련을 거친 후 최종 38명을 선발하여 서울, 부산, 평양, 신의주, 청진 5개 전략지점에 투입시켜 각종 정보 수집을 하기로 하였다. 그리고 향후 연합군이 한반도에 상륙 시 국내 대중봉기를 불러일으키도록 하였다. 그러나 OSS부대가 미군의 함정을 이용하여 중국 해안을 떠나 한반도로 향하여 도착할 때쯤 일본이 항복을 하여 이 독수리작전은 무산되어버렸다. 더불어 미군의 상륙작전도 취소되었다.

김구 주석은 이것을 통탄하였다. 김구가 훈련시킨 OSS 병력이 만약 상륙작전 이후에 투입되어 능동적인 전투를 하였다고 한다면 미군이 광복군을 보는 시각이 달라지고 그 이후에 벌어진 여러 가지 임시정부를 무시한 미군의 정책에 영향을 미칠 것이기 때문이었다.

결과적으로 미군은 임시정부의 광복군을 인정하지 않고 무장을 해제한 뒤에야 귀국을 허락하게 하였다.

그때 10만이나 달하는 광복군이 남한에 들어와 제 역할을 하였다면 역사는 어떻게 흘러갔을까?

설상가상으로 이러한 사유와 일본의 방해 책동으로 한국은 전승국에 끼지도 못하였고 전후 보상도 정당히 받지 못하게 되었다. 그런데 여기서 다시 짚고 넘어갈 것은 만약 연합군이 한반도에 상륙하여 한반도가 전장화되고 일본이 8월 15일에 항복하지 않았다면 한반도는 엄청난 피해가 발생할 수도 있었다는 것이다. 그리고 한반도 이북은 소련이 아닌 미국에 의하여 해방이 되었을 가능성도 있었다. 아이러니하게도 제2차 세계대전의 결과로 한반도 내에는 간접적인 인적, 물적 피해는 있었지만 직접적인 피해는 없었다. 하지만 더욱 나쁜 결과인 언제 종결될지 모를 남북분단으로 이어져 더 많은 피해가 후손으로 이어지게 되었다.

송장섭을 포함한 수천 명의 조선 출신 군인과 노동자들을 오키나와로 보낸 이유는 규슈와 같이 진지를 요새화하는 강제노역을 시키고 이곳을 수성하기 위해서이다.

그들은 이곳에 와서도 노동자와 병사의 구분 없이 하루 15시간 이상 중노동에 시달린다. 섬의 모든 지역에 땅굴을 파고 콘크리트를 부어 사격대를 만들고 포병진지를 만든다든가 땅굴 속에서 생활할 수 있는 여러 시설을 만든다.

그러나 모든 작업이 완료되기도 전에 미군의 오키나와 공격은 시작되었고 동원된 노동자들은 피신도 못하고 미군의 포격과 공습으로 처참하게 죽어간다. 송장섭도 한 치의 틈도 허용하지 않는 미군의 정밀폭격과 융단폭격에 의하여 피탄이 되어 끝내 숨을 거둔다.

오키나와가 완전히 미군에 점령되고 전투가 끝난 후 미군은 사체가 온전한 사람들의 신원을 확인하여 일본 측에 넘겨주었다. 일본군은 이들을 화장하여 한 줌의 재로 만들어 노리끼리한 광목으로 싸서 집으로 보냈다. 전사통지서도 아니고 전투지역에서 사망했다는 단순한 사망통지서와 유분(遺粉: 뼛가루)을 동봉한다.

그런데 일본군은 양심이 있는지 없는지 그동안 미쓰비시 등 여러 곳에서 중노동한 품삯은 하나도 쳐주지 않고는 군인으로서 전사하였다고 겨우 100원을 동봉하여 보내왔다. 아버지는 이 돈을 헛되이 쓸 수 없다고 하며 돈을 보태어 송아지를 한 마리 사서 키워 몇 년이 지나면 농사를 거들도록 하였다. 어머니는 유분이 들어 있는 상자를 가슴에 안고 통곡하였다. 집안사람들은 한동안 슬픔 속에 잠겨 살게 된다.

어디에 드러내놓고 항의도 할 수 없는 억울하고 한스럽고 통분할 상황이다. 송장섭의 유분을 받고 사망통지서라도 받은 것은 그래도 행운이다. 수많은 젊은이가 생사도 모르고 소식이 끊어진 경우가 허다하였다.

이때 아들의 사망소식을 듣고 크게 낙망하고 실망한 아버지가 병이 도져 쓰러지고 말았다. 결국 부친 송남식은 끝내 일어나지 못하고 1948년 저세상 사람이 된다. 송금섭이 집에 돌아온 지 1년 10개월 후, 해방이 되고 3년이 지난 시기에 일어난 일이다. 송금섭은 아버지 상을 치르고 나서 열심히 공부하여 초겨울에 있던 시험에 합격한다.

몇 개월 후 그가 대학교에 입학하고 나자 이번에는 어머니가 시름시름 앓았고 어느 날 갑자기 피를 토하며 돌아가신다. 혼정신성으로 모셔도 시원치 않은데 병명도 몰랐으니 이런 불효막심한 일이 있는가 하고 가족들은 통탄하고 자책하였지만 이미 엎질러진 물이다.

가족들은 만경강 하류 천년 고찰 망해사가 인접한 낮은 야산에 두 분을 나란히 모신다. 일 년이 채 되지 않아 양친을 여의게 되니 기가 막힌다. 막심한 불효에 통탄한다. 이미 가신 분 후회해봐야 필요 없는 것, 삶에 대한 회의도 들기 시작한다.

그는 한순간 모든 것이 싫어져 출가를 생각해보기도 한다. 그리고 공부할 마음도 생기지 않아 일단 휴학계를 제출한다. 자신의 마음을 추스르고 정제한 다음 행동을 하기로 결정한다.

이때 광복군 중앙회에서 한통의 편지가 송금섭에게 날아온다. 작금 시국이 어지러워 애국동지의 적극적인 참여가 절실하다, 귀하가 원하면 항상 군에 복무할 수 있으니 숙고하여 입대하시기 바란다는 입대 권유 편지이다. 송금섭은 며칠을 고민한 끝에 군에 들어가 훈련을 받고 전투를 하면 집안 식구들에게 짐이 되지 않고 모든 세상사를 다 잊을 수 있을 것 같아 군 입대를 결정한다.

그리고 형님을 비롯한 모든 가족들에게 자신의 생각을 이야기하고 의논한다.

"성님! 저기 거시기 광복군에서 입대 권유가 왔는디 시방 우리 집 형편상 군에 들어가 몇 년 학비를 벌어 모아서 나머지 학업을 계속하려는디 어떻게들 생각혀요?"

"네 생각이 그러하면 집안을 위하여 가는 것도 좋은 생각이다."

가족들이 동의하자 송금섭은 5월에 있는 육군 장교 선발 시험에 응시하여 합격하였으며 7월 훈련소에 들어가 훈련을 받았다. 광복군에 근무한 전력이 있어 1949년 9월에 소위로 임관이 되어 강원도 춘천에 주둔 중인 7연대의 소대장으로 전선에 배치된다.

그러다가 1950년 8사단 19연대가 지리산 공비를 토벌하고 8사단 본부가 있는 원주에 주둔하자 19연대에서 예비연대 소대장으로 근무지를 옮기게 된다.

천년고찰 망해사 (새만금에 있음.)

22

네 여인의 귀향

-김애자의 귀향-

1945년 8월 15일 일본이 항복하였다는 소식이 전 조선과 중국 내에 파도처럼 전파된다. 그런데 이 소식을 제일 늦게 알게 된 사람들은 아마도 일본 경찰이나 군에 끌려가 감옥에 있거나 혹은 별도로 수용되어 속박을 받고 있는 사람들일 것이다. 그중에서도 바로 위안부들이 가장 나중에서야 일본군이 항복하였다는 소식을 접하였고 이틀이나 지난 뒤였다. 그 소식을 들은 모든 위안부 들은 만세 천세(千歲)를 목이 터져라 부른다.

김애자의 눈에서는 앞이 보이지 않을 정도로 눈물이 계속 떨어진다. 통한의 눈물이 기쁨의 눈물로 되고 기쁨이 다시 걱정으로 바뀌면서 눈물바다를 이룬다. 이것은 비단 김애자만 그러한 것이 아니라 모든 위안부들이 서로 껴안고 울고 웃고 좋아한다. 그동안의 인내와 고통, 치욕, 분노, 원망 등 밀려 쌓였던 감정이 일시에 터져 봇물을 이룬다. 모두들 그렇게 눈물을 흘리면서 좋아하거나 심지어 통곡하는 여자도 있는데 갑자기 한 여자가 소리치며 앞장선다.

"가자! 그놈들을 죽이자!"

그녀가 팔을 치켜들며 앞으로 나가자 군중심리에 의하여 다른 여자들이 그녀를 따라 우르르 몰려간다. 앞장 선 여자는 위안부 관리실로 간다. 그런데 관리실은 아무도 없고 텅텅 비어 있다. 일본군과 모든 일본인 종사자들은 어느 사이 비밀리에 썰물처럼 빠져서 달아나버렸다. 내 손으로 쳐 죽이고 싶었지만 이미 없어져버렸으니 어쩔 수 없다.

허탈한 마음으로 삼삼오오 헤어져 앞으로 어떻게 해야 할 것인가를 의논한다. 어떤 여자는 흥분하면서 원수를 꼭 갚고 이놈들을 때려죽이자고 한다.

여자들은 그 말에 공감은 하였지만 실현가능하지 않은 생각은 그만두고 어떻게 하면 빨리 집에 돌아갈까 그 생각과 방법만 생각하기로 한다. 조선 출신 여자들은 점차 이성을 찾고 모두가 집에 갈 생각에 희망의 미소를 띠기 시작한다. 모든 위안부들은 우선 이곳을 떠나 도시로 가서 기차를 타기로 하였다. 그렇지만 기차를 타려면 낙양까지 나가야 하는데 걸어가려면 하루가 걸리는 먼 거리여서 교통수단이 필요하였다.

낙양으로 시장 보러 갔을 때 트럭으로 한 시간 반 내지 두 시간 걸렸던 길이 실은 백 리가 넘었으므로 걸어서 가려면 하루가 걸리는 먼 길이었다. 그런데 마침 사단에는 강제로 끌려온 우마차 상당수가 남아 있었다. 그리고 우마차를 끌었던 중국인 징용 노동자들 여러 명이 그대로 남아있어 모든 사람들은 우마차에 빽빽이 올라타고 낙양으로 향하였다.

소와 말 걸음이라 거의 하루가 걸려 낙양에 도착하였을 때는 아침에 출발한 해가 꼬박 지평선을 넘어가기 시작한다. 낙양에 도착한 모든 위안부들은 뿔뿔이 자기 갈 길을 간다. 어떤 여성은 집에 빨리 가야 한다고 서둘렀고, 어떤 여성들은 이 몸으로 어떻게 고향에 가겠느냐고 걱정하면서 머뭇거리며 헤어진다. 어떤 위안부들은 집에 가봐야 이미 부모가 죽고 없어 집에 가는 것보다는 이곳에 그냥 머물겠다는 여성도 있다. 그리고 상당수의 여성들은 어찌해야 할 바를 모르고 거지생활을 하거나 아니면 여자로서 감내하기 힘든 노동을 하며 중국 이곳저곳에 남는다. 죽지 못해 실낱같은 삶으로 일생을 이어가는 경우가 허다하였다.

김애자는 그동안 모았던 돈이 요긴하게 쓰일 것으로 생각되었다. 낙양에 도착하여 기차역 근처에 가서 친구 몇 명과 함께 우선 하루 숙박하기로 한다. 그러면서 집에 갈 수 있는 기차에 대한 정보와 시간을 파악하기로 한다. 막상 기차역에 가서 알아보니 기차 타는 것은 생각보다 엄청 복잡하다. 복잡한 정도를 벗어나 기차역은 사람들로 넘쳐났으며 귀향하려는 사람으로 북새통을 이루고 있다. 그동안 기차역이나 기차에서 종사한 철도 노동자들의 절반이 강제로 끌려와 일하였으므로 그들이 일을 그만두고 집에 돌아가 버려서 기차를 움직일 사람도 줄었다.

그리고 이것을 통제할 역무원도 절반으로 줄어들어 실제 운영되는 기차는 반으로 감소되었다. 또한 평소의 열 배나 되는 사람이 몰려나오자 기차는 입추의 여지없이 복잡하다. 사람들이 기차 문에 매달리는 것은 보통이고 심지어 기차 지붕 위에 앉아서 가기도 한다.

조선에서 온 사람들은 귀향을 하려면 두 가지 방법이 있었다. 하나는 기차를 타고 만주를 거쳐 들어가는 방법이고 다른 하나는 상해에서 배를 타고 귀향하는 방법이다. 허나 해방이 되어 수만 명이 일시에 몰려드니 기차와 배의 운항 횟수가 귀향인들을 운송하기에는 터무니없이 부족하고 복잡하며 아예 어림도 하지 못할 정도다. 여기에 고향을 떠난 중국인이 얼마나 되는지를 산정하기도 어렵다. 수천만 명의 인구이동을 가져온 일본군부의 삼광정책, 무주지대, 집가공작, 징집, 강제징용, 징발정책은 상상할 수 없는 수의 사람들을 집에서 떠나 헤매게 만들었다.

이러한 중국인들 사이에 끼어 조선인들이 기차를 타고 이동한다는 것은 엄두도 내지 못할 상황이다. 그러나 그들에게는 희망이 있고 설렘이 있다. 집에 간다. 귀국, 귀향. 얼마나 듣고 싶고 실행하고 싶었던 말이던가! 자기 살아생전에는 영영 집에 돌아갈 수 없을 것 같이 일본군은 맹위를 떨쳤지만 한순간 하루아침에 현실로 닥치니 실감이 나지 않는다.

만주로 가려면 일단 정주까지 가서 거기서 다시 기차를 갈아타고 천진으로 간 다음 또다시 만주에서 봉천으로 가는 기차를 타고 신의주로 가야 하는 수천 리 길 여정이다. 그런데 연약한 여자들인지라 벌써 낙양에서부터 남자들에게 밀려 보름을 기다려 겨우 기차를 타게 된다.

이때까지도 객실은 한 치의 공간도 허락하지 않고 화장실, 승강구 심지어 짐을 올려놓는 시렁에까지 올라가 누워 있는 진풍경이 벌어지곤 한다. 기차를 타고 객실 통로에 찌부러져 서 있으면서 다른 승객과 몸을 비비고 영역다툼을 하며 서 있기란 여자로서 너무나 힘든 일이다.

이러한 소란 끝에 거의 16시간이 지난 뒤에야 겨우 정주에 도착한다. 지난번에 도망쳐서 며칠간 여관에 머물렀던 것을 상기하고 다시 그 여관을 찾아간다. 이 여관에 들어서니 지난 1년여 고생하였던 장면이 파노라마처럼 스쳐지나간다. 자신이 생각해봐도 참으로 기막힌 삶이다. 어떻게 이런 연극이나 소설 같은 인생이 펼쳐질 수 있을까?

스스로 물어보지만 돌아오는 것은 분노, 허탈 그런 것이고 끝내는 이것이 가슴앓이가 된다. 그녀는 간신히 기차를 타고 중국에 오던 역방향으로 평양에 돌아오는 데 거의 석 달 반 만에 도착한다. 되돌아오는 만주벌판은 올 때와는 달리 눈이 야산과 들 그리고 강이나 개천을 특별히 구분하지 않고 수북이 쌓여 있다. 얼음이 얼고 찬 눈이 내린다는 동빙한 설의 살을 에는 삭풍이 불면서 쌓였던 눈을 허공으로 흩날리고 있다. 가지고 있는 옷을 다 껴입었지만 그래도 추위를 느낀다.

신의주를 지나 평양으로 오는 풍광도 정도의 차이는 있으나 눈이 곳곳에 쌓여 있고 나무는 옷을 벗어 휑하니 을씨년스런 풍경을 자아내고 있다. 그렇지만 꽁꽁 얼어붙고 눈이 쌓여 있는 대동강가에서 얼음지치기와 연날리기를 하는 아이들을 보니 이내 얼었던 마음이 녹아내리기 시작하였다.

－ 겨울놀이 －

삭풍이 몰려오고
백설 눈보라가 난무한다.
지붕 장독대에 내린 눈
바람에 날려 문풍지 두드리고
방 문살과 마루에 쌓인다.

문고리에 쩍 달라붙는 손
큰 추위 다가 왔네.
두툼하게 얼어붙은 개울
온종일 개구쟁이 매어둔다.

썰매, 팽이치기, 쥐불놀이가
번갈아 이뤄지고
언덕 위 연 날리는 아이
곡예비행 보인다.

매운 쥐불 연기에 놀라
튀어나온 쥐
요리저리 뛰지만
재빠른 바둑이의
한입에 걸려든다.

짧은 하루 시간을 잊은 아이들
"저녁 먹어라" 부르는 소리에
아쉬움을 뒤로하고.
하나둘 사라진다.

    평양에서 살던 집에 힘겹게 도착하여 대문을 밀어보니 대문은 꼭 잠겨 있다. 김애자는 부모님을 소리쳐 부르며 대문을 크게 두드린다.
    "오마니! 아바이, 아바이 오마니!"
    "꿍. 꽝. 꽝."
    일정시간 아무 소리 없다가 웬 나이든 아주머니가 나오더니 대문을 빼꼼히 열고는 문틈사이로 얼굴을 일부 내민다.
    "누구이지비!"
    김애자는 순간 이상함을 느끼고 되묻는다.
    "혹시 이 집에 살던 김정덕이라는 사람 아시나요?"
    "아하! 그 양반 작년 8월에 다른 데로 이사 갔음둥. 기래서 내래 이집을 사서 이사 왔지비. 고저 북쪽 서포역 근처로 이사갔다는 말을 들었어야, 내래 잘은 모르겠수다."
    "예에? 서포 오데라고 혹시 들은 것이 있음메?"
    "고저! 난 고것밖에 모르지비. 우리 집 양반이 알 텐데 이따 저녁 늦게 들어오면 고저 내가 알아 놓을 테니끼니 내일 다시 오갔음메?!"

"예 고맙슴둥. 내일 아침에 다시 오겠음메."

그녀는 집을 나서면서 왜 이사를 갔을까 생각해본다. 분명히 어떤 변고가 있는 것 같아 근심과 걱정이 앞선다. 다음날 다시 옛집에 간 김애자는 아주머니에게서 그 동네 이름을 정확히 알아낸다.

서포역에서 멀지 않은 곳에 서쪽으로 나지막한 산이 있다. 그 산에 있는 동네로 이사를 갔고 서포역에서 내려서 앞을 보면 바로 그 동네가 보인다는 것이다. 서포역에서 내려 서쪽을 보니 과연 낮은 산이 있었고 거기에 올망졸망 집이 수백 채 너부러져 있다.

막상 동네 입구에 들어서니 동네가 상당히 크고 집도 많아서 부모님 집을 빨리 찾기 위하여 먼저 구장(이장) 집을 찾아간다. 마침 구장이 집에 있어 아버지의 성함을 말하니 금방 알아차리고 집을 알려준다. 이리저리 골목길을 돌아 언덕 위의 계단을 여러 개 올라 경사진 곳에 다다르니 허술한 집 한 채가 눈에 들어온다. 대문은 찌그러져 있고 판잣집 형태에 어렵게 살고 있다는 것이 금방 눈에 들어온다. 김애자는 대문을 힘차게 밀고 들어가 큰소리로 부른다.

"오마니! 아바이!"

조용하여 다시 한 번 크게 부른다. 그제서야 방문이 벌컥 열리면서 어머니와 아버지가 나오신다.

"누구이지비?"

"나지 누구여 애자!"

그녀는 부모님을 향하여 달려간다.

"에구 이게 웬일이여 이게!"

어머니가 애자의 얼굴을 자세히 들여다보며 말한다.

"아이구! 이놈아! 고저 그동안 오데를 댕겼다가 이제사 돌아온 고여.
이놈아!"

어머니는 애자를 품에 안고서 목 놓아 운다. 세 사람은 한동안 부둥
켜안고 통곡을 한다. 사실 부모님은 그녀가 그동안 어디로 갔는지 어떻
게 살았는지 왜 무엇 때문에 어디론가 사라졌는지 아무 것도 알 수가 없
었다. 어느 날 집에 안 들어오더니 흔적 없이 행방불명 되어버렸다.

아버지는 딸을 찾으려 다니던 은행도 그만두고 백방으로 수소문하였
지만 학교 근처에서 사라진 것 외에는 아무것도 알아내지 못하였다. 직
업이 없는 관계로 줄줄이 딸린 식구들의 호구지책도 문제가 되어 집을
팔아 줄여서 이곳으로 이사를 왔으며 남은 돈으로 생활비를 하고 애자
밑의 아이들 교육도 중단시켰다.

그러다가 어느 날 아버지가 애자를 찾으러 나갔다가 애가 타고 화가
치밀어 막걸리를 잔뜩 마시고 취하여 집에 돌아오다 높은 계단에서 실
족하여 다리를 절룩거리게 되었다. 돈이 없어 병원에 가지 못하고 치료
도 제대로 받지 못하여 아직도 부자유스러운 상태라 다른 직장을 잡을
엄두도 못 내고 있는 중이다.

대신 애자 동생들이 막노동을 하여 그 돈으로 겨우 다섯 식구가 밥
만 먹을 정도가 된다. 김애자는 아무 말도 못하고 있다가 며칠 후에야
그간에 벌어졌던 자신이 겪은 이야기를 부모님께 속 시원히 말한다. 그
래야 자신에 대한 부모님의 오해가 풀릴 것만 같았다.

또 다시 눈물이 온 집안을 적신다. 파란만장한 일 년 몇 개월의 이야
기를 들으니 탄식과 증오와 근심이 교차한다. 이야기가 끝이 나자 부모
님은 치를 떤다.

김애자는 자신으로 인하여 집이 엉망으로 되어버렸고 동생들의 처지

도 나락으로 떨어졌다고 생각하여 어떻게 하면 기울어진 가세를 다시 회복할까 생각하다 우선 돈을 버는 것이 급선무라고 생각해 장사를 시작한다.

돈을 벌어 집을 다시 사고 동생들의 학업을 이어가게 하고 싶었다. 그러면서 김애자는 평생 일본 놈들을 증오하면서 전신에 새겨진 문신을 몸에 지닌 채 홀로 살아갈 것을 다짐한다. 한때는 자살 충동도 여러 번 느끼고 시도도 해보았지만 자신에게는 하여야 할 숙제가 있었다.

바로 가족이었다. 자신으로 인하여 집안이 쑥대밭이 된 것을 그녀는 원상태로 되돌리고 싶었다. 아니 그래야만 한다고 생각하였다. 또한 삶을 그렇게 쉽게 포기한다는 것은 어리석은 일이고, 포기해버린다는 자체가 무의미하였다. 삶의 의미를 다른 방향으로 설정하여보니 또 다른 인생의 길이 나타난다. 그러나 공산당은 김애자의 이러한 노력을 평가절하하였으며 그녀가 자유스럽게 사는 데 퍽이나 제동을 걸었다.

구사일생 유설자

유설자는 동굴에서 그 사내와 동거를 하였다. 사내의 이름은 장국주였다. 유설자는 장국주의 보살핌에 건강을 완전히 회복하였다. 단둘이 살게 되었지만 나름대로 재미있고 어떠한 간섭도 받지 않는 자유로운 삶을 살고 있는 것에 대하여 크게 만족하고 있다.

그러다가 그녀는 임신하게 된다. 나날이 불러오는 배를 보고는 남편 장국주와 함께 기뻐한다. 정식으로 결혼식은 하지 않았지만 그게 뭐 대수랴. 결혼이란 하나의 제도이자 개인의 자유를 속박하는 틀에 불과하다는 생각이 들었다. 그러다가 일본군이 항복하였다는 소식을 장국주가 전하여 왔고 두 사람은 반가움에 발을 동동 구르며 기뻐한다.

그들은 즉시 짐을 싸서 장국주가 살던 집으로 갔다. 아주 큰 저택은 아니었지만 상당히 규모가 있는 집이다. 일부 부서진 곳이 있었지만 고치면 다행히 옛 형태를 회복할 수 있는 정도여서 장국주는 손수 목수가 되어 수리를 하였다. 집은 큰 벌판이 시작되는 야산에 연하여 마을 중간에 있었다. 이 지방은 기온이 온화하고 먹을 것이 많아 예로부터 사람들이 집단으로 거주하고, 중국의 고대 문명 발상지가 인접하여 있는 곳이

어서 지식인 또한 많이 나왔다. 그리고 농토가 방대하여 부잣집이 많았다. 일본군은 이런 지역에는 공산당과 손을 잡고 항일투쟁을 하는 불순분자들이 반드시 있다고 생각하고 농촌을 무주지대를 만들어 초토화시켰다. 무주지대가 아닌 곳에서는 수확한 농산물을 터무니없이 징발하고 떠도는 사람들을 시내로 모아 통제하였다.

장국주는 일본군이 무주지대를 만들 때 일본군의 경고를 무시하고 계속 살다가 부모, 부인과 어린 자식들을 일시에 잃어버리고 간신히 자신만 달아났다. 장국주의 가족을 포함한 마을 사람들 대부분이 깡그리 죽임을 당함으로써 이곳은 유령마을처럼 되었다.

일본군은 시간이 없었던지 다행히 불은 지르지 않아 집들은 쓸쓸히 옛 주인들을 기다리고 있었다. 그런데 가족의 사체는 불태워져 유골도 없이 재만 남았다는 소문이 있다. 생존한 몇 사람들에게 물어 일본군의 만행현장을 가보았다. 일부 검게 불에 탄 자국만 희미하게 남아 있을 뿐 유골이나 다른 흔적을 더 이상 찾을 수가 없다.

장국주는 일찍이 집을 비우고 떠나 살아남은 사람들과 함께 위령제를 지내고 영혼을 달랜다. 몇 달이 지나고 유설자는 아들을 순산한다. 장국주는 조상신에게 감사 제사를 드리고 이루 형용할 수 없는 감동에 젖는다.

그녀로 하여금 대(代)가 이어진 것을 영광스럽게 생각한다. 그는 조상들에 대한 자신의 의무를 다한 것으로 여긴다. 그동안 온갖 만행에 시달렸던 유설자는 몸이 여자로 정상 기능을 하고 있는 것에 대하여 적이 안심하였고 신기하기도 하였다. 그녀는 하늘이 내려준 귀한 아들이라 생각하여 양육에 온 힘을 다 바친다. 장국주는 이러한 유설자가 한없이 마음에 들었고 고맙기까지 하였다.

유설자는 중국에서 아기를 키우며 살고 있다가는 나를 이렇게 만든 장본인을 잊어버릴지도 모른다는 생각을 하며 가끔씩 자신의 몇 년 전 과거를 되씹으며 복수심을 잊지 않으려 노력한다.

그러나 자라나는 아들을 보면 어느 사이 환희의 한가운데 있었고 불행하였던 일은 눈 녹듯이 사라져버린다.

어느 날 유설자는 속마음을 장국주에게 털어놓는다. 중국의 사지에 빠져든 이유와 그렇게 만든 장본인이 조선에 있다고 말하며 자신이 죽기 전에 반드시 원수를 갚아야 한다고 한다. 그러나 장국주는 그렇게 생각하지 않는다.

"지금 모든 것이 행복하지 않습니까! 그동안 고생도 많이 하였겠지만 지금 나하고 아기를 낳고 잘살고 있는 것은 한편으로는 다 그놈 때문이기도 하지. 그렇지 않소? 우리 모든 것을 잊어버리고 여기서 행복하게 삽시다. 그리고 지금 이렇게 나하고 살고 있는 것이 다 신의 계시가 있었기 때문이지 않을까 생각합니다. 그렇지 않나요?"

"지금 이순간은 행복하지만 그래도 그놈을 죽어도 잊을 수가 없습니다. 자꾸만 그놈이 악몽으로 나타납니다. 사실 나는 이곳에 끌려올 때 부모님 얼굴도 보지 못하고 동생이 보는 앞에서 강제로 끌려왔습니다.

그래서 나는 형편이 되면 집에 가서 부모님을 찾아뵙고 내가 아직도 살아있다는 것을 알려드려야 합니다. 그리고 내가 두 다리를 쭉 뻗고 당신과 살려면 그자를 그냥 두어서는 아니 됩니다. 내 눈으로 그자가 이 세상에서 사라지든지 그 죄과를 받는 것을 보아야지 이 하늘에서 눈뜨고 살 수가 있을 것입니다."

그녀의 큰 눈에서 눈물이 주르르 흐른다. 장국주도 더 이상 할 말이 없고 그녀가 측은하여져 동의한다.

"그럼 좋은 날을 잡아 조선으로 들어가서 부모님을 뵙고 인사를 하고 옵시다."

"일단 집에 가서 부모님을 찾아뵙고 남편과 아들을 보여드리고, 그 다음에 그 원수 하판락을 수소문하고 사람을 고용하여 그를 이 세상에서 영원히 살아갈 수 없게 만들 것입니다."

유설자의 눈에는 순간 살기가 번뜩인다.

"그런 일을 하려면 경비가 필요한데 내가 가진 돈이 조금 있지만 크게 부족합니다. 물론 집에 가서 아버님께 말씀드리면 어느 정도는 변통을 해주시겠지만 당신이 많이 도와주면 내가 집에 가서 할 말이 생기고 자신을 갖게 될 것이니 미안하지만 나를 좀 도와주세요."

장국주는 고개를 끄덕 끄덕 거리며 그녀의 말에 동조하고 적극 돕겠다고 한다. 그로서도 모든 것을 잃었다 다시 생긴 것이고 특히 유설자와의 만남은 자신이 생각해도 신이 점지해주거나 맺어준 것이라고 생각하였기에 별 이견이 있을 수 없다. 따라서 그는 유설자의 맺힌 한을 풀어주기로 하고 떠나기 전 농토를 일부 처분하여 현금을 마련하고 금과 은을 사서 노잣돈과 거사비용의 일부를 확보한다.

1947년 11월 세 사람은 만주와 심양을 통하여 해주에 도착한다. 추운 12월 하순 그녀가 납치되어 3년이 지난 후에 드디어 집에 돌아왔다. 이때는 중국이 국공내전 중이라 천신만고 끝에 기차를 얻어 타고 힘겹게 압록강 국경에 도달하였다. 안동까지 오는 데 철도관원과 지역 점령군을 매수하기 위하여 많은 돈을 썼다. 이때 농토를 팔아 마련하였던 돈이 큰 역할을 한다. 그렇게 하지 않으면 국공내전을 치르고 있는 이 상황에서 통행증과 기차여행증을 얻을 수 없기 때문이다.

그들은 안동에서 신의주로 그리고 해주역에서 내려 택시를 타고 집으로 향한다. 유설자의 감회는 퍽이나 새로웠다. 우리 집 나의 집이 그렇게 좋은 줄을 학교 다닐 때는 미처 몰랐는데 막상 집을 떠나 낯선 곳으로 향하니 부모님 생각, 집 생각에 미칠 지경이 될 때가 있었다.

특히 힘들고 어려울 때 생각났고 그것을 생각하며 고통을 참아내기도 하였다. 그리고 이제 자신도 아들을 낳아 길러보니 부모님의 은혜는 어디에도 비길 곳이 없다는 것을 직접 경험도 하고 느끼었다. 드디어 집에 도착하자 대문을 밀고 들어가면서 크게 외친다.

"어머니, 아버지 설자 왔어! 어머니 내가 왔어!"

겨울이라 방문이 굳게 닫혀 있지만 꿈에 그린 딸의 목소리가 갑자기 들리니 부모와 할머니는 얼른 방문을 크게 열어젖히며 방에서 나오면서 소리친다.

"누구? 누구라고? 누구라고 했어 설자라고?"

모두 마루로 우르르 몰려나온다. 건넌방에 있던 그녀의 동생들도 문을 박차고 나온다.

"어머니 아버지! 나여 나 설자 설자가 왔어!"

그녀는 토방으로 올라선다. 어머니는 버선발로 마루에서 토방으로 내려와 딸의 얼굴을 확인하더니 유설자를 품에 끌어안는다. 눈물을 펑펑 쏟으며 타령을 하듯 조선 여인 특유의 넋두리를 한다.

"아이구－우 이놈아 어디로 갔다 이제 왔냐! 아아아...아 어 흐흐흐 흐흐흑...흑"

"아이구 이놈아 나는 네가 이 세상을 먼저 간 줄 알았다. 이놈아... 흐흐흐흐흐흑 그동안 어디에서－어 무엇을 으으－－을 허였느...으냐 아 아아앙. 이 에미 속을 칼로 베어 헤집어 놓고 죽은 줄을 알았건만 이것이 이게 내 속만 뒤집어 놓고 살아 돌아왔네에그려어...어어엉."

36

한참 그렇게 별의별 감정을 사설하듯 판소리를 하듯 울고 난 후 어머니는 딸의 주변에 낯선 사람이 있다는 것을 그제서야 알아챈다. 길게 노래하듯 장국주를 쳐다보며 물어본다.

"아이구! 설자야 이게 누구여어어어라?"

유설자도 같이 실컷 울다가 어머니의 질문에 정신을 차리고 장국주의 손을 잡아주며 말한다.

"어머니, 이 사람은 제 서방이에요. 중국에서 신이 맺어주어 천생배필이 된 장국주라고 하는 중국 사람이고요. 이 애는 어머니 외손자. 이제 두 살 되었고 이름은 장정인이라고 지었어요."

"아이구! 그러허냐! 아이구! 이사람 자네 잘 왔네. 잘 왔어! 자네는 우리 집 사오가 잘 되었네그려~, 우리 설자가 정말 쓸 만한 기집애인데, 그리고 아들까지 두다니 어디 애기 한번 안아보세그려!"

어머니는 장국주의 손을 꼭 잡고 등을 두드려준다. 그때까지 할머니, 엄마 그리고 주변 사람들이 우니까 덩달아 울던 아기를 빼앗듯이 안아본다.

"아이구 우리 새껭이! 이쁘기도 허구나이! 등치도 크구만그랴! 아가야 아가야, 나야 나. 니 할머니란다 할머니. 할머니라고 해봐라 할. 머. 니..."

아버지도 딸과 손자를 안아주며 미소를 짓는다.

"그동안 고생 많이 하였지?"

온 가족이 기쁨의 울음바다가 되어 눈물을 흘리고 있다. 유설자는 다른 가족과도 포용하고 인사를 나눈 뒤에 모두 안방에 들어가 우선 할머니, 부모님께 차례로 큰절을 올린다. 중국 서방 장국주도 조선의 풍속을 유설자에게 이미 배웠던 터라 곧잘 따라한다. 유설자는 동생들에게 신랑을 그리고 신랑에게 동생들을 소개한다. 그녀는 며칠을 걸려서 그동안의 기나긴 사연을 부모님께 말씀드린다. 자초지종을 알게 된 부모님은 얼굴이 상황에 따라 색깔과 표정이 바뀌며 희로애락을 표현한다.

사위가 딸의 생명의 은인이며 그것은 하늘이 가져다준 천생연분이다 하여 아버지는 '천생연분(天生緣分)'을 한자로 써서 보여주기도 한다. 며칠이 지나자 유설자는 자신의 계획을 아버지와 어머니에게 비밀스럽게 말한다. 어머니는 장국주와 같은 말을 한다.

"이제 다 끝난 일을 그만 잊고 그냥 중국에 돌아가서 잘살아가는 게 더 좋을 듯하구나."

"어머니! 저도 그러고 싶은데 그놈만 생각하면 잠이 오지 않고 사지가 떨려옵니다. 그리고 꿈에 나타나 잠을 제대로 잘 수가 없습니다. 이러니 어찌하면 좋겠습니까?"

이때 아버지가 결론 비슷하게 말한다.

"내가 생각하기에는 일단 그놈이 현재 어떠한 상태에 있는가 알아보고 일을 진행하면 좋을 것 같다. 만약에 그놈이 해방이 된 지금 좌천을 하였거나 죄과를 받았다면 그냥 놔두는 것이 좋을 것 같다. 반대로 그가 경찰에서 계속 근무를 하고 있거나 출세 길을 가고 있다면 피해자들은 나서서 뭔가 조치를 취해야 할 것 같다.

내가 알기로도 그 놈은 여러 독립군을 잡아넣거나 혹은 공산당으로 몰아 사형대의 이슬로 그리고 감옥에 들어가게 하였다고 들었다. 그놈이 만약 죄과를 충분히 받지 않았다면 우리가 나서야 할 것 같구나. 그러니 일단 내가 그놈이 어디서 무엇을 하고 있는지 알아보겠다. 설자 너는 조용히 머물다 일이 진행되는 것을 보고 중국으로 들어가거라."

"예 잘 알겠습니다. 아버지 말씀대로 하겠습니다."

아버지 유기양은 자신의 심복 겸 상머슴 박성강을 조용히 불러 딸의 납치과정과 하판락의 과거를 말해준다. 박성강은 국민(초등)학교만 나왔지만 서당을 다니며 천자문을 뗴었다. 그는 천성이 착하고 영리하였으며 농사일을 할 때도 계획적으로 추진하는 등 유기양의 많은 농토를 전적으로 관리하고 있었다.

유기양은 그에게 일제치하의 해주에서 하판락이 실제 독립군을 잡아 투옥시키고 애매한 자를 잡아들여 일을 꾸미고 조작하여 많은 사람을 죽이거나 형을 살게 한 일을 상세히 알려준다. 박성강은 그동안 머슴으로 살며 진실을 알기에는 한계가 있었지만 하판락의 행동은 소문으로 들어 어느 정도는 알고 있었다.

그런데 그놈이 그 정도로 나쁜 놈일 거라고는 미처 생각지 못하였다. 다만 다른 사람을 시켜서 주인집 딸 유설자를 납치하였다는 말을 듣고 죽일 놈이라고 생각은 하였다. 더구나 설자만을 그런 것이 아니고 수십 명을 그렇게 만들었다는 것을 알고는 결코 같은 세상에서 숨 쉬고 살 수 있는 자가 아니라고 생각하였다.

박성강이 이 정도까지 심한 하판락의 행동을 몰랐던 것은 집안 문제를 머슴들에게 알려서 양반집 체면이 손상될 필요가 없다는 판단 하에 일절 발설하지 않았던 까닭이다. 그리고 박성강이 하판락과 같은 사회적 약자라는 심리적인 동질성도 가지고 있었기 때문이다.

박성강은 한동네에서 태어나고 자란 하판락을 잘 알고 있었다. 그가 이 집에 들어와 머슴으로 일을 시작할 무렵에는 일고여덟 살 된 아이였으며 하판락이 동네에서 소외되면서 커가는 것을 지켜보았다. 하판락은 자라면서 유설자의 집에 큰 잔치가 있을 때에는 허드렛일이나 심부름을 해주면서 밥을 얻어먹기도 하고 어떤 때는 한 달 정도 잡일을 거들어주기도 하였다.

그렇게 어린 시절을 보낸 하판락은 열서너 살이 되었을 때는 해주시 내로 나가 상점에서 일하고 시장의 부랑배와 어울리게 된다. 그러다 열 여덟 살이 되었을 때 순사 보조원을 하게 된다. 당시 순경이나 형사들은 그들의 보조원으로 사회에 부정적이고 불평이 많은 사람을 고용하여 하 수인으로 부려먹었다. 그는 덩치는 작지만 머리가 잘 돌아갔으며 하수인 으로는 최고의 업적을 쌓아나가 마침내 순경이 되었다.

　　순경이 되어서도 여러 사건을 조작하거나 다른 경찰이 엄두도 못내 는 애국지사를 잡아들이고 공로를 쌓았으며 결국은 고등계 형사가 되었 다. 그는 사복형사가 된 후 유설자에게 일종의 심리적 복수를 하기 위하 여 제3자를 시켜서 납치하여 위안부에 넘겨버린 것이다.

　　그는 평소에 유설자를 매우 좋아하였지만 말 한마디도 못 붙이고 주 위를 뱅뱅 돌기만 하였다. 감히 쳐다볼 수도 없는 위치에 그녀가 있었기 에 홀로 속만 태우고 있었다. 그는 자신이 형사가 되었어도 넘겨다 볼 수 없는 높은 장벽이 가로놓여 그녀를 가질 수 없다고 인식하고 단념해 버린다. 하지만 그는 내가 가질 수 없는 그녀가 아깝지만 어느 누구도 가지지 못하게 아예 파괴해버리기로 작정한다. 그 일환으로 그녀를 위안 부로 팔아 넘겨버린 것이다.

　　이러한 자세한 내막을 알게 된 박성강은 해주시내에 나가서 하판락 의 근황에 대하여 수소문해본다. 하판락은 경찰서 차석(次席)이 되어서 떵떵거리며 살고 있었다.

　　박성강은 그가 정말 차석이 되었는가를 확인하려고 경찰서에 들어가 본다. 경찰서 안에 들어가보니 차석이란 자리는 아무나 만날 수 있는 직 책이 아니었다. 박성강은 그를 보겠다고 퇴근시간까지 기다렸다. 그런데 퇴근시간이 되자 몇 명이 우르르 호위하듯 몰려나온다. 그래서 겨우 먼

발치로 확인해보니 정말 경찰제복을 멋있게 차려입은 하판락을 알아볼 수 있었다. 키가 작고 덩치도 작은 것을 보니 금방 알아볼 수 있었다.

서장이 차에 오르니 하판락을 비롯한 모든 사람들이 허리를 굽혀 인사하였다. 차가 출발하자 다음으로 하판락이 경찰복에 나뭇잎사귀 몇 개를 어깨에 척 달고 약간 거들먹거리는 걸음으로 지프에 올라 아랫사람들의 인사를 받고 손을 흔들어대며 경찰서를 빠져나간다.

박성강은 어릴 적부터 망나니로 치부하였던 작은 체구의 하판락이 저 정도 높은 지위에 올라갔다는 것이 믿기지 않았다. 하지만 엄연한 현실로 자신 앞에 벌어지고 있는 실제 장면에 별의별 오묘한 감정이 들기도 하였다.

그의 정식 계급은 감찰관으로 경찰서 차석 즉 경찰서 내 2인자다. 굳이 설명을 덧붙인다면 부 경찰서장이다. 언제부터 왜 그랬는지는 몰라도 옛날에는 경찰서 내 두 번째로 계급이 높은 사람을 차석이라 불렀다. 그는 이런 상황을 유기양에게 보고하였다. 그리고는 그를 고소하거나 설불리 사적인 제재를 가하다가 외려 역풍을 맞을 수 있으니 신중하게 행동해야 할 것이라고 자신의 의견을 덧붙인다.

그를 잡아다가 족쳐서 제거한다는 것은 매우 위험하고 모험이다. 따라서 세밀한 계획이 선행되어야 할 것이라고 의견을 말한다. 유기양은 고개를 끄덕이며 끌탕을 하고 한참을 생각하더니 말을 잇는다.

"과연 내가 생각한 대로 그렇게 되었구나! 자 성강이는 듣게나. 나는 그를 제거하는 것으로 마음을 굳혔소. 일본군이 패전하고 해방이 된 지 몇 해가 지났는데도 이 사회가 그러한 놈들을 아직도 단죄하지 못하고 있고 오히려 출세를 하여 이 나라를 조금씩 파먹는 좀벌레가 되어 백주에 활개를 치고 다니니 난 그런 것은 도저히 용서 못하오!"

그는 물을 한 사발 들이키더니 박성강의 눈을 뚫어져라 쳐다보며 계속한다.

"자! 그러니 지금부터 내가 의도하는 것을 잘 생각하고 모든 것은 당신이 구체적으로 계획을 수립하여 실행을 해야 되겠네. 알아듣겠는가?"

주인의 단호한 발언에 박성강은 긴장하며 손에 땀을 쥐면서 안절부절 못한다.

"예. 제가 해야 할 일을 명확히 해주시면 제 몸이 만 조각이 나더라도 적극적으로 실행을 하겠습니다."

"잘 듣게나! 먼저 우리는 그를 제거하는 방법을 생각하여야 하겠지. 그를 제거하는 방법에는 여러 가지가 있겠지만 현재 이 사회 상황에 비추어 볼 때 그를 물리적으로 없애버리는 것만이 최선이라고 생각이 든다네! 물리적이란 즉 힘으로 그를 이 세상과 격리시키는 것을 말하네. 그럼 누가 그것을 할 수 있을까? 나는 그것을 좀 심도 있게 생각을 하여 보았네. 결론은 하판락과 그리고 나나 당신과 전혀 관계없는 제3의 인물을 선택해야 된다는 사실이네.

자네도 생각을 해보게나. 경찰서의 제2인자 차석이 살해당하였는데 그것이 단순히 지나칠 일인가? 아마도 경찰 내부에서는 난리가 날 것이고 특별 수사대가 꾸려질 것이며 총력을 기울여 수사를 할 것이네.

그렇게 되면 자연히 하판락과 과거에 관련이 있거나 원한이 있는 사람을 추적할 것이네. 우리 딸 설자의 약혼자는 아예 그의 손에 죽었으니 용의자의 선상에 제1번으로 올려 추적할 것이며 우리도 그들의 수사선상에 올라갈 걸세. 따라서 그러한 수사선상에서 벗어나는 일, 내가 생각하기에는 아예 용의자 선상에 올라서는 일이 있어서는 절대 안 될 것이네. 무슨 말인지 이해가 되겠지? 그래서 이 일을 수행할 제3의 인물 물색이 제일 중요하고, 그 다음 제3의 인물과 자네와의 연관 관계가 일절 하나도 없도록 만드는 일일세. 알겠는가?"

"예 잘 알겠습니다. 일단은 제가 생각할 때도 제3의 인물은 하판락하고 그리고 저나 주인님하고 전혀 관계가 없는 사람으로 찾는 것이 중요하다고 생각합니다. 그러니 저는 과거 허판락이가 고문을 하였거나 사건을 조작하여 감옥에 집어넣었거나 공산당이라고 밀고하고 잡아넣은 사람 등을 파악하여 그들과 인척관계 그리고 원한관계, 친분이나 연관성이 전혀 없는 사람을 찾아보겠습니다."

"바로 그것이네. 오늘부터 당신은 하등 관계가 없는 그런 사람을 물색하되 이 일을 처리할 수 있는 능력 있는 사람인 동시에 거사를 하겠다고 동의하는 자를 찾는 것이 자네의 임무네. 물론 모든 일은 나와 자네밖에 모르는 일로 해야 하네. 자네 집사람이나 혹은 자네하고 친한 친구 등 어떤 사람도 모르게 감쪽같이 진행해야 하네."

"네 잘 알겠습니다. 그럼 저는 이만 물러가겠습니다."

"아니 아니! 잠깐만 있게나!"

유기양은 집안 고리짝에서 몇 가지를 꾸역꾸역 꺼낸다. 그는 한 문서를 보여주면서 이게 자네의 노비문서라며 토방으로 가지고 나가더니 성냥불을 그어대어 불을 붙여 태워버린 뒤 다시 방에 들어와 박성강에게 악수를 건네며 말한다.

"이로써 자네는 이제 자유로운 몸이 되었네. 내가 자네에게 베풀 수 있는 한 가지 일이네! 그리고 이 문서는 논문서라네. 세 필지를 자네 앞으로 해놓겠네. 다만 자네 이름으로 등기가 되는 것은 일이 끝나면 수사가 진행이 될 것이고 그 수사가 완전히 끝나고 사건이 종료되고 잠잠해졌을 때 자네 이름으로 올릴 걸세. 그동안은 농사를 지어 자네가 소출을 가지게나. 이 정도 논이면 자네는 식구들하고 재미지게 살 수 있는 재산이라네. 이러한 사항도 자네와 나만이 아는 비밀로 해야 하네."

유기양은 박성강 앞으로 논문서를 내민다. 박성강은 엎드려 크게 절하였고 그의 두 눈에는 눈물이 그렁그렁 맺힌다.

"주인님 정말 백골난망이옵니다. 저를 해방시켜주면 그것으로도 만족할 것인데 이렇게 많은 농토도 주시니 몸 둘 바를 모르겠습니다. 어떻게 보은을 해야 할지...!"

두 손으로 논문서를 받아들면서 말하는 박성강의 눈에는 계속 눈물이 마르지 않는다.

"자 이제 이 돈을 받게나. 여기 이것은 논 반 필지를 팔아서 넣어둔 돈이네. 이 돈을 착수금으로 주고 이것도 반 필지 돈인데 역시 중간 수행 자금으로 지불하게나. 그리고 이 마지막 가방은 두 필지의 돈이네. 순금과 일부 현금이 들어 있다네. 자 그것을 잘 간직하고 있다가 일이 끝나면 지불을 하게나. 누가 만약에 나에게 논을 몇 필지 팔아서 무엇을 하였냐고 묻게 되면 그때는 중국으로 영영 떠나간 딸에게 주었다고 말을 할 걸세. 그리고 일이 종료되어 내가 논을 자네 앞으로 등기 이전을 한 후에 혹시 경찰이 자네 재산에 대하여 묻거든 수십 년 간 우리 집에서 일한 새경을 한 푼도 낭비하지 않고 모았다고 말하소.

그리고 경찰이 '그러면 새경을 얼마나 받았소?'라고 물으면 지금까지 내가 자네한테 준 일 년에 쌀 15짝(가마)이었고, 자네의 일가는 우리 사랑채에서 살면서 자네 집사람도 같이 우리 집안일을 돕고 같이 먹고 입고 살았다고 하소. 그래서 자네 식구들의 의식주 생활비가 적게 들어 일 년에 받는 새경을 거의 다 저축하고 이자 놀이도 하여 재산을 불렸다고 말하소. 이것은 실제 사실이니 명확히 확실하게 답변할 수가 있을 것이오.

그리고 우리 집에서 떠나 독립해서 정착한 후에 거사를 할 때의 날짜를 전후로 당신의 행적을 물을 것이오. 자네는 그 날짜를 잘 알아내어 경찰이 추궁할 때에 거사 날에 자네가 전혀 다른 곳에 있다는 것을 증명할 목격자를 만들어놓도록 하소. 이것은 당신이 사건과 전혀 관계가 없다는 것을 증명할 결정적인 단서라서 신중히 꼭 그리고 잘 만들어야 할 것이오."

박성강은 주인의 치밀한 생각에 놀라웠고 자신도 그만큼 주도면밀해져야 한다고 생각한다.

"이제 그만 돌아가고 이 시간 이후에는 우리 집에서 발길을 끊어버리고 해주에서 살지 말고 개성까지 나가 살면서 일을 추진하게나. 자네 식구와 아이들도 놀러오지 말게나. 이제부터는 당신과 나는 남이 되는 것이라네. 다시 한 번 강조하네만 자네는 이 고장을 아예 떠나가게나."

유기양은 강력하게 권한다. 사실 천석꾼인 그에게 그 정도의 논은 그가 소유한 논의 10분의 1 정도에 불과했다. 그는 또 선박을 운영하여 많은 이익을 남기고 있었다.

박성강은 한 달 후 개성시내로 이사한다. 그는 논 세 필지를 다른 사람에게 어우리 주고 자신은 그동안 모은 돈을 가지고 시내에 작은 구멍가게를 낸다. 박성강은 머슴으로 있었지만 착실하고 술, 담배도 하지 않았다. 그는 유기양의 말대로 새경을 한 푼도 헛되이 쓰지 않고 홀로 구멍가게를 열 수 있는 돈을 모았다. 이 당시 상당수의 머슴들이나 한량들은 일본인이 들여온 화투로 일명 "섰다"와 "도리짓고땡"이라는 놀음을 하였다. 개중에는 일 년 내내 죽어라고 일하여 받은 새경을 깡그리 노름으로 잃어버리는 속 못 챙기는 사람, 그리고 논 몇 마지기 있는 것을 잡혀 노름하다가 패가망신하고 노름빚을 못 갚아 야반도주하는 사람도 더러 있었다. 그는 술 마시고 노름하는 그런 부류가 아닌 착실한 농부였다.

그는 개성에서 해주로 오가며 비밀리에 하판락의 전력을 조사한다. 소문을 탐색하고 조사하는 데 7개월이나 걸린다. 수소문한 결과를 보니 놀랍게도 20여 명 정도가 그의 독소에 걸려 모두다 비극적인 관계를 맺고 있었다. 그리고 동시에 그는 거사를 할 인물을 모색하였다. 그는 해주 내에서 그런 인물을 찾으면 결국 하판락과 연결될 가능성이 많아 그가 살고 있는 개성에서 찾기로 한다. 거의 4개월이 지나서야 한 사람을 물색해낸다.

그 사람은 중국에서 공산군 연안파에 독립군으로 있다가 해방 후에 귀국하여 지금은 집에서 아버지를 도와 농사를 짓고 있는 젊은 사람이다. 그의 집은 개성 서쪽에 있는 배천군에 있고 아버지는 두어 필지 남짓의 농토를 가지고 어렵사리 여섯 명의 아이들을 부양하고 있는 농부였다. 그의 이름은 남정선이다.

그는 서울에서 대학을 중퇴하고 집에 돌아와서는 농촌계몽활동을 하였다. 그런데 일제는 그의 농촌계몽활동을 좋은 눈으로 보지 않았다. 개성의 한 경찰관이 농촌계몽운동을 하는 남정선을 공산주의자로 몰아 잡아갔고 그를 고문하였다. 경찰관은 그와 전혀 관계가 없는 공산주의를 갖다 들이대고 자백을 강요하였지만 그는 자백할 것이 하나도 없었다. 결국 개인 경고 조치를 받고 풀려났다. 현실이 자신의 뜻을 받아들이지 않고, 일본 놈 치하에서는 더 이상 살 수 없다는 것을 깨닫고 만주로 향한다. 그러나 만주는 관동군에 점령되어 이미 조선과 똑같은 상황이었기에 중국내륙으로 들어가 독립군에 가담하게 된다.

그는 처음에 독립군도 두 계파로 나누어졌다는 사실을 몰랐으며 단지 화북지역과 지형적으로 가까운 곳의 독립군에 들어가게 되었는데 우연히도 그게 연안파였다. 그는 거기에 머물러 있으면서 장교로 근무하였고 사격술이 좋아서 사격교관을 하였다.

그는 일본이 항복을 하자 다른 연안파 독립군과 함께 만주를 통하여 수천 리 길을 걸어서 심양까지 왔으나 김두봉과 김무정을 비롯한 연안파 우두머리들만 북한으로 들어갔다. 그리고 우두머리 중 잔류하게 된 연안파 간부들에 의하여 남은 병사들은 다시 중국공산당을 돕기 위하여 3개 지대로 편성되었다.

남정선은 이를 거부하고 홀로 북한으로 들어왔다. 그러나 소련을 등에 업고 북한에 먼저 들어온 김일성은 이 연안파의 입국을 불허하고 개인자격으로만 모든 무장을 해제하고 들어오는 조건으로 입국을 허락한다. 남정선은 김일성의 이 같은 조치가 전혀 마음에 들지 않았다. 그는 군복을 벗어버리고 일상복으로 갈아입어 연안파와는 인연을 끊어버린 채 개인자격으로 입국한다. 이때 소지해온 권총을 실탄 30발과 함께 품에 몰래 숨기고 들어온다.

집에 돌아온 그는 아버지를 도와서 농사일을 하였지만 일제가 전쟁에 지고 해방이 된 지금 상황에서도 사회는 전혀 달라지지 않는다. 오히려 약자는 더욱 약자로 몰리고 일제치하에서 큰소리치던 사람이 계속 출세를 하고 부를 쌓아 올리는 큰 사회적 모순점을 발견한다. 그는 이 사회에 뭔가 큰 충격이 필요하다는 것을 느끼고 자신도 그러한 개혁에 일조해야겠다는 생각을 품게 된다. 이때 박성강이 남정선을 찾아낸 것이다. 그를 만날 수 없을까봐 아침 일찍 식사가 끝날 무렵에 그의 집에 직접 찾아간다.

"남정선 씨 계십니까?"

아침부터 웬 사람이 찾아왔을까 생각하며 방문을 열고 마당을 보니 중년남자가 서 있다.

"예 제가 남정선입니다만 어인 일로..."

낮은 천장에 키가 닿는 듯 머리를 숙여 마루로 나서며 어정쩡하게 대답하고 무슨 일인지 물어본다.

"아! 안녕하세요? 저는 개성에 살고 있는 박성강이라고 합니다. 남 선생님의 의협심을 익히 들어 알고 있습니다. 잠시 상의할 일이 있어 이렇게 아침부터 실례를 무릅쓰고 왔습니다."

"예 안녕하세요. 이리 앉으시지요."

남정선이 마루 한쪽을 가리키자 박성강이 제안한다.

"저 여기서 이야기하는 것보다는 우리 함께 논두렁을 걸어가면서 이야기를 나누시지요?"

남정선도 좋다고 하며 큰 논두렁을 따라 걸어가며 이야기를 나눈다. 논두렁에는 쌓인 눈이 일부 녹아 내렸고 아침이라 녹은 물이 얼어붙어 두 사람이 그 위를 걷자 연신 바스락거리는 소리가 난다.

"제 이름은 박성강이라 합니다. 지금 개성에서 살고 있는데 구멍가게를 하나 운영하고 있습니다."

"아 예 그러시군요."

"다름이 아니라 내가 남 선생을 찾아온 것은 작금의 어지러운 세상에서 민족성 회복을 위한 큰일에 남 선생님의 고귀한 생각과 행동을 조금만 나눠주십사 해서 온 겁니다."

"하하. 제게 무슨 힘이 있고 역량이 있다고 그렇게 과찬의 말씀을 하시는지요. 지금 이렇게 땅을 파고 있는 농부에 지나지 않지 않습니까?"

"그렇게 너무 자신을 낮추는 것도 살아가는 데 전혀 도움이 되지 않는다는 것을 아는 것도 중요하다 생각합니다."

"그런데 아저씨께서 저를 찾아오신 이유를 확실하게 속 시원히 말씀을 해주시지요. 저는 빙빙 둘러서 말하는 것을 별로 좋아하지는 않습니다그려. 하하하!"

"그래요, 내가 단도직입적으로 말씀을 드리지요. 지금 해주경찰서에 하판락이라는 경찰 차석이 있는데 그놈은 일제 강점기 때 수많은 양민을 괴롭히고 죽이고 팔아먹었습니다. 참으로 마땅히 비난받아야 할 매국노이지만 오히려 호가호위하고 있는 자이지요. 그런데 지금 그놈은 단죄가 되기는커녕 전혀 반성하는 기색도 없이 오히려 출세를 하여 해주경찰 차석까지 되었습니다.

아무리 혼탁한 세상이라 해도 그런 자가 사회의 지도자가 되어 떵떵거리며 살면서 힘없는 사람 위에 군림해야 되겠습니까? 지금 그자는 카멜레온처럼 변신을 하여 공산당을 때려 부수고 공산당원을 체포했다는 공로와 교언영색으로 경찰의 감찰관 계급까지 진급을 하였답니다. 저는 그런 자를 필히 단죄하여 민족의 정기를 바로 세워야 한다고 생각합니다만..."

"아 그런 일이 있었습니까? 그런 죽일 놈이 아직도 살아 있고 그것도 반성은커녕 활개를 치고 다닌다니 정말 이 사회 이 나라가 참으로 원망스럽습니다그려! 저는 한동안 세상과 연을 끊고 칩거를 하고 있었으므로 어렴풋이 소문만 들었지 가까운 곳에서 그런 일이 벌어졌다는 것을 알수도 없었습니다......"

"제가 오늘 남 선생을 찾아온 것은 바로 그것 때문입니다. 민족의 이름으로 심판을 내려야 하는데 그 심판을 내려줄 사람이 남 선생님이라 생각되어 이렇게 온 것입니다.”

“제가 무슨 심판을 할 수가 있겠습니까? 제 자신도 제대로 못 추스르는 사람이……”

“남 선생께서는 충분한 자격이 있다고 생각합니다. 남 선생은 조국의 독립을 위하여 수천 리 이국에서 직접 투쟁도 하였고, 경찰의 괴롭힘도 당하여 역경을 견디신 분입니다. 저는 그런 사람이야말로 민족의 이름을 내세울 자격이 있는 사람이라고 생각하였습니다. 민족의 이름으로 정의를 바로 세워주십시오.”

“… 참 답변 드리기 어려운 제안입니다그려…”

“여하튼 이 일이 쉬운 일이 아닙니다. 그래서 남 선생을 수개월에 걸쳐서 찾은 것입니다. 여기에 소요되는 모든 경비를 제공하고 일이 끝나고 나서는 상당한 수준의 후사금이 지불될 것입니다. 지금 당장 결단하시기 어렵다는 것도 알고 있습니다.

“제가 심사숙고할 시간을 좀 주시지요.”

“예 알겠습니다. 충분히 생각을 해보시고 그 때 가부를 말씀하여 주십시오. 저는 그만 가보겠습니다. 그럼 보름 후 이 시간에 다시 오겠습니다.”

“예 그렇게 하시지요.”

보름 후에 박성강은 개성에서 배천까지 다시 와서 남정선을 찾는다. 지난번처럼 농로를 걸어가며 남의 눈을 피해가면서 이야기를 나눈다.

“안녕하세요. 오늘은 하늘이 우중충하고 낮아지고 있는데 눈이 곧 휘날릴 것 같습니다그려!”

“예 안녕하시지요? 그렇지요? 눈이 오면 제법 많이 쌓일 것 같습니다.”

“그래 생각은 좀 해보셨습니까?”

"예. 며칠을 두고 고민을 하였는데 아무래도 제가 나서야 할 것 같습니다. 이 혼란한 세상, 정의가 바로 서지 못하면 온갖 권모술수가 난무하는 가운데 기회주의자가 설치게 될 것입니다. 이런 세상을 바로잡으려면 어느 누군가가 나서야 하는데 시골에 처박혀 일만 하느라 저는 세상 돌아가는 것을 잘 모르고 아는 것도 없었습니다. 그러나 독립운동을 한 사람들이 앞장을 서서 정의사회를 건설하여야 한다는 생각이 일순간 들었습니다. 그래서 저한테 이런 일이 주어지니 주저할 이유가 없다고 생각하였습니다."

"감사합니다. 대의를 위하여 분연히 일어서시는 남 선생이 매우 자랑스럽습니다. 이제 우리 사회가 바로 서겠지요. 지금부터 제가 말씀드리는 사항은 남 선생과 나만 아는 특급비밀입니다. 아무에게도 말씀하시지 말고 무덤까지 가지고 가셔야 합니다."

"그렇게 하지요. 뭔가 매우 궁금합니다그려!"

"거사를 하려면 많은 돈이 필요할 것입니다. 우선 착수금으로 논 반 필지의 현금을 드리겠습니다. 그리고 중간에 역시 반 필지 값을 드리고 거사가 끝나면 두 필지의 논 값을 현금이나 대체수단으로 지급하겠습니다. 돈을 가지고 문제를 해결하려는 것이 절대 아니라는 것을 알아주십시오. 거사를 하려면 많은 돈이 필요할 것이니 기필코 일을 성사시키려 그런다는 것으로 이해하여 주십시오.

모든 비용은 증거를 없애기 위하여 현금이나 그에 상당한 수단으로 지급할 예정입니다. 그리고 그 돈은 상당히 많고 부피가 커서 전달하기 어려우므로 개성의 세 은행에 분산하여 별도 금고에 넣어두었습니다. 제가 여기서 드리는 것은 금고열쇠와 이중으로 된 또 하나의 금고 비밀번호입니다.

우선 이 주머니를 받아주십시오. 이 주머니에는 선생님이 일을 수행하기 위한 착수금이 들어 있는 은행 이름과 금고 번호 그리고 열쇠가 들어 있습니다. 열쇠로 금고문을 열면 그 속에 또 다른 금고가 있는데 그것의 비밀번호도 있습니다. 은행에 들어가서 먼저 사금고로 가시면 금고 번호가 있고 그 금고를 열쇠로 열면 다시 금고가 있다는 것을 미리 알고 계십시오. 그리고 저를 만나려면 개성시내의 중앙로에 있는 '금강상회'를 찾아주시면 되겠습니다.

그런데 저는 선생님을 딱 두 번만 만나려고 생각하고 있습니다. 한 번은 중도금을 드릴 때 그리고 마지막, 거사를 하고 성공하였을 때에 개성에서 만나 사례금을 드리겠습니다.

개성에서 만나는 장소와 시간은 제가 중도금을 드릴 때 그곳에 써넣겠습니다. 혹시 암호가 필요할 텐데 그때는 '개성'이라고 하시면 저는 '해주'라고 답변을 하겠습니다. 만약에 다른 암호를 사용하면 위험하다는 신호이므로 그냥 물건만 사서 가시고 일주일 후에 상황을 보고 다시 찾아오십시오. 자 여기 이 주머니를 받아주십시오.

착수금 정보가 들어 있습니다. 중도금은 거사가 결정되어 제 집에 오실 때 드리겠습니다. 그 때 저희 집에 오셔서 거사 날을 알려주시기 바랍니다."

"좋습니다. 잘 알았습니다. 꼭 성공하겠습니다. 아! 그 사람 이름이 뭐라고 그랬지요?"

"예 하판락, 하판락이라고 합니다."

"예 잘 알겠습니다."

남정선은 하판락을 몇 번 되뇐다. 박성강과 헤어진 후 그는 박성강이 말한 개성에 있는 은행에 가서 착수금을 찾아들고 즉시 해주로 와서 경찰서 가까운 곳에 일단 한 달 간 생활할 자취집을 얻는다. 그는 이 집에서 생활하면서 경찰서의 동정을 파악하고 차석이라고 하는 하판락에 대하여 정보를 수집하기로 한다. 그는 가끔 민원인을 가장하여 경찰서에 들어가서 내부를 샅샅이 살펴보고 하판락의 얼굴을 알아보려고 노력하였지만 좀처럼 그의 얼굴을 볼 수가 없다.

한 달간 살펴보면서 딱 네 번 경찰서 내부에서 그를 볼 수 있었다. 그러나 출퇴근 시간에는 매일 볼 수 있다는 것을 알고 그 시간에는 거의 빠짐없이 경찰서 주변에서 그를 지켜본다. 어느 날 퇴근 때 차를 대절하여 놓고 대기하고 있다가 하판락의 차를 뒤따라가서 그의 집 위치를 알아낸다. 그는 즉시 하판락이 살고 있는 집 근처로 자취집을 옮긴다. 자취집은 그가 완전히 자유롭게 드나들고 남의 눈에 행동이 잘 뜨이지 않는 고립된 집으로 얻는다.

자취집의 마루에 서서 보면 하판락의 집이 대각선으로 보인다. 집 옆의 야산 공터에 올라가면 하판락의 집을 굽어볼 수 있으며 특히 대문을 열 때는 내부가 환히 들여다보인다. 그래서 하판락이 출입할 때는 그의 행동과 가족상황까지도 살펴볼 수 있었다. 노모와 그리고 부인과 아기 하나가 눈에 띄었다. 아침 7시 30분 지프로 출근할 때 아기를 품에 안고 한 여인이 배웅을 한다.

가끔가다 치마를 두른 한 노인네가 마중하거나 배웅할 때도 있으니 같이 살고 있는 그의 어머니나 장모라는 것을 알 수 있다. 그는 주 6일 출퇴근을 하면서 시계추와 같은 생활을 하고 있다. 아침 7시 30분이면 어김없이 출근하여 7시 45분에 경찰서에 도착하여 7시 55분에 출근하는 서장을 영접하고 8시부터 근무에 들어갔다.

근무시간 중 모든 경찰요원을 지휘하고 서장을 보필하면서 오후 5시

10분이면 서장을 퇴근시키고 자신은 서장이 떠난 후에 여타 경찰들의 배웅을 받으며 집으로 퇴근한다.

순사보가 운전하는 지프를 타고 10여 분 걸려서 집에 왔다. 그리고 집안으로 들어간 지 채 15분이 되지 않아 운동복으로 갈아입고 운동을 하러 대문을 나선다. 운동은 한 시간 정도의 거리를 가볍게 뛰는 것이었으며 구보 경로는 두 가지다. 하나는 해주시내 북쪽 외곽에 있는 장대산 (686미터) 언저리를 30분간 갔다가 되돌아오는 경로다.

이 경로의 반환점에 약수터가 있어 거기서 꼭 물 한잔을 마시고 돌아오곤 한다. 다른 경로는 시내 외곽을 한 바퀴 빙 돌아 집에 오는 길이다. 남정선도 하판락과 거의 같은 시각에 구보를 시작하였다. 오후 5시 30분이면 어스름 해가 지고 6시 이후에는 가까이 다가가지 않으면 사람을 정확히 인식할 수 없는 시간이다. 그러나 2월 중순이 되니 이제는 거의 6시 30분까지 물체를 구분할 수 있게 되었다. 두 사람은 구보 경로나 약수터에서 자주 만나게 된다.

남정선은 만날 때마다 가볍게 목례를 하였으며 3월 초가 되니 멈추어서 간단한 인사말을 주고받는다. 나이도 엇비슷하고 저녁 무렵이 되면 어김없이 상대가 나타나니 상대가 무엇을 하는지 궁금해지면서 친해지기 시작한다.

3월 초 남정선은 아침 10시쯤 개성에 있는 금강상회를 찾아간다. 그가 이 시간에 찾아간 이유는 상점에 찾아오는 사람이 뜸할 것이란 생각에서다.

그는 옆으로 미는 미닫이문을 열고 상점 안으로 들어간다. 마침 박성강은 팔 물건을 정리하고 있다. 남정선이 가볍게 "개성"이라고 말하자 이에 박성강은 "해주"라고 답한다. 남정선은 외투에 목을 깊숙이 집어넣고 중절모를 눈 바로 위까지 내려 눌러 썼다. 일부러 가까이 다가와 올려다봐야 얼굴의 일부만 겨우 알아볼 수 있을 정도다.

"안녕하십니까?"

"예 안녕하세요, 날이 따스해지고 있지요! 어김없이 봄 준비를 하고 있나봅니다그려!"

주변에 아무도 없자 남정선은 나직이 말한다.

"그동안 그의 출퇴근 시간과 일과를 알아냈습니다. 앞으로 두 달 내에 일을 거행할 예정입니다. 그날이 정확하지는 않으니 여기서 날짜를 확정지어 말씀드릴 수가 없는 상황입니다. 거사하는 날은 제가 신문에 게재하겠습니다. 이 쪽지를 펴보시면 제가 신문에 낼 광고문이 있는데 생년월일이 적혀 있는 날짜가 바로 거사 날입니다. 거사 후 즉시 개성으로 오는 저녁 기차를 타겠습니다. 그러니 거사 날 저녁이나 다음날 저하고 만나시면 되겠습니다."

"알겠습니다. 그런데 성공여부를 어떻게 알지요?"

"지금까지 저를 믿으셨으니 제가 말씀드리는 것과 행동을 끝까지 믿어주십시오. 상호간의 신뢰도 중요한 것입니다. 그럼 제가 일이 끝난 후 바로 이곳으로 오겠습니다."

"예 그렇게 하시지요. 그렇다면 제가 그날 모든 일을 해결해버리겠습니다. 자 여기 두 번째로 약속드린 모든 것이 있습니다."

"예 감사합니다."

박성강이 주머니 하나를 주자 남정선은 받아 호주머니에 넣는다. 그러고 나서 조그만 물건을 하나 사들고 조용히 미닫이문을 밀며 밖으로 나간다. 그가 나간 뒤에 박성강은 종이를 펴본다. 거기에는 다음과 같이 신문사 이름과 예문이 적혀 있다.

그러니까 이 광고에 의하면 광고에 기재된 생년월일 중 4월 00일이 거사 날인 것이다. 남정선은 그동안 사전에 탐지한 결과를 가지고 다음과 같이 거사하는 방법을 검토한다.

저격방법으로 세 가지를 생각해내어 그가 소지한 권총으로 하판락에게 접근하여 사살하기로 한다.

방안1 : 출퇴근 할 때 경찰서 안이나 밖 혹은 집 대문에서 저격
방안2 : 집에 잠입하여 있다가 퇴근 후에 저격
방안3 : 운동할 때에 한적한 곳에서 저격

각 방안을 면밀히 비교 검토한 결과 다음과 같은 문제점이 발생하였다.

방안 1 : 지프를 타고 있어서 경찰서에서 출발할 때는 경찰들이, 집에 도착할 때는 가족들이 지켜보고 있다. 그리고 이때는 운전하는 순사보가 자연스럽게 호위하고 있는데다 하판락 본인도 권총을 차고 있으므로 최초의 저격이 명중하지 않으면 반격당할 가능성이 있다.
방안 2 : 하판락의 집에는 경찰견이 있어서 오히려 자신이 위험에 빠

질 가능성이 있다. 그리고 주변에 주택들이 몰려 있어 목격자가 나올 가능성도 있다.

　방안 3 : 운동하는 시간은 대체로 일정하지만 거사로 잡은 날에 그가 운동을 할지 안 할지 유동성이 있다.

　세 가지를 비교한 결과 세 번째 방안이 목격자도 적을 것이고 쉽사리 거사할 수 있다는 장점이 있으나 날짜를 정확히 맞출 수 없다는 단점이 있다. 그런데 살해 날짜를 정확히 잡아야 할 필요성이 있을까 자문해본다.

　그러니까 살해가 가능한 날이면 아무 때나 처리해버리는 것이 어떨까도 생각해보았다. 그러다가 한 달 정도 더 운동을 하면서 살펴본 결과 비가 온 후 갠 다음 날은 어김없이 운동을 하러 나온다는 사실을 알아내었다. 그리고 눈이 많이 쌓여 있는 주말에는 운동을 하지 않았다.

　그리하여 그는 일기예보에 따라 적어도 3일 전에는 거사 날을 잡을 수 있다고 판단을 한다. 그래서 그는 봄 가뭄이 있는 4월 중순으로 거사일을 잡고 예보에 따라 날짜를 확정짓기로 한다. 그는 그동안 운동하는 시간을 가능한 한 하판락과 일치시킨다. 운동을 할 때마다 그의 눈에 들어 혹시나 있을 경찰 특유의 경계심을 완화하기 위하여 사전에 포석한다. 그런데 외곽으로 구보하는 날은 이틀에 한번 꼴로 바뀌었다.

　즉 이틀은 외곽으로 하루는 시내 쪽으로 구보를 하는데 월요일과 화요일은 반드시 외곽으로 구보를 하였다. 외곽 구보 경로의 끝에는 물을 마실 수 있는 제법 넓은 약수터가 있었다. 이곳은 아침과 낮에는 몇몇 사람이 이용을 하였지만 오후 6시 이후가 되면 사람의 왕래가 끊기고 이용자가 거의 없었다.

먹고 살기 바쁜 사람들이라 운동이란 개념이 없는데다 조선시대부터 내려온 관습 중 하나가 쓸데없이 달리어 땀을 내는 것은 천한 사람이나 하는 것으로 여기는 것이었다. 그러므로 운동을 하는 사람은 거의 없었다. 다만 아침에 약수를 뜨려는 사람만 일부 있었다.

대부분 하루 종일 일을 해야 먹고 살 수 있는 사람들이라 별도로 운동해야 할 필요성도 느끼지 않았다. 일하고 나면 힘이 들어 그러한 시간의 여유도 없었다. 그러니까 하판락처럼 운동을 하는 사람은 은행원처럼 사무실에서 하루 종일 사무를 보는 사람들이거나 신식 사고를 지닌 자들이었다.

그는 4월 19일을 D-day로 잡았고 예비일을 4월 20일로 하루 늦게 연이어 잡는다. 그는 실종어린이를 찾는다는 광고를 지방 일간지 신문사에 3일 동안 직접 찾아가 의뢰하고 광고 단의 크기에 따라 돈을 지불하였다. 개성지방 유력 일간지에 다음과 같은 광고가 3일 동안 나간다.

실종어린이를 찾습니다.
실종자 이름: 정 팔락, 생년월일 : 1939년 **4월 19일**
보호자 이름: 정 장선
주소: 개성시 박달동 산 101번지
위의 어린이를 보신분이나 보호하고 계신 분은 가까운 경찰서나 보호자에게 연락바랍니다. 충분한 사례를 하겠습니다.

지방 일간지를 받아본 박성강은 4월 19일이 거사 날이라는 것을 알아차린다. 사전에 약속하였던 준비된 후사금을 개성에 있는 은행에 가서 확인하고 금고열쇠와 비밀번호를 주머니에 넣어둔다.

날짜가 확정되자 남정선은 권총의 성능을 확인하기 위하여 인적이 드문 해주시내 바로 뒤에 있는 장대산의 북쪽 정상을 넘어 깊은 계곡에 들어가 평소에 잘 닦아놓은 권총을 실전 사격해본다. 여섯 발을 쏘아보니 사격 솜씨는 아직 녹슬지 않았고 권총도 유연하게 작동된다. 이 권총은 그가 연안에서 사격교관으로 근무할 때 소지한 개인 권총으로 독일제 모제르 권총이다.

내일부터 주말 이틀 동안은 예행연습을 해보기로 한다. 총 대신 권총만한 돌을 주워 가죽으로 된 권총 벨트에 넣고 이것을 몸에 차고 걷다가 가볍게 달리기도 하여 약수터에 도착하였다. 그는 한쪽에 우거져 있는 소나무 밑에 앉아서 상황을 설정하고 무엇을 어떻게 할 것인지 생각해본다.

즉 어디에 앉아 그를 기다릴 것인가. 하판락이 나타나는 곳이 저쪽에 있는 나무 사이이니 자신은 소나무 뒤에서 앉아 기다리다가 그의 모습이 보이면 시간을 맞추어 약수터로 마중 나가면서 우연히 만나는 것처럼 연습을 해본다.

그리고 약수터에서 만나 서로 가벼운 인사를 하고 그가 물을 먹으러 갈 때 그를 앞세우고 뒤따라간다. 그가 바가지를 들고 물을 퍼서 고개를 숙이고 물을 들이킬 때 품에서 권총을 꺼내들고 쏘는 연습을 몇 번 해본다. 그리고 만약 그가 물을 먹지 않고 그냥 내려가면 어떻게 할까도 생각해본다. 그렇게 된다면 자신이 간단히 물을 마시고 그를 일단 한 두어 걸음 앞세워 내려가게 하면서 바짝 뒤쫓아 내려가다가 권총을 쏘는 것으로 하였다. 그리고 일을 마친 다음에 사체를 어디에 둘 것인가를 생각한 결과 소나무가 많은 뒤쪽에는 잡초와 잡나무가 무성하게 자라고 있으니 그곳에 끌어다놓고 나뭇가지를 꺾어 덮어놓기로 하였다.

그래서 시간을 아끼기 위하여 미리 작은 나뭇가지들을 꺾어서 한쪽

구석에 쌓아놓는다. 그렇게 일을 치른 다음 즉시 사잇길로 내려가 개성에 있는 박성강을 만난 후에 이 지역을 떠나기로 한다. 남정선은 다음날 아침과 오후에 두 번씩 가서 추가로 예행연습을 해본다.

두 번의 예행연습을 하는 중에 만약 하판락이 다른 행동을 할 경우에 어떻게 하겠다, 혹은 상대가 이렇게 나오면 저렇게 하겠다는 대책을 세우기도 하였지만 생각하면 생각할수록 경우의 수만 늘어나고 한결 더 복잡해졌다. 집에 돌아와서 수백 번 자신이 할 행동에 대하여 생각하고 대책을 세우니 잠이 제대로 오지 않는다.

사람을 맨 정신으로 살해한다는 것이 이렇게도 어려운 것인 줄 미처 몰랐다. 그는 잠을 청하기 위하여 큰 병에 든 정종을 절반이나 마시고서야 겨우 잠이 들 수 있었다.

몇 시에 잠이 들었을까 언뜻 놀라 깨어보니 해가 상당히 올라왔다. 시계를 보니 아침 10시가 가까웠다. 그는 짐 가방을 꾸려서 챙겨놓고 거사 후 떠날 채비를 한다. 짐이라 해야 고작 가방 두 개가 전부다. 그리고 그는 방안을 깨끗이 하여 혹시나 남을 여러 가지 증거가 될 만할 모든 것을 없애버린다.

4월 19일 오후에 들어서 높은 구름이 끼기 시작한다. 온화한 날씨가 운동하기에 최적이다. 점심을 먹고 그는 낮에 다시 한 번 예행연습을 해보았다. 혹시 어제와 환경이 달라질 수 있을 지도 모르므로 거사 한두 시간 전에 미리 현장을 살펴보는 것이 대단히 중요하다고 생각하였다.

확인한 결과 별다른 이상이나 변화는 없다. 그는 다섯 시부터 운동복 차림으로 약수터 옆 소나무 아래에 앉아 하판락을 기다린다. 나무 사이로 약수터에 올라오는 길을 지켜보는 남정선은 한 시간이 10년처럼 느끼어진다. 다행히 주변에는 사람이 없고 적막에 싸여 있다.

시계를 본다. 오후 5시 55분이 막 지나간다. 고개를 들고 다시 길을 뚫어져라 살펴보니 한 사람이 백여 미터 밑에서 헐떡거리며 올라오고 있다. 하판락이다. 성공을 확신하는 순간이다. 그가 나타나지 않으면 어떻게 할까? 수없이 생각하면서 기다리고 있었다. 그는 사전에 해본 연습에 따라 나무 숲 사이에서 나가 약수터로 접근하면서 이전과 같이 간단히 인사를 한다.

"안녕하세요?"

"아 안녕하세요!"

하판락도 그를 알아보고 항상 하듯이 가볍게 인사한다.

"약수 한잔 해야지요."

그는 물이 흘러 고인 곳에 있는 쪽바가지를 잡으려고 허리를 굽힌다. 남정선은 당연하다는 어조로 대답한다.

"예, 그래야지요."

남정선은 그를 안심시키며 그의 등 뒤로 다가가면서 소리 없이 안주머니에서 권총을 꺼내 순식간에 하판락의 뒷머리에 두 발을 잇달아 쏜다.

"빵— 빵—"

머리의 50~60센티미터 뒤에서 조준하듯이 쏘니 머리가 터지면서 피가 사방으로 튄다. 두 발의 총성이 뒤이어 계곡에 메아리치면서 정적을 깨뜨린다. 하판락은 비명도 지르지 못하고 고목나무 쓰러지듯 제자리에 풀썩 쓰러진다. 그는 총을 쏘면서 마음속으로 외쳤다.

"민족의 반역자, 민족을 야금야금 파먹는 좀벌레, 삼천 만 대한민족의 이름으로 심판한다."

그의 얼굴을 보고 "민족의 반역자"라고 소리치며 그의 가슴에 쏘고도 싶었지만 그렇게 하면 거사의 실패 가능성도 있어 계획대로 그의 뒷

머리에 발사하였다. 이지러진 잔혹한 표정을 보지 않게 되니 오히려 잘 되었다고 생각하였다. 그는 얼른 하판락의 양발을 잡고 끌어 미리 봐두었던 수풀 속에 집어넣은 다음 꺾어놓은 나뭇가지로 덮어놓고 사잇길로 내려간다.

불과 2~3분 사이에 모든 일이 감쪽같이 이루어졌다. 그는 산을 내려가면서 피 비린내가 물씬 나 얼굴과 몸을 살펴보았다. 얼굴과 옷에 피가 여기저기에 튀어 묻은 것을 확인하였다. 가까운 곳에서 쏘니 피가 사방으로 튀며 그의 얼굴과 몸으로 날아왔던 것이다. 십여 년 간 동포를 괴롭혔던 악인의 최후를 보는 남정선의 마음은 몹시 아프다. 총 한 방에 비명도 지르지 못하고 피를 흘리고 쓰러지며 죽어가는 가냘픈 인간이 왜 그렇게 동족에게 사악한 짓을 일삼아 하였을까?

미래에 관하여 한 치 앞도 모르고 자신만이 천년만년 살 것 같아 그렇게 행동하지 않았을까? 하는 생각도 든다. 그는 중도에 물이 있는 곳을 알고 있어 그곳으로 가서 일단 손과 얼굴의 피를 대충 닦아내고 구보로 집에 간다.

그는 사람이 많이 지나다니는 길을 피하여 집에 돌아왔다. 그리고 먼저 얼굴과 손을 비눗물로 깨끗이 다시 씻은 다음 피가 튄 운동복은 부엌의 부뚜막에 집어넣어 불태워버렸다. 약간의 기름을 부으니 말끔하게 재만 남는다. 그는 신사복으로 갈아입고 권총은 신줏단지 모시듯 화약을 제거하여 몸속에 잘 간직하여 넣는다. 모든 일을 처리하는 데 채 한 시간도 걸리지 않았다. 그는 탄피를 주워오지 않은 것을 알고 후회하지만 이미 늦은 일, 대신 이 지역을 바로 떠나기로 한다. 그는 총알을 깨끗이 닦아 지문을 제거하면서 한 발씩 권총에 장전하였으므로 탄피에서 지문을 발견하기는 어려울 것이라고 생각한다.

그는 미리 시간을 알아놓은 저녁 기차를 타고 박성강의 가게로 간다. 두 시간 반 정도 걸렸으며 개성에 도착하니 열 시가 가까웠다. 모든 가게가 문을 닫기 시작한다. 마침 박성강의 금강상회도 문을 닫고 있었다. 남정선이 "개성"이라고 말하니 박성강이 "해주"라고 응답한다. 위험이 없다는 신호이다. 남정선은 조용히 말한다.

"거사완료."

"수고하였소. 그럼 이것을 가져가시오."

가게 한 구석에서 작은 주머니 하나를 가져와 건넨다.

"안녕히 가세요. 건투를 빕니다. 이제 모든 것이 원점으로 돌아갑니다. 남 선생과 저는 아무런 관계도 없을 뿐만 아니라 만난 일도 없습니다. 잘 사십시오."

박성강은 작별인사를 한다. 남정선은 주머니를 받아들고 마지막 인사를 한다. 재빠른 걸음으로 다시 개성역에 가서 30분 후에 있는 배천으로 가는 마지막 야간열차에 몸을 싣고 집으로 간다. 그리고 다음날 모든 신변을 정리한 다음 아버지에게는 서울에 가서 직장을 구해보겠다고 하고 개성의 은행에 가서 돈을 찾아 곧바로 서울로 간다.

한편, 유설자는 아버지로부터 비밀리에 일을 추진하고 있다는 말을 듣고 신랑과 함께 중국으로 다시 돌아갔다. 그녀는 모든 것을 잊고 살기로 한다.

하판락의 사체는 일주일이나 지나서야 발견된다. 그가 살해된 날 저녁 운동하러 나간 남편이 돌아오지 않자 밤새 뜬눈으로 지새운 부인은 다음 날 하판락을 출근시키기 위하여 지프를 몰고 온 순사보에게 자초지종을 말하였다. 순사보는 허겁지겁 부인과 같이 경찰서로 가서 실종신고를 한다. 부인은 하판락이 운동하러 다니는 경로는 정확히 모르고 있었고 단지 시내 외곽과 시내 밖으로 뛴다는 말을 들었다고 진술한다. 경찰서 내에서는 하판락의 실종을 심각하게 생각하고 일단 실종자로서 수색하기로 한다.

목격자를 찾는다는 전단을 뿌리고 수소문한다. 그렇게 6일이 지났으나 별다른 성과가 없었다. 그런데 월요일 점심 무렵 딱 일주일이 지난 뒤에 한 주민의 신고가 들어온다. 피범벅에 부패가 진행되고 있는 시신 한 구를 약수터 근처에서 발견하였다는 것이다. 수사반원들이 즉시 가서 현장감식을 한다. 사체는 부패가 진행되고 있어 악취가 진동한다. 잡초 속에 나무를 꺾어서 덮어 놓았는데 사체를 대충 살펴보니 총알이 뒤에서부터 머리를 관통하여 앞으로 나갔다. 수사반원은 주변을 살펴보았으나 살인의 증거가 될 만한 아무런 단서를 찾을 수 없었다.

하지만 자세히 살펴보니 사체가 다른 데서 이곳으로 끌린 흔적이 있어서 추적해보니 약수터 쪽으로 이어져 있었다. 좀 더 세밀히 살펴보니 약수터 한쪽 바위에 핏방울 흔적이 있었고 주변을 좀 더 확인하여 두 개의 탄피를 수거할 수 있었다.

수사반원은 총격이 약수터에서 일어났고 그를 살해한 후 소나무가 우거진 뒤쪽의 잡목과 잡초가 우거진 곳까지 끌어다가 나무를 꺾어 덮어놓고 사라진 것으로 추정하였다. 혹시 단서가 될 만한 물건, 예를 들어 피가 튄 옷이나 총을 찾으려고 주변 반경 2킬로미터를 샅샅이 살펴보았으나 탄피 이외에는 특별한 증거를 찾아내지 못하고 경찰서로 돌아왔다. 경찰서장의 직접 지휘 아래 특별수사본부를 차렸다. 특별수사진은 수사방향과 과정을 다음과 같이 정하였다.

1. 하판락이 일절 저항하지 못하고 총을 맞게 된 것과 다투거나 싸운 흔적이 없는 것. 그리고 하판락이 전혀 경계를 하지 않은 것으로 보아 분명히 면식인의 범행임.

2. 탄피를 분석해보니 독일에서 만들어진 모제르총으로 중국에서 공산군이 수입하여 사용한 권총에서 발사된 총알로 판단된다. 과거 중국과 관련이 있었던 인물이라고 추정됨. 또한 탄피에서 지문을 채취하려 하였으나 실패하였음.

3. 면식범이라면 과거나 혹은 최근에 하판락에 의하여 기소된 자 중에 있을 가능성.

4. 해방 이후 최근까지 하판락은 승진이 되어 경찰서 차석이 된 후로는 사건을 수사하지 않고 기소도 하지 않았음. 따라서 해방 이전 혹은 차석 승진 이전에 원한을 가진 자를 용의자로 추정함.

5. 하판락이 운동하는 것을 알고 그를 따라가 살해한 것으로 가정하면 범인은 해주에 살고 하판락의 사생활과 과거를 잘 알고 있을 것으로 추정. 따라서 해주지방에 살고 하판락과 원한관계가 있는 자 즉 일제강점기에 구원과 원한에 의한 살해 가능성.

6. 치정에 의한 살인 가능성.

특별 수사본부는 위의 여섯 가지 가능성을 놓고 수사하였으며 치정에 의한 살인 가능성은 제거한다. 그가 남의 애인이나 부인을 빼앗을 행동을 할 위인도 못되며 그럴 이유도 없었다. 왜냐하면 그는 아직 신혼인데다 여자에게 호감이

모제르 권총

가는 유형도 아니다. 그의 부인과 모친의 진술에 의하면 그는 퇴근 후에 운동하는 것 외에는 별다른 외출을 하지 않고 주말에도 대부분 집에서 가족들과 시간을 보냈으므로 치정에 의한 살인은 동기가 되지 못하였다.

수사진은 하판락 부인의 진술을 여러 번 받아 보았지만 알리바이와 여러 정황증거에서 별다른 특이점을 발견하지 못한다. 지금의 부인과는 중매로 맺어진 결혼이었고 아기도 있어 살인동기가 약하다고 보고 부인을 용의선상에서 제외시킨다. 다만 부인을 경찰로 불러 심문수준의 여러 가지 질문을 하였다.

"평소에 그가 불안한 느낌을 가졌다든가 아니면 뭔가에 쫓기는 행동을 하지 않았느냐?"는 등 수십 가지를 물어보았지만 그녀의 진술에서 참고할 수 있는 것은 별로 없었다.

그래서 나머지 다섯 가지의 가능성으로 미루어볼 때 하판락이 해방 전에 혹은 차석 승진 전에 수사하였던 사건 중에서 형을 살았거나 사망에 이른 사건을 정리하여 용의자 명단을 만들기로 하였다.

그렇게 판단 정리하여 만든 용의자 명단은 20명이나 되었다. 수사본부는 한 명 한 명을 수사선상에 올려놓고 수사해간다. 그런데 수사를 심도 있게 진행하고 파악하여 보니 20명 중에 12명은 일제의 모진 고문과 만행에 시름시름 앓다가 이미 세상을 떠났으며 나머지 8명 중 6명도 일본군에 징병이나 징용이 되어 생사가 불분명하였다.

일본군의 기록을 살펴보니 여섯 사람 중 네 명은 오키나와로 징용되었고 다른 두 명도 필리핀으로 징병되어 생사가 확인되지 않았다. 실제로 그들의 고향집에 가보니 그들 부모도 아들의 생사조차 알지 못하고 이제나 저제나 언제 돌아오나 손꼽아 기다리고 있었다. 그래서 최근에 불시에 살아서 나타난 사람이 있는가를 확인해보았지만 그런 사람은 한 명을 제외하고는 없었다.

수사팀은 20명 용의자의 가족과 친지, 친구들의 동태를 일일이 다 파악하기도 어려웠을 뿐만 아니라 그렇게 되면 너무나 방대한 수사가 되므로 용의자를 한정할 수밖에 없었다. 그래서 가능성이 낮은 18명의 용의자가 수사선상 순위에서 뒤로 미루어졌다.

하지만 그들의 가까운 친인척에 대한 탐문만은 계속하기로 하였다. 마지막 남은 사람은 유설자와 그의 약혼자였다.

그런데 약혼자는 이미 하판락에 의하여 죽었고 그의 가족이라고는 나이든 부모와 여동생만 있을 뿐이었다. 부모는 늙어서 그런 일을 할 수 있으리라고 생각할 수도 없었다.

하지만 그의 부모와 여동생이 사주를 할 수도 있어 그들의 재산을 추적하고 최근의 행적을 조사하였지만 별다른 이상을 발견하지 못하였다.

이제 마지막으로 남은 것은 유설자뿐이다. 더군다나 하판락에 의하여 몇 년 전에 군위안부로 끌려갔던 그녀가 중국에서 살아 돌아왔다는 사실이 확인되자 수사관들은 활기를 띠고 움직였다. 경찰은 유설자의 주변인물 중 그녀의 아버지 유기양과 그의 가족을 수사선상에 올려놓고 조사하였다.

수사관들은 유설자와 관계된 자를 수사선상의 제1 용의자로 올려놓고 본격적으로 수사하기 시작한다. 경찰은 먼저 유기양과 그의 가까운 친인척에 대하여 수색영장을 발부받아 불시에 수색하여 증거를 찾고자 하였다. 제1의 물증으로 판단되는 권총을 찾고자 유기양과 친인척의 집을 다 뒤졌으나 어떠한 총기도 찾을 수 없었다.

경찰은 유기양의 재산을 추적한 결과 세 필지의 논이 사건 몇 개월 전에 매매된 것을 알아내고 그 돈의 용처에 대하여 유기양을 소환하여 추궁하였다.

유기양은 드디어 올 것이 왔다고 생각하여 경찰에 출두하기 전에 가능한 한 노약하게 보이도록 옷을 입었다. 그리고 경찰의 모든 질문에 대하여 힘없는 말투로 그러나 명확하게 답변하였다. 논을 매각한 대금은 중국으로 가는 딸에게 혼사비용 대신 주었다고 하였다.

이미 중국으로 떠나버린 유설자를 소환하여 취조할 수도 없다. 그리고 유기양이 진술한 논을 판 시점이 딸이 중국으로 간 시점과 일치하고 있었다. 노인네인 그가 하판락을 직접 살해할 수 있으리라고는 생각도 하지 않았다.

또한 딸이 부자 중국인과 결혼하여 아들을 낳고 잘 살고 있다고 하니 살해동기가 그만큼 떨어진다고 판단되었기 때문이다.

탐문에 의하면 유설자가 중국인 신랑과 아기를 데리고 중국에서 돌아와 몇 개월 집에 머물다가 다시 중국으로 들어갔다는 것이 사실로 판명되었다. 이것은 그녀가 친정에 온 시점과 중국에 들어간 시점이 하판락이 살해된 훨씬 이전의 시기라서 유설자와 그의 중국인 남편이 용의자가 될 수가 없다는 것을 의미하였다. 경찰은 유기양의 다른 용의점을 찾을 수가 없어 일단은 집으로 돌려보냈다.

그리고 그의 가족과 주변인물들에 대하여 계속 탐문을 벌였다. 수사관들은 유설자의 남동생을 연행하여 며칠 동안 심문하였지만 유설자와 그의 신랑이라는 사람이 5개월 전에 중국으로 떠난 것을 명확히 확인하였을 뿐만 아니라 사건당일 그의 알리바이가 확실하여 석방할 수밖에 없었다.

그렇다면 그녀가 와서 하판락을 죽이라고 누구에게 청탁하고 사주하였는가 여부를 수사하기로 하였다. 그런데 그녀가 와서 만난 사람을 구분하여 찾는다는 것 자체가 제한적이었고 어려웠으며 거의 알 수도 없었다.

다만 유설자의 집 머슴으로 있었던 박성강이 유설자가 온 이후로 머슴에서 벗어나 개성에서 몇 개월 전부터 살고 있다는 것을 확인하였다. 경찰은 박성강을 급히 연행하여 심문하였다. 이때 박성강 말고도 두 명의 머슴을 연행하여 별도로 심문하였다. 그들은 알리바이도 있을 뿐만 아니라 뭐가 뭔지도 전혀 모르는 머슴이라서 박성강을 수사하는 데 도움이 되지 못하였다.

경찰은 유기양과 거의 같은 시각에 박성강의 금강상회를 긴급 가택 수색 하였다. 그러나 단서가 될 만한 어느 것도 나오지 않았다. 경찰은 박성강이 가게를 열게 된 동기와 그 돈의 출처에 대하여 심문하였다. 박성강은 이미 유기양과 미리 정한 각본대로 심문에 응하였다. 그리고 자신이 미리 생각해둔 시나리오대로 사실처럼 이야기하였다.

그는 경찰의 취조에 답변할 때 아무것도 모르는 무식한 사람으로 대답하고 행동하였지만 결정적인 사항에 대해서는 명확하게 답변하였다. 그러니 경찰은 박성강 자체가 천생 머슴으로서 일반인도 구하기 어려운 총으로 남을 살해할 정도의 위인이 못 된다고 생각하였다.

또한 그의 최근 행적을 추궁한 결과도 사건 날짜를 전후하여 주변 사람 몇 명이 증언한 것이 확실한 사실이었다. 이번에는 그의 재산에 대하여 추적하였지만 가게를 얻은 것 외에 별다른 재산도 없었다. 그러나 수사관들은 그가 가게를 얻고 차리는 데 드는 비용에 대하여 추궁하였다.

박성강이 상머슴살이를 하면서 일 년에 15가마씩 받는 새경 중 일부를 모아 가게를 얻게 되었다고 말하니 연행 이틀 만에 집에 돌려보내질 수밖에 없었다. 수사진을 꾸민 지 한 달 반이 지나자 수사가 지지부진해지기 시작한다.

다른 사건이 끊임없이 발생하고 현장목격자 한 명도 나오지 않았다. 또한 경찰력도 부족하여 석 달이 지나자 거의 잊히는 사건이 되어버렸고 수사본부도 자연히 해체 수준에 이르렀다. 그리하여 최종적으로 담당 형사 한 명만을 남기고 수사진을 정식으로 해체해버린다.

이로써 하판락 피살사건은 영구 미해결 사건으로 기록되었고, 그의 이름은 후세에 오래도록 명예롭지 못하게 전해지게 되었다.

성군자의 중국 생활과 귀향

　성군자는 다른 직업을 계속 찾아보았지만 괜찮다고 생각되는 일자리
가 별로 없을 뿐더러 있어도 연고자만 고용할 뿐 중국어를 더듬거리는
여자를 고용하려는 업주는 한 명도 없었다. 그래서 성군자는 '대호(臺豪)
주점'에서 계속 일할 수밖에 없었으며 술집에서 술을 권하고 따라주는
일도 익숙해져 할 만하였다.

　술집에서 종사하는 여자란 눈치가 비범하여 남자의 마음을 얼른 헤
아려 그 비위를 잘 맞추어야겠지만 실제 그렇게 하기에는 매우 어려운
일이기도 하다. 성군자는 그래도 여느 여자들보다는 남자의 심리를 빨리
파악하고 사람에 따라서 위로해준다든가 같이 울어주고 웃어주고 재빨
리 그들과 동화가 잘되어 술을 못 먹어도 인기가 있었다.

　성군자는 쉬는 날은 거의 소백합이 살고 있는 소초황에 놀러가서 자
신들의 생활과 앞으로의 계획에 대하여 이야기하곤 하였다. 두 사람은
죽마고우처럼 친해졌다. 성군자는 때로 소백합의 생활이 부럽기도 하였
다.

여자가 어디를 가더라도 소백합처럼 사랑을 듬뿍 받으면서 살아야 한다고 생각하며 남자처럼 투박하고 억세게 생긴 자신과 비교해보곤 하였다. 백합이가 이름그대로 한 송이 하얀 백합이라고 할 때 자신은 길고 굵게 우뚝 선 해바라기라는 생각이 들었다. 백합보다는 오밀조밀 하지 않지만 해바라기는 그 꽃 전체에 아름다움이 있다고 생각하였다. 꽃잎과 꽃망울이 큼직하고 단순하며 커다란 하나의 큰 꽃망울대에 수를 놓은 듯 연속된 가녀린 노랑 꽃잎, 영글어갈수록 총총히 검게 박혀가는 해바라기 씨는 꼭 자신의 모습과 삶 같다고 생각하였다.

소백합도 성군자를 자기 집에 와서 살고 일을 하라고 하고 싶었지만 그녀의 자존심을 건드리면 오히려 우정에 금이 갈 것 같았다. 따라서 성군자가 하고 싶은 대로 그냥 놔두기로 하였다. 오히려 그러는 것이 그녀의 마음을 편하게 하는 것이라고 생각하였다. 그래도 같은 말을 쓰면서 자신의 생활과 어려움을 털어놓고 말할 수 있는 친구가 있어 큰 도움과 의지가 되었다.

두 사람이 그렇게 탈출한 후 그럭저럭 별고 없이 살고 있는데 뜻하지 않게 일본군이 항복하였다는 소식을 듣게 된다. 성군자는 환희와 희망에 들뜬다. 어떻게 이런 일이 생전에 일어날 수가 있을까? 영원히 이 세상을 지배하면서 이 생이 끝날 때까지 억압의 굴레를 계속 옥죄기만 할 것 같은 일본 놈들이 물러간다니 그녀는 좋아서 막 춤을 춘다.

아! 정말 잘 되었다. 내가 그놈들 수중에서 도망하여 이렇게 몇 개월을 살아온 것이 헛된 것이 아니었구나. 이제 집에 가자 집에 가! 성군자는 곧바로 소백합을 찾아가서 완전한 자유를 만끽한다.

"백합아 난 집에 갈란다. 내일 짐 싸서 미련 없이 빨랑 갈련다, 너는 어떻게 헐 것이여!"

"그래 집에 가야지. 나도 집에 가고 싶어 죽겠는데 나 못갈 중요한 일이 생겼어! 사실은 나 애기 가졌어!"

"그래에 ?!! 호호호...호 축하한다. 축하해! 기집애 인자서 말하네! 어디 배 한번 보자."

성군자는 소백합이 내미는 배를 슬슬 어루만지면서 말한다.

"호오 제법 불러왔네. 애기야 안녕! 그럼 너는 냉중에 가야 되겠구나. 이제 조선집은 친정이 되겠네?"

"그래 나도 바로 가고 싶어 죽겠는데 집에 가다가 애기가 어떻게 되면 안 되잖아. 애기를 낳고 나중에 갈 거야! 나중에 남편이랑 애기랑 셋이서 가야지! 내가 생각해도 그게 좋겠어. 그리고 군자야! 너 집에 가면 내 편지 좀 부쳐줄래? 여기서 보내면 제대로 갈 것 같지 않아! 아마 일년도 더 걸릴 수가 있겠지. 그래서 네가 좀 부쳐줘!

"그거야 백번이라도 내가 심부름 혀주지."

"그래 고맙다. 오늘 편지를 써서 내일 줄 터이니. 내일 다시 보자."

"알았어! 나도 이제 가서 보따리를 싸고 어떻게 허면 조선에 빨리 갈 수 있을까 알아보아야겠다. 너도 네 신랑한테 좀 알아보라고 말혀서 나한테 좀 알려줘라."

"그래 알았어. 나도 여러 가지로 알아보고 신랑한테도 부탁해볼게!"

성군자는 주점으로 돌아와 주인에게 인사를 하고 다음날 짐을 싸 소백합의 집에 갔다. 그녀는 상해에서 배를 타는 것이 좋겠다는 소백합의 의견에 따라 그렇게 하기로 결심한다. 소백합의 편지도 받아 짐 속에 고이 넣은 후 작별인사를 하고 떠난다. 회자정리(會者定離)라고 하였던가 아니면 거자필반(去者必返)이라고 하였던가. 만나는 사람은 반드시 헤어지게 되고, 떠난 자는 반드시 돌아온다는 법화경속에 숨겨진 인간사에 대한 오묘한 이치에 대한 논리를 두 사람이 알 리 없었다.

성군자는 정주에서 기차를 타고 한 달이나 걸려 상해에 도착한다. 멀기도 하였지만 몰려드는 귀향인파와 기차의 운영횟수가 현저히 줄어 평소보다 열 배 이상 힘들고 시간도 더 걸렸다. 상해역에 내려서 대합실 밖으로 나가니 인파가 길거리에 넘쳐 난다. 주변에는 인력거꾼들이 길가를 죽 점령하고 호객행위를 하고 있다. 성군자는 항구로 가는 길도 거리가 어느 정도 인지도 몰라서 성실해 보이는 인상을 가진 젊은 사람의 인력거를 탔다.

전쟁을 치른 상해였지만 시내는 그래도 번화하였던 모습이 그대로 보존되어 있는 것 같다. 항구까지는 상당히 먼 거리이고 오르막이 있는 지역임에도 젊은이는 이런 일에 이골이 났던지 혹은 가벼운 여자 한 명 태우고 돈이 되는 먼 길을 가서 그런지 날아가듯 달린다. 높은 건물이 우뚝우뚝 서있고 도로도 큼직큼직하게 나 있으며 차들도 많이 다니고 있는 상해의 저자거리의 현대화된 분위기와 잘 포장된 도로에 놀랄 따름이다.

상해 항구에 가까이 왔는지 바다 특유의 냄새가 났고 갈매기가 건물 사이로 날아다닌다. 육지의 인간들은 자신들끼리 서로 살육을 하고 피 튀기며 살아가더라도 갈매기만은 예나 지금이나 자유롭게 항구 이곳저곳을 날아다니며 먹이를 구하면서 평화롭게 살고 있다. 어느 거리를 나가니 휑하니 뚫린 건물에서 바다가 바라다 보이며 상큼한 바람이 불어온다. 그런데 항구 입구라고 생각되는 도로와 인도에 사람들이 인산인해를 이루고 있다.

인력거는 이리저리 군중을 헤치고 항구에 도착하였다. 여객선의 대합실 안도 입추의 여지가 없다. 해방될 시점에 200만 명의 조선인이 조국을 떠나 중국에 와 있었다. 만주를 통하여 귀국할 수 있는 화북과 북중국 그리고 만주지역의 인원을 제외한다 하더라도 그 중의 4분의 1 정도만 상해에 몰려들었다고 생각하면 50만 명이란 엄청난 사람들이 귀향 대상이었다. 그중에서 적어도 10만 명 이상이 상해의 항구로 귀국선을 타려고 몰려들었다.

당시 기선 한 척으로 부산을 왕래하던 연락선으로는 10만 명을 실어 나르려면 1년 이상 걸린다. 하루에 두 척씩 출발하여 부산항에 간다고 하더라도 200일이 걸리는 어마어마한 인원이다. 사람들은 성군자처럼 귀국선을 타려고 연일 꾸역꾸역 항구에 몰려들었다. 항구는 계속해서 밀려드는 인파에 몸살을 앓기 시작한다. 그리고 서로 배를 먼저 타려고 아우성을 쳤고 질서는 무너질 위기에 처한다.

이때 임시정부에서 나온 젊은 사람들이 질서를 유지하여 줄을 설 것을 호소하니 서서히 그들의 말에 따르기 시작한다. 그들은 언제 준비하였는지 줄을 선 사람들에게 번호표를 나누어준다. 성군자도 줄을 서서 번호표를 받았는데 한 달 후에나 출발하는 배였다. 상해 항구 주변은 점차 조선 사람들로 가득 찼고 잘 곳 없는 이들은 아무데서나 노숙을 하였다. 여관은 이미 다 차 있고 갈 곳이 없어 비만 피할 수 있으면 어디라도 지친 몸을 눕혀버렸다.

다행히 춥지 않고 이슬만 피하면 되었기에 상가의 처마나 건물의 입구에 장사진을 친다. 성군자는 여자라서 아무 곳에서나 노숙할 수가 없다. 그래서 배를 타기 전에 식사와 잠자리를 해결하고자 항구 근처의 식당에 가서 부엌일을 해줄 테니 밥만 먹여주고 잠자리만 달라고 하였다.

그러지 않아도 조선 사람들로 북적거려 일손이 부족하여 중국어도 어느 정도 할 줄 아는 그녀를 얼른 고용한다. 성군자는 탑승 예정 3일

전부터 쉬는 시간이면 번호표를 들고 가서 배가 언제 출항하는지 확인하였다. 결국 예정 출항 일자의 3일 후에나 목포로 가는 배를 탄다.

화물선을 급조하여 만든 여객선으로 화물을 싣는 곳에 화물 대신 사람이 앉아서 갈 수 있도록 임시로 매트를 깔아놓았다. 500명 정원인 배에 2,000여 명이 빼곡하게 탔으며 대부분의 사람들은 객실바닥에 좌정하고 앉는다. 다행히 날이 좋아 상당수의 젊은 사람들이 갑판에 나가 있어 오히려 객실은 공간이 생기어 힘든 사람은 바닥에 눕기까지 한다.

드디어 뱃고동이 길게 "중국이여 이제는 안녕!"이라고 말하듯이 울려 퍼지면서 상해 항구를 서서히 벗어난다. 이게 얼마만인가 불과 일 년여가 지났을 뿐이지만 10년, 20년이 지난 것처럼 길게 느끼어진다. 조선을 떠난 햇수가 길면 길수록 고생한 강도가 크면 클수록 그만큼 감격스러움도 크다. 상해 항구를 뒤로 하고 배는 수평선을 향하여 나아간다. 망망대해 서쪽에서 내려 비추던 해가 서둘러 넘어간다.

대부분 남자들은 갑판에 올라가서 바다와 파도와 넘어가는 태양 그리고 흘러가는 구름을 감상하면서 자유를 만끽하고 해방의 즐거움을 맛보고 있다. 모두들 새로운 꿈을 꾸고 있다.

남녀노소 불문하고 내 고향에 가서 새롭게 도약하겠다고 다짐하고 무엇을 할 것인가 고민하기도 한다. 어떤 사람이 노래를 부르기 시작한다. 한 사람이 부르니 따라 불렀고 갑판은 순식간에 수백 명의 합창으로 파도와 배의 기관 소리를 덮어버린다. 모두가 감격스러워 창가 〈귀국선〉과 〈광복군가〉를 부르고 또 부른다.

성군자도 창가와 군가를 들으며 속으로 따라하면서 상념에 잠긴다. 꿈을 가지고 그것을 실행할 때 사람이 행복해질 수 있고 삶의 의미를 더욱 북돋는 것이라고 생각해본다. 그럼 나의 꿈은? 성군자는 자신의 꿈과 삶의 목표가 무엇인지 돌아본다. 별다른 것이 없다. 지금까지 좌충우돌 되는 대로 손이 닥치는 대로 살아온 것이다. 꿈과 희망 그리고 목표가 없는 삶은 극단적인 표현을 하자면 살아 있지만 죽은 것과 마찬가지라고 여겨졌다. 그럼 나는 방년 21살 앞길이 아직 창창하지 않은가? 지금부터 목표를 만들고 그것을 달성하기 위하여 매진하겠다고 다짐한다.

문득 부모님과 동생들이 생각난다. 그렇지! 나를 이 세상에 나오게 한 부모님과 피를 나눈 형제를 위하여 이 한 몸 기꺼이 희생하리라고 생각해본다. 그녀는 몇 개월 동안 강제 위안부 생활 그리고 위험하였던 탈출, 술집에서의 살아남기 위한 몸부림, 21세의 연약한 여자로서 엄청난 역경을 견디어낸 그 경험을 살리기로 한다.

그녀는 자신감을 가졌다. 그러한 곳에서도 스스로 살아났는데 앞으로 독한 마음만 먹으면 못할 일이 뭐가 있겠느냐고 생각하며 스스로도 대단하게 여겨진다. 그녀는 일단 가난이 자신을 이렇게 만든 직접적인 원인이라 생각하고 아직도 가난에 찌들어 있을 집을 일으켜 세우기로 마음먹는다. 그러니까 그녀는 돈을 벌어 부모님에게 논 백마지기를 꼭 사드리고 내가 못한 학업을 동생이 할 수 있도록 뒷바라지하겠다는 것이다. 그녀는 그렇게 되려면 고향에 머물러 있어서는 안 되고 돈을 벌려면 돈이 돌아다니는 서울로 가서 무엇인가를 해보기로 작정한다.

이리저리 뒤척이면서 밤을 지새우고 날이 밝아온다. 이것은 비단 성군자만 그러한 것이 아니고 뜬눈으로 지새운 사람들 상당수가 그런 생각을 하고 있었다.

파도는 그다지 세지 않아서 다행히 뱃멀미는 하지 않았다. 만약 태풍이라도 올 것 같으면 배는 뜨지도 못할 것이었지만 큰바람이라도 있었다면 분명히 추풍낙엽의 신세가 되었을 것이다. 푸른 바다에 떠오르는 태양은 아름다웠다. 마치 수평선이 선홍색의 불덩어리를 허공으로 튕겨 올리듯 한다. 튕겨진 붉은 공은 이내 공간으로 솟구친다. 이때 한 사람이 소리친다.

"야! 육지가 보인다! 조국 땅이 보인다!" 새벽 찬바람에도 갑판 위에 올라와 있던 사람들이 소리친 사람이 가리키는 방향을 보니 거무스레한 무엇인가가 동쪽 방향에서 서서히 일어나고 있다. 그 사람 말대로 과연 육지다. 아니 그것은 섬이다. 한 사람이 선실로 내려가 육지다. 육지다! 라고 말하자 많은 사람이 갑판으로 몰려 나간다. 얼마를 더 가니 섬들이 더 많아진다. 모두들 가슴이 두근두근 거린다.

배는 여러 섬을 돌아 우측으로 들어가다가 진도 좌측에서 방향을 잡아 목포항에 들어간다. 배는 꼬박 하루 반이나 걸려 도착하였다. 그런데 배가 항구로 들어가지 않고 항구에서 꽤나 떨어진 항구 입구인 유달산이 보이는 언저리에 정박한다. 하루가 지나자 배는 항구에 접안하였고 한 사람씩 검역하고 개인 무장을 해제시키며 하선한다.

총검을 개인이 소지하고 있다면 곧바로 압수되었다. 목포 항구에 내리자마자 부두에서 무릎을 꿇고 땅바닥에 입을 맞추는 사람도 있다. 그런 사람은 고국을 떠 난 지 수십 년 된 사람들이다. 그들은 어느 누구보다 이국에서 고국의 고마움과 중요성을 절실하게 깨달은 사람들이다. 성군자도 감격스러워 한국사람 누구라도 붙잡고 포옹하고 싶었다.

그녀는 항구에서 목포역까지 어떻게 가고 거리가 얼마정도 되는가를 주민들에게 물어보았다. 별로 멀지 않아 홀로 걸어서 호남선 상행선 출발역인 목포역에 도착하였다. 기차시간을 알아보니 두 시간이나 뒤에 출발하여 기다리다가 탔다. 기차는 유유히 산과 골짜기 들판을 달렸다. 창

밖으로 보이는 낯설지 않은 풍광이 갈수록 살고 있던 시골집 들녘과 같아지니 그녀의 마음속에서 점점 환희가 일어나기 시작한다. 저녁 무렵이 되기 전에 논산역에 도착하였고 상점에서 여러 가지 선물을 산 뒤에 집에 가는 버스를 탔다. 한 시간에 한 대도 안 오는 버스였지만 시간을 미리 알아보고 물건을 사면서 맞추어 탔다.

그녀는 드디어 집에 돌아왔다. 소식도 없다가 죽었다고 생각한 딸이 갑자기 집을 찾아오니 온 집안 식구가 눈물바다를 이루면서 반가이 맞이한다. 부모님은 군자가 돈 벌러 간다고 하였을 때 말렸지만 끝내 자기 고집을 앞세워 떠나버렸다. 그리고 매달 일정한 돈을 보내준다고 하던 모집책도 딸이 떠난 이후로 한 푼도 보내주지 않아 사기를 당한 것으로 생각하였다. 게다가 군자마저 행방불명되듯 떠난 뒤 전혀 소식이 없자 아버지는 한탄하였다.

"군자가 전쟁통에 죽었구나. 죽은 사체라도 찾아야 할 텐데 어디서 죽었는지도 모르니 참말로 깝깝하다."

이제 포기하려고 할 즈음에 딸이 돌아오니 기적 같은 일이 일어났다고 좋아한다. 성군자는 그동안에 일어났던 여러 가지 일을 소상히 말씀드린다. 다만 중국에 가서 일본군의 심부름을 하였다고 말한다. 일본군에게 시달리고 중국의 요정에 있었다는 말은 꺼내지도 않는다. 그녀는 그동안 억척스럽게 저축한 돈에서 얼마를 생활비로 드리고 자신의 계획을 말씀드린다.

서울로 올라가서 음식장사를 하여 돈 좀 벌어 부모님께 논도 사드리고 동생들 학비도 벌어 학업을 시키도록 하겠다는 자신의 계획을 이야기한다. 부모님은 반대한다.

"무슨 소리 허는 거여. 그만큼 고생을 혔으면 되얐지. 이제 좋은 배필 만나 시집가서 애기 낳고 잘 살아야 혀."

부모님은 펄펄 뛰면서 말린다. 그러나 성군자는 이미 뜻을 굳히고 자기 하나 희생이 되면 이 집안이 잘될 것 같아

"지가 우리 집안을 일으켜 보겠습니다. 그동안 저 없어도 사시는 것은 똑같지 않았습니까? 잉! 어채피 있으나 없으나 헌 몸! 지가 서울에 올라가서 장사를 허여 돈을 벌어 부모님 살아생전에 좋은 집에서 살고 수십 필지의 농사를 짓게 혀드리겠습니다."

그러나 아버지는 강력히 반대하고 나선다.

"애야 군자야! 네가 잉! 아즉은 젊고 혈기왕성허고 여러 죽을 고비도 넘겼다는 것도 이 애비는 네가 말을 안 혀도 잘 알고 있응게로 잉! 참말로, 그렇게 네가 나이 에린 처자가 그 먼 냄의 나라 이국땅어서 얼매나 힘들고 죽을 고생을 허였겄냐? 기냥 냄 일같이 생각하는 사람들은 그 심정을 모를 것이고 나와 네 에미 또한 너보다도 니 숭중(胸中)의 맴을 알 수가 없을 것이여.

그러나 인간이 살아가는 기본과 근본이 무엇인가를 생각혀보면 네가 생각하는 것만이 꼭 옳은 생각이라고 할 수는 없당게로! 사람이 살아가는 근본은 말이여 가족 간의 사랭(랑)이라고들 허는디 나는 그것이 맞는 말인 것 같여! 물론 말이여! 이것이 먹고사는 문제 잉! 즉 의식주 해결이 선행되어야 헌다고들 말들 허지만 꼭 그런 것만은 아니여ー!

그게 말이여. 굶지 않고 겨우 뱁이나 먹드라도 사랑이 가득 찬 가족은 희맹(망)이 있는 집이고, 그 반대일 갱우 잉! 돈은 쪼께 있지만 그 돈이 사랑을 가져다주지는 못허는 집안은 잉?! 그거이 행복이라는 것을 외려 파괴할 가능성도 있는 것이여ー어. 나는 인자 우리 군자가 가정을 이루어 그러코롬 사랑이 넘치는 가정에서 애기를 키우면서 살아가는 모습

을 보는 것이 소원이여. 네 에미도 나와 같은 생객이여!"

어머니도 옆에 있다가 말한다.

"군자야! 잉! 니 동상들도 끄리끄리혀서(장성하여 자기 몫을 하는) 돈도 많이 소용되겠지만 한팬으로는 인자 갸들도 지 몫들은 할 수가 있응게로 그보다도 더 우리식구끼리 단결허고 잉! 행복허게 웃음이 가시질 않는 그런 집안을 맹그는 것이 더욱 중요한 것이여―잉! 이 에미도 느그 아부지허고 똑같은 싱각이다!"

"어머니, 줄줄이 늘어선 에린 것들을 어떻게 먹이고 가르치고 허나요? 지가 나서지 않으면 안 될 것 같아요."

"군자야 나는 말이여 잉! 다시 한번 말허자면 사람이 살면서 굶지 안허면 된다고 싱각헌다. 느그 아부지는 이날 이때까장 느그 동상들을 한 끼도 굶기지 않고 멕여왔고 그럴려고 부지런히 일을 혀왔단다. 앞으로도 너나 네 동상들이 쪼께만 도와주면 굶지는 않을 것이니 우리 그것으로 만족하면서 살자꾸나!"

성군자는 어머니 아버지의 간곡한 말씀을 그대로 뿌리칠 수 없었다. 그래서 일단은 며칠 쉬면서 다시 생각하기로 한다. 사실 지금까지의 고생은 돈을 벌겠다는 자신의 주장에 모집책의 유혹에 빠지고, 그 결과 돈도 벌지 못하고 죽도록 고생만 한 것이라 자신도 크게 주장할 수도 또할 말도 없었다.

두 달 후에 성군자는 논산에 있는 성냥공장에 취직을 하였다. 그녀는 열심히 일하였으며 그녀가 받는 돈은 한 푼도 쓰지 않고 그대로 저축하여 맨주먹 아무것도 없는 적수공권의 상태에서 정말 일 년 반 후에는 논한 필지를 샀고 이 논은 군자네 살림살이에 큰 도움이 된다.

1947년 봄 그녀는 중신아비의 중개로 전북 익산군 팔봉에 사는 한 젊은이와 혼인을 한다. 그 젊은이의 이름은 변성훈이다. 그는 ○○농림학교를 졸업하고 집에서 농사를 짓다가 해방 후에 순경공채에 합격하였으며 결혼하기 전에 순경으로 2년 근무한다. 그런데 그는 결혼한 지 1년 뒤 경찰 생활이 그의 성격과 맞지 않는다 하여 성군자와 상의한 끝에 그만두고 집에서 농사를 짓기로 한다.

그는 외아들이었으며 그의 아버지가 경작한 논이 제법 되어 그중의 일부를 물려받아 농사를 지었다. 특히 그는 농림학교에서 가축사육에 관하여 흥미를 많이 가지고 공부하여서 자신이 있었으므로 이것을 해볼 것이라 작정하였다.

그는 처음에 돼지 세 마리와 닭, 오리 열 마리로 시작하여 2년 반 만에 수백 마리의 닭과 오리 그리고 이십여 마리의 돼지를 키우게 되었으며 일정한 수의 오리를 특정 식당에 납품하는 계약도 따내게 된다. 아마도 최초로 한반도에서 가축과 가금을 대량 사육을 시도한 것은 그일지 모른다.

성군자는 1948년 하반기에 아들 하나를 얻는다. 시아버지 시어머니는 입이 함박 만하게 벌어졌다. 대를 이은 공로로 시집의 사랑을 듬뿍 받으며 성군자는 평화롭게 쌔근쌔근 자고 있는 아기의 얼굴을 보면서 생각한다.

"이것이 사람이 사는 큰 행복 중의 하나이고 어떻게 보면 전부이겠구나!"

친정어머니와 아버지가 상경을 적극 만류하던 것이 지금은 조금씩 이해가 가는 것 같았다.

소백합의 행복

한편, 소백합은 백장미라는 가명을 쓰면서 생활하며 나름대로 행복한 나날을 보내고 있었다. 남편 팽리창은 그녀를 더욱 사랑해주었고 그녀도 남편을 잘 따랐다. 그녀는 마침내 1946년 여름에 소백합을 닮은 예쁜 딸을 순산한다. 팽리창은 본처가 낳은 아들이 셋이나 있었다. 아들은 믿음직스럽기는 하나 예쁜 것은 그래도 딸이고 농와지경(弄瓦之慶: 딸을 낳은 즐거움. 중국에서 딸을 낳으면 흙으로 만든 실패를 장난감으로 주었다는 데서 유래함)이라 하며 몹시도 좋아하였다. 딸이 커갈수록 귀엽고 예뻐지니 온통 딸만을 위하여 살아가는 것처럼 보인다. 그런데 그 행복은 그다지 오래 가지 못한다. 호사다마라고 하였던가.

1947년 전반기 말 그러니까 소백합의 아기가 어느 정도 자라서 친정 남포 집으로 아기와 남편과 함께 가려고 준비하고 있을 때였다. 중국 내에서는 소위 국공내전이 발발하여 중국군 장개석 군(軍)과 공산군인 모택동 군과의 전투가 벌어진다. 공산군이 점점 국민군을 밀어붙여 마침내 정주도 공산군 수중에 떨어지고 이곳에 진주한 공산군들은 팽리창을 체포하여 가두어버린다.

그가 과거 일본군에게 각종 편의를 제공하고 도왔으며 일본군이 패망한 후에도 장개석 군을 도와주었다는 혐의다. 팽리창은 적극 부인하였으나 원래 공산당이 된 사람들 상당수가 현실을 부정하고 자신의 태생을 비관적으로 여겼으며 기득권 세력에 대한 거부감이 매우 강하여 그의 변명은 전혀 받아들여지지 않았다. 그는 인민재판에 붙여진다. 다행히 그는 목숨만은 부지하고 태형 백 대와 개인 재산 절반을 압수한다는 판결을 받는다.

태형 백 대가 말이 백 대지 골수를 파헤치고 찔러대는 엄청난 형벌이다. 그의 엉덩이와 허벅지는 엉망이 되어버린다. 태생이 귀공자로 태어나서 귀하게 자라고 살다가 실로 형용할 수 없는 벌을 받게 되니 6개월을 끙끙 앓다가 결국 세상을 떠나고 만다.

그런데 그가 잡혀가게 된 이유가 후문에 의하면 이러하다. 그를 평소에 부러워하던 죽마고우가 있었다. 그는 모택동 밑에 들어가 일본군과 대치하다가 고향으로 진주한 후에 여전히 잘살고 있는 친구 팽리창을 보고 시기심에 그를 집어넣었다는 것이다. 그로서는 팽리창을 죽일 생각은 없었고 단지 어느 정도 고통만 주려 하였으나 매를 못 견딘 그가 죽었다는 것이다. 더 이상 상황을 만회할 수 없는 복수난수의 경우가 된 그의 친구는 후회하였지만 이미 엎질러진 물이 되었다.

소백합의 눈에서는 눈물이 걷잡을 수 없이 흘러나온다. 그녀는 대경실색 하고 대성통곡 한다. 아기하고 어떻게 살아간단 말인가? 앞길이 또한 막연하기만 하고 이렇게 된 바에는 아기를 데리고 친정에 가야겠다고 생각하였다. 그래서 노자를 마련하려고 음식점을 내어놓았다. 하지만 사회가 혼란스러워 사려는 사람도 없어 이러지도 저러지도 못하고 전전긍긍하게 된다.

그런데 또 하나의 문제가 발생한다. 팽리창의 장사를 지내고 열흘이 지나자 어느 날 큰아들이 나머지 두 동생을 데리고 귀양을 가 있는 어머니에게 갔다.

"어머니 안녕하시지요. 저희들 왔어요. 그동안 얼마나 고생이 되셨습니까? 저희가 이제 고생을 끝내드리겠어요."

"어이쿠 우리 아들들 어서오너라! 어떻게 여기에 왔느냐! 오면 안 되는데. 무슨 경을 치고 야단맞으려 그러느냐."

"어머니 이제는 안심하시지요, 아버님이 열흘 전에 돌아가셨어요. 이제 어머니는 해방이에요 해방!"

"뭐 아버지가 돌아가셨다고? 왜? 어떻게 무엇 때문에?"

자신을 유배시킨 남편이었지만 깜짝 놀라며 물어본다. 아들 셋은 아버지 팽리창이 죽은 이유와 그동안에 있었던 일을 소상히 말씀드린다. 첫째 부인은 사연을 듣더니 혀를 끌끌 찼으며 지금까지의 침울한 분위기에서 당연하다는 듯 뭔가 서슬 퍼런 분위기로 얼굴 표정이 바뀐다.

"오냐, 내 그럴 줄 알았다. 조강지처 버리고 그런 짓 하였으니 부처님도 노하셨을 것이다. 그럼 나 여기 정돈하고 곧바로 내 집으로 갈란다."

"예! 어머니 당연히 그렇게 하셔야지요. 가만! 너희들 둘, 귀 좀. 어머니도…"

첫째는 미리 생각한 소백합 제거 계획을 조용히 이야기한다.

"저기 말이야. 소백합 그년 그냥 쫓아내도 되지만 그동안 어머니가 당한 수모를 생각하면 가만히 내보는 것이 마음에 차지 않아. 그래서 말이야, 자객을 한 명 사서 그년을 감쪽같이 없애버리겠어. 너희들 생각은 어떠냐?"

"형, 그것 좋은 생각이네. 그런데 그년을 제거할 사람을 구하는 게 문제가 되겠네. 어떤 사람이 좋을까?"

"얘들아! 그년을 없애버리는 것은 좋은데 꼭 그렇게 죽여야 할까? 내가 당한 것처럼 어디 멀리 유배 보내버리는 것으로 하면 되지 않을까? 내가 당한 것처럼 꼭 그렇게."

"어머니는 너무 마음이 후하고 연해서 탈이에요. 비극의 싹은 아예 처음부터 싹둑 잘라버려야 해요."

"제가 좋은 수가 있어요. 요즈음 늙은 퇴역 군인이 많이 있어요. 그 사람들은 평생 싸우면서 운 좋게 살아남았지만 퇴역하더라고 돈 한 푼 받을 수 없었지요. 지금 전쟁 중이라 어느 누가 거들떠보지도 않아 더욱 그렇지요."

"형, 그럼 퇴역군인 중에서 고용을 하겠다는 건가?"

"그렇지, 바로 그거야. 그들은 돈이 필요하지. 그래서 값싸게 고용할 수가 있어. 그리고 그들은 우리가 가지지 못한 총을 소지하고 있지. 감쪽같이 처치할 수 있어."

"그래 그게 좋겠네." 두 동생은 형의 계획에 동의한다.

"그런데 말이야. 여기에는 자금이 많이 필요하지. 내가 아버지 재산을 잘 처리하여 거사비용을 마련할 테니깐 너희들 둘은 군말 말고 있어라. 알겠지?"

"그럼 형이 아버지 재산을 다 처분하겠다는 거야?"

"아니, 그런 것이 아니고 일단은 그년이 있는 화초황을 팔아버리고 거기서 나가기 전에 그년을 처리할거야."

"형 말이야. 이 일을 기화로 아버지 재산을 다 차지하겠다는 생각은 하지마. 우리가 다 지켜볼 거야."

"이놈 새끼들! 형이 일을 하고자 하는데 돈이 없어 아버지가 남긴 재산을 이용하여 거사를 하겠다는 것인데 어떻게 생각하고 있는 거야? 앞으로 너희들 입도 벙긋 마. 알았어?"

두 동생은 형의 억압적인 태도에 입을 다물었으나 재산문제에 있어서는 자신들도 권리를 가지고 있다고 생각한다.

큰 아들은 거사 자금을 마련하려 화초황을 팔려고 하였으나 화초황이 소백합의 명의 되어 있었다. 그는 실망하여 이번에는 다른 음식점을 싸게 내놓고 팔아 어머니를 옛집에 다시 모시고 한 달 후에야 퇴직 군인 한 명을 자객으로 고용한다. 그 자객은 소백합의 집에 강도로 가장하여 침입하고 권총으로 소백합을 살해한다.

미인박명이라 하였던가, 가인박명이라 하였던가. 예쁘게 피었던 한 떨기 작고 하얀 백합 한 송이가 시기와 투기에 의하여 안타깝게 떨어져서 짓밟힌다. 다행히 그녀의 딸은 왕 할머니에게 임시로 맡겨져 있어 무사히 목숨은 건졌으나 천애고아로 아기 혼자 이 험난한 세상을 살아가게 되었다.

소백합을 청부살해한 본처의 아들 삼형제는 이 사건 후 재산 싸움을 벌이다가 가산을 탕진하고 패가망신한다. 불행 중 다행으로 소백합의 이름으로 올린 화초황은 본처의 삼형제도 어찌할 수 없어 할머니는 이 자산을 이용하여 아기를 키우게 된다.

이즈음 국공전투는 전력이 4대 1 정도로 열세임에도 불구하고 인민들의 전폭적인 지지로 모택동 군이 승리한다.

이때 만주로 진군한 소련군은 만주에 있는 일본의 산업시설과 군수생산시설을 무혈로 점령하고 여기에서 생산되는 무기와 군수품을 모택동에게 지원한다. 자고로 역사상 전란 후에 중국 내에서는 이 잉여군대를 어떻게 처리하느냐에 따라 다시 혼란기에 접어드느냐 강력한 통일 국가를 형성하느냐가 결정되기도 하였다.

한 예로 한나라를 세울 때 최대의 공신인 한신이란 장군은 모든 전투에서 승리하여 200만 명의 군사통수권을 가지게 되면서 유방을 능가하였다. 이때 한신의 모사와 참모들은 한신이 새로운 독립국가를 세우도록 의견을 내었지만 한신은 끝내 군사원수의 인을 유방에게 돌려주었고 그 결과 강력한 한나라가 출현하게 된다. 한신은 유방에게 유배를 당하는 결과를 초래한다. 만약 이때 한신이 자기 몫을 참모가 건의한 대로 주장하였다면 새로운 내란전투가 벌어졌을 것이다.

이처럼 잉여군대가 지닌 힘을 소진시킨다는 것은 전란 후에 새로운 통치자의 숙제가 되었다. 모택동은 국공내전에서 승리한 후에 수백만의 잉여군대를 어디에 쓸 것인가를 생각하다 티베트와 신장 등 중국 변경의 국가를 공격하여 중공국가로 편입시켜버린다. 일부 군대는 대만과 바다를 사이에 둔 복건성과 광동성에 집중 배치하여 대만을 침략할 태세를 유지한다.

그리고 일부 잉여군대 중 장개석 군을 대만으로 쫓아버린 유명한 조선 출신 전투사단을 포함한 5만여 명을 국공내전이 끝나자 김일성에게 넘겨준다. 그들을 한국동란 때 최전선에서 남침을 자행하게 된다. 또한 유엔군이 9.28서울수복에 이어 평양을 지나 압록강까지 진군하자 만주에 주둔하여 있던 수십만의 잉여군대를 한국전쟁에 몰아넣고 인해전술을 사용, 유엔군과 국군을 몰아붙여 처절한 1.4후퇴를 만들어낸다.

이러한 모택동의 행태는 한민족 동족상잔의 잔혹사를 만들어냈고 남북분단이 더욱 고착되는 원인을 제공하였으며 한반도를 새로운 이전투구의 장으로 만들었다.

무명 독립군의 최후
-포로 천영화의 귀환-

　　미국 군함에 의하여 구조된 천영화는 필리핀의 한 포로수용소에 수용되어 1년 3개월 동안 생활한다. 그는 단순한 포로생활을 한 것이 아니라 재미교포 리처드 박의 도움으로 미군 식당에서 허드렛일을 도와주는 일을 하였다. 허드렛일이란 식당의 바닥청소, 쓰레기 수거 그리고 물품이 들어오면 하역을 하는 단순노동이었다.

　　그는 오전 9시에 출근하여 통상 8시간 근무를 하였지만 일이 많을 때에는 스스로 연장근무까지 하여 도와주고, 천성이 부지런하고 깔끔하며 일을 미루는 성격이 아니라서 6개월 동안 그날의 일은 완벽하게 마쳤다. 천영화의 이런 행동을 목격한 미군 상사는 천영화에게 특전을 주어야겠다고 생각하여 막노동보다 요리사 보조의 일을 맡긴다.

　　하얀 가운과 모자를 쓴 조선 청년 포로가 미군 식당의 주방 일을 보조하게 되었고 여기에서도 성심성의껏 일을 하여 주방장의 눈에 들었다. 그리고 양식요리에 관한 모든 과정을 어깨너머 배운다. 주방장도 때로는 천영화를 불러 요리과정을 알려주고 지도도 해준다.

그렇게 요리사로서 양식요리에 눈이 익어가려고 할 때에 일본 왕이 항복하였다는 소식을 듣고 한국 출신 포로들과 해방을 자축한다. 그때까지 포로수용소에서 주도권을 잡고 호령하던 일본군은 완전히 사기가 떨어졌고 마치 쥐가 든 것처럼 한국 출신 병사들의 눈치만 슬슬 살핀다.

천황이라고 우러러 받들던 상징이 미군에 항복하였다는 소식을 듣고 일본군 중에는 자결하는 장병도 있었으며 대부분 목 놓아 울었다.

한국 출신 병사들은 기가 올랐지만 일본 병사들에게 원수를 되갚는 행동은 하지 않았다. 인간심리의 극단을 보는 것 같아 마음이 심히 착잡하였다.

일본군이 항복을 하고 해방이 되었다고 바로 귀국할 수 있는 것이 아니었다. 복잡한 과정이 다시 5개월의 세월을 흘러가게 만들었고 그들이 부산항에 돌아온 것은 1946년 초였다. 부산에 내리니 날이 무척이나 춥다. 그동안 필리핀의 무더위에서 살아와서 추운 한국에 오니 적응이 되지 않아 추위의 강도는 비교할 수 없을 정도였다.

그는 가까운 상점에 들어가 내복과 외투를 사서 입는다. 기차를 타고 대전지역에 들어서니 산과 들이 온통 하얗게 눈이 쌓여 있고 차창너머로 들어온 풍광은 잃어버렸던 세상에 다시 온 듯하다. 오후에 서울역에 도착하여 전차를 타고 무척이나 설레는 마음으로 마포에 있는 집에 들어가서 어머니를 부른다.

"어머니, 어머니!"

대답이 없고 조용하다. 혹시 주무시고 계시지 않을까 생각하며 방문을 다 열어보았으나 방에는 아무도 없다. 안방으로 들어가 여러 가지 물품을 살펴보았다. 어머니가 아직도 이곳에 살고 계신다. 그는 부엌으로 가보았다. 남은 밥 일부가 놋쇠 밥그릇에 담겨 있다. 천영화가 쌀독을 열어보니 쌀은 얼마간 남아 있어 외출을 하시거나 일을 나간 듯하다. 돌아오시면 식사를 하실 수 있도록 밥을 짓고 반찬도 자신이 할 수 있는 것은 집에 있는 재료로 만든다.

실로 수년 만에 부엌 아궁이에 피워보는 장작불이다. 날도 추우니 장작을 더 넣어 방을 훈훈하게 만들고 천영화 자신의 방과 누이가 거처하는 방도 같이 지핀다. 밥과 반찬이 다되고 밤이 되어 밖이 깜깜해졌을 때 어머니와 누이는 돌아왔다. 깜짝 놀란 두 모녀는 천영화를 얼싸안고 전쟁에서 살아 돌아온 것에 대하여 모두 손잡고 감사의 기도를 올린다.

"하느님 감사합니다. 하느님께서 우리 아들 영화를 버리지 않으시고 목자로 삼으시고자 이렇게 다시 집으로 별 탈 없이 인도해주시니 그 은혜 참으로 하해와 같습니다. 앞으로 주님의 역사를 대신 하시라는 심부름으로 알고 열심히 주님의 말씀을 실천하고 세상의 모든 사람에게 복음을 전하겠습니다. 주님의 성령이 가득 찬 사람으로 거듭나기를 기도하나이다. 아멘!"

천영화도 그동안의 모든 군대생활 그리고 구사일생으로 살아난 사건과 필리핀에서 미군들과의 근무에 대하여 말씀드린다. 천영화가 위기를 모면할 때마다 어머니는 아멘을 되풀이하고 누이는 마치 만화 속 세상에 빠져든 듯하다. 천영화는 아버지와 할아버지가 몹시 궁금하였다. 그래서 어머니에게 조심스럽게 묻는다.

"어머니, 그동안 아버지 할아버지 소식은 들으신 적이 있으신가요?"
어머니는 한참 동안 아무 말도 없더니 한숨을 길게 내쉬면서 말한다.
"네 아버지는 작년 해방이 되고 나서 10월 달에 이곳에 오셨단다."
어머니는 잠시 멈칫하시며 말씀을 이어간다.

"아버지의 말씀에 의하면 그동안 일본경찰에 쫓기어 탄광을 접어두고 다시 서울로 들어오셨단다. 그러나 이곳 서울이 여의치 않아 너희 할아버지와 함께 신적(身迹) 없이 잠적하기로 하였단다. 두 분은 중국으로 가다가는 잡힐 가능성이 많으니 등잔 밑이 어두울 것이라고 판단하여 대마도로 피신을 하셨단다. 그곳에서 힘들게 일용직 근로를 하여 겨우 연명을 하고 있다가 해방이 되어 서울로 돌아오셨다.

그동안 광산에 일생을 걸고 심혈을 기울여 겨우 개발하고 미약하나마 조국 독립에 일조하였던 광산을 다시 정비하려 서울에 온 지 한 달 후에 다시 함경도로 가시겠다고 하셨다. 잘되면 그때 나를 부르겠다고 말씀하시면서 너희 할아버지와 함께 함경도로 다시 가시겠다고 하여 나는 처음에 말렸단다.

이제 그만 이곳에서 가족과 함께 사는 것이 어떻겠냐고 하였더니 아버지는 즉답은 하시지 않았단다. 그러다 일주일 후 다시 오셔서 할아버지가 꼭 가셔야겠다고 하여 같이 가야 하니깐 소식을 기다리라고 말씀하시고 다음날 떠나셨단다."

"그럼 할머니 그리고 삼촌도 같이 가신 건가요?"

"아니다. 두 분만 가셨단다. 정착이 되면 그때 다시 기별을 하고 이제 일본 놈들에게서 해방이 되었으니 모든 가족을 다 부른다고 하였는데 아직도 소식이 없으시다.

어느 날 내가 한 꿈을 꾸었는데 네 아버지가 대문까지 오셔서 가만히 서 있기만 하기에 내가 무엇하고 있느냐? 왜 집에 들어오지 않고 그렇게 서 있느냐? 하고 물었다. 그리고 내가 대문으로 나가 집에 들어가자고 하였단다. 그렇지만 여전히 아무 말도 안 하시고 뒤돌아 말없이 그냥 떠나버렸다.

꿈을 꾼 후 생각해보니 그날 너희 아버지에게 무슨 일이 일어난 것 같고 이제 영영 다시 못 볼 것 같은 생각이 들었는데 과연 그 이후로 어떤 연락도 없이 두절되었단다."

어머니는 한숨을 크게 내쉰다. 어머니는 아버지와 파경중원(破鏡重圓: 이별한 부부가 깨진 거울을 다시 맞추어 보고 재결합한다는 고사성어) 하리라 생각하였지만 당신의 마음만 그러하였고 끝내 복원되지 못하였다.

천중선과 천명운은 광산사업을 다시 하려고 1945년 말 서울을 떠나 드디어 자신들이 폐쇄한 광산에 되돌아간다.

이곳을 떠난 후 돌아오기까지는 2년이 채 되지 않았는데도 판자로 만든 집과 광부들이 머물렀던 숙소가 완전히 폐허가 되다시피 하였다.

천명운은 자신이 살던 집에 가보았으나 부인과 아이들은 어디로 이사를 갔는지 행적을 찾을 수 없었다. 주변에 수소문을 하였지만 그들의 소식은 알 수 없었다.

그는 이제 나이 드신 아버지를 가능한 한 쉬시게 하고 혼자서 모든 일을 해결해야 한다고 생각하였다. 광산으로 가서 확인해보니 광석을 캐내는 광산은 변함이 없으나 기계가 녹이 많이 슬어 다시 이용할 수는 없었다.

새 기계를 살 수 있는 자금의 여유가 없어 중고기계를 알아보았다. 흥정하여 구입하고 설치하는 데에도 상당한 기간이 소요되고 돈도 제법 들어갔다. 집도 다시 짓다시피 보수를 하고 인부는 새로 모집하였다. 이렇게 광산사업 준비를 하는 데에만 7개월이란 시간이 지나갔다.

1946년 하반기가 되어서야 비로소 광산이 가동된다. 그런데 어느 날 난데없는 청천벽력이 광산에 떨어진다. 금광이 정상화되어 생산하기 시작한 지 불과 한두 달 밖에 되지 않은 시기였다.

1946년 8월 10일 북조선임시인민위원회는 이른바 주요산업국유화 법령과 12월 사회보장법을 선포하여 모든 광산을 국유화한다고 선언한다. 그리고 고용된 노동자의 최저임금과 노동시간에 대해서도 상향 규정을 만들어 광산이 국가에 몰수당할 상황에 처한다. 이로 인하여 광산을 운영한다고 하더라고 수익이 현저하게 줄어들어 광산의 존폐분기점에 이르게 되는 것이다.

　　이러한 조치들은 1947년 1월 북한에 5도행정국이 설립되어 일제가 담당하였던 도, 시, 군, 면에서의 행정을 인수하고 북조선 인민위원회와 연계가 된 시점에서 발표된다.

　　부자지간에 운영하는 광산은 무더운 여름날 갑자기 된서리가 내린 셈이 되었다. 광산의 모든 것을 압수하여 국가의 소유로 하고 앞으로 국가가 경영한다는 것이다.

　　"이것은 말도 되지 않는 일이다. 일본 놈 시절에도 개인 광산을 인정하고 일정한 세금만 내면 개인이 소유할 수 있었는데 무슨 해괴한 정책이냔 말이냐?"

　　광산업자들은 강력하게 반발한다. 개인 광산 소유주들은 연합회를 만들어 성명서를 낸다.

　　"일제치하에서도 사설광산이 인정되었는데 지금 해방된 이 시기에 무슨 책략을 꾸미고 있는가?"

　　"당은 책임을 지고 개인 재산을 인정하라. 그리고 많은 노동자들이 일하는 광산이 폐쇄되는 것을 방지하고 그들의 생계를 보장하라." 등의 성명을 내고 가두시위를 하기로 한다. 가두시위는 1947년 추운 겨울이 지난 봄부터 광산이 많은 온성 지역에서 처음 거행되었다. 이어서 회령, 은덕, 경원 등지에서도 잇달아 시위가 일어난다.

이날 역에 모인 군중은 5백여 명으로 탄광노동자와 그의 가족들이다. 모임장소에는 어떻게 알고 왔는지 소련군 1개 중대와 공산당 요원이 나와서 시위를 중지하고 해산하도록 종용한다.

시위대는 온성역에 모여 군청이 있는 방향으로 약 1킬로미터 정도를 행군하였고 공산당대표와 광산업대표가 대화를 하여 차후에 회합을 갖기로 하였다. 이날 시위대는 회합한다는 조건하에 단순히 행진만 하고 해산하였다. 일주일 후 양측 10명씩 모두 20명의 대표가 모인 가운데 이번 사안에 대하여 연석회의를 개최한다. 하지만 서로 자신들의 주장만 내세우다가 회의는 한 발자국 진전도 없이 결국 파국을 맞는다.

공산주의자들은 앞으로 모든 광산과 공공사업장은 국가가 소유자로 되고 노동자들은 그곳에서 공평히 일을 하고 공정한 노임을 받게 될 것이라고 강조한다. 공산주의자들은 광산이 어떤 개인의 소유가 아니고 북조선에 사는 모든 사람의 재산이라 하였다. 그리고 이곳에서 생산되는 모든 광산물은 당연히 국가가 소유자로 되어야 하고 당이 주체가 되어 관리할 것이라고 하였다. 회의는 기존의 당 방침만 재확인하는 선에서 끝났다. 이에 반발한 전 광산대표들은 당장 내일부터 시위에 나설 것이라고 선언하였다.

그러자 공산당원들은 시위에서 벌어지는 모든 사태는 광산대표들이 책임져야 한다고 압박하였다. 며칠 후 함경북도 회령과 온성 지역에 있는 모든 광산의 소유주와 노동자와 그들의 가족들이 아침부터 모여들었다. 많은 사람들이 팻말과 현수막을 들고 모여서 군중대회를 열어 공산당의 행태를 비판하였으며 대회가 끝나자 시가행진을 하였다.

이날도 소련군이 나와서 대치하였다. 시위자 5백여 명은 구호를 외치며 시내를 한 바퀴 돌면서 군청입구에 도달한다. 군청에 진입하려던 시위대를 총을 든 소련 군대가 막았고 시위대는 군 청사 진입을 일단 보류한다. 그리고 시위대 대표의 지휘하에 질서정연하게 앉아서 구호하고 노래를 부른다. 한 시간여가 지난 후에 도(道) 당 간부가 나타나서 시위대에게 최후통첩을 보내고 위협한다.

"이 시간 이후로 당장 해산하고 당 정책에 따르라. 그렇지 않으면 발포하겠다!"

그러나 시위대는 자신들의 생명이 달린 것이나 다름없는 광산을 포기하고 그냥 물러날 수는 없었다.

"너희들이 뭐하는 놈들인데 소련군까지 데려와서 우리들을 위협하느냐? 일본 놈들보다 더하면 더했지 덜하지는 않다. 죽이려면 죽여라. 쏠 테면 쏘아봐라!"

구호를 외치며 선두에 서있던 시위 주동자들이 앞장서서 군청에 들어가려고 시도하자 이를 말리는 공산당원과 소련군과 몸싸움이 일어난다. 몸싸움 중에 총을 빼앗길 위험이 있는 소련 병사가 처음 발포를 한다. 의도적이지 않은 발사였지만 이것이 신호가 되어 연속적으로 총소리가 들리고 앞장선 사람들 대부분이 죽거나 총상을 입는다. 제일 앞에 선 천중선과 천명운도 동시에 총을 맞아 관통상을 입는다. 천중선은 이마에 총을 맞고 즉사하였다.

천명운은 배를 맞고 쓰려져 한 손으로 흐르는 피를 더 이상 흐르지 않도록 고통을 참으며 꽉 누르고 있었다. 시위대는 총격에 뿔뿔이 흩어졌고 제각각 달아나는 시위대 뒤에 소련군은 기관총을 난사하여 많은 사람들이 추가로 사살당하고 부상자가 발생하였다.

이날 발포로 30여 명이 사망하고 50여 명이 중경상을 입었다. 뒤늦게 시위대 일부가 돌아와 방치된 사체와 부상자들을 거두어 가까운 병원으로 옮겼다. 천명운은 워낙 피를 많이 흘린 상태라서 더 이상 의식을 회복하지 못하고 저세상 사람이 되었다. 두 명의 숨은 독립군은 노동자들의 세상을 만든다는 공산당의 총칼에 허무하게 죽어갔다.

이때가 1947년 5월 두만강 유역의 푸른 솔이 가득한 산야에 개나리가 노란색의 자수를 아무렇게나 놓고 있을 때다. 개나리는 인간들의 갈등을 아는지 모르는지 노란색 꽃송이를 계속 피워내다가 일순간 핏빛으로 물들어간다. 그러다가 돌풍에 우수수 힘없이 떨어져 주변은 검붉은 꽃송이로 어지러운 마당이 된다.

천영화의 구직

    남한의 국내정세는 매우 혼란스러웠다. 국내파에 의하여 만들어진 정부이양, 미군정의 인정, 좌우합작 그리고 모스크바 3상회의 결과에 따른 신탁통치 문제 등이 사회를 어지럽히고 있다. 이러한 과정에서 공작과 암살이 판치고 북이 보낸 간첩과 자생적인 남로당의 지하세력에 의하여 혼돈의 정국이 계속된다.

    하루하루 일상을 청빈하고 소박하게 살고 있는 어머니는 바느질 품삯을 하고 누이는 일당제로 단순노동을 하면서 겨우겨우 생계를 이어가고 있다. 천영화는 어머니와 누이를 위하여 어디든지 취직하여 밥벌이를 하는 것이 자신으로서는 최우선 과제라고 생각한다.

    취직을 하려면 공공기관과 상점 등이 밀집된 지역을 찾아가야 한다고 생각하고 전차를 타고 종로 입구에서 내린다. 그는 소공동, 을지로, 종로, 중구와 여러 지역 등을 돌아다니면서 구직광고가 붙어 있는 곳을 찾는다. 구직광고는 거의 발견할 수 없었으며 구직광고가 붙어 있는 사무실이라 하여도 찾아들어가 문의를 하면 이미 고용이 끝나버렸다. 자신은 과거 상사(商社)에서 근무하였고, 미군 식당에서 일한 경험이 있어 그런 사무실이나 음식점 문을 두드렸지만 이미 수많은 사람들이 몰려들어 경쟁이 심하였다. 연줄이 없는 사람은 아예 명함도 내밀지 않는 것이 마음 편한 상황이었다. 그렇게 서울 시내 곳곳을 다니고 있을 때 중구경찰서 앞을 지나가던 천영화는 경찰관을 모집한다는 벽보와 함께 경찰 시험 예고가 정문 앞에 붙어 있는 것을 본다.

옳다구나 하며 전단을 읽어보니 시험은 두 달 뒤에 있고 시험과목은 한문, 법률상식, 영어였다. 그는 시험에 자신이 있었다. 두 달 동안 밤새워 공부하였고 1차 시험에 떡하니 합격하였다. 2차는 면접이었는데 그가 필리핀에서 배운 영어회화 능력이 인정되어 거뜬히 최종합격 되었다. 미군의 진주에 따라 경찰도 영어를 좀 할 줄 아는 인재가 필요하였던 것이다.

그는 뛸 듯이 기뻐하며 즉시 집으로 달려갔다. 저녁 늦게 들어오는 어머니와 누이동생에게 사실을 말하였다. 누이동생은 오빠를 포옹하면서 좋아하고 축하하였지만 어머니의 반응은 그다지 좋지 않고 그저 그러냐 하는 정도였다. 천영화는 어머니가 굉장히 좋아할 줄 알았으나 반응이 시큰둥하니 내심 실망한다. 그렇지만 일단 호구지책을 마련하였다는 기쁨을 안고 경찰이 되었으며 기마경찰로 배치된다.

그는 몇 개월 동안 특수훈련을 받는다. 이론적으로 법률상식과 수사기법, 심리학 등을 습득한다. 성공적으로 교육을 마친 천영화는 서울 한복판 중구에서 경찰관 임무를 거의 2년 동안 수행한다. 그러다 어느 날 퇴근하여 저녁식사를 마치자 어머니는 뜻밖의 말씀을 하신다.

"영화야, 하느님께서는 절대 남을 해치거나 해하려 해서는 안 된다고 하셨다. 네가 경찰이 되어 당장 먹고 입는 것은 어느 정도 해결이 되었지만 순사라는 직업이 이 어미는 정말 마음에 들지 않는다. 해방 이전에 얼마나 많은 사람들이 순사들한테 괴롭힘을 당하였는지 너는 모를 것이다."

"저 어머니. 혹시 제가 집에 없을 때 순사들에게 시달림을 당하셨는가요?"

"네가 징용이 되고 일본 병사가 되어 집을 떠난 이후로 순사들이 나를 어떻게 찾아내었는지 네 아버지와 할아버지의 행방을 물어보고 얼마나 나를 괴롭혔는지 지금 생각만 해도 치가 떨린다."

"아니 제가 떠난 후로 그런 일이 있었단 말이에요?"

"나는 모른다는 말을 계속하였지만 순사들은 매일 와서 협박을 하였단다. 어느 날은 나를 잡아다가 유치장에 며칠을 가둬놓고 또 협박하고 종용, 회유도 하였지만 모르는 사실을 모른다고 하지 어떻게 말할 수가 있었겠느냐! 결국은 나를 풀어주었지만 이후에도 줄곧 나를 감시하였단다. 나와 네 동생은 창살 없는 감옥생활을 해방되기 직전까지 당하였단다. 그런데 그 순사 놈들이 모두 조선인이었단다.

내가 이런 말을 직접 너에게 해야 했었지만 혹시 상처가 될까봐 그냥 우리 모녀만 알고 너에게는 일절 알려주지 않기로 했었다. 네가 우리가 제일 싫어하는 순사로 근무하니 먹는 것은 해결되었지만 내 마음이 착잡할 따름이다. 벌써 수십 년이 된 일이지만 네 할아버지가 순사에게 잡혀가고 온 집안사람들도 핍박을 당한 일은 지금도 생생하여 잊을 수가 없다."

"어머니, 해방이 된 지금 경찰은 옛날 일제강점기의 경찰이 아니어요. 그때는 일제 앞잡이들이 자신들의 입신양명을 위하여 충성경쟁을 벌였지만 이제는 말 그대로 민중의 지팡이가 될 것이란 말입니다. 남 위에 군림하는 것이 아니라 그들을 돕고 치안을 유지하는 것이 지금 경찰의 기본 임무입니다. 마음을 푸시기 바랍니다."

"아니다. 나는 그래도 믿기지 않는다. 많고 많은 직업 중에 왜 하필 순사를 택하였는지 나는 이해가 안 된다. 네가 어미 가슴을 쥐 뜯는 것으로밖에 해석이 안 된다."

"알았어요, 어머니. 그러면 다른 직업을 찾아보겠어요. 다른 직업을 확실히 찾을 때까지는 계속 경찰로 출근을 하겠습니다."

천영화의 이 말에 어머니는 더 이상 말씀하지 않는다. 다음날부터 천영화는 일과가 끝난 후에는 다른 직업을 찾기 위하여 이곳저곳을 돌아다녔지만 여의치 않다. 이렇게 서너 달이 흘러갔다.

그러다가 경찰 동료로부터 여의도 비행장에 미군이 들어왔고 미군이 이곳에 당분간 머물 것이라는 정보를 얻는다. 천영화는 쉬는 날 마포나루에서 배를 타고 여의나루에 도착하여 철조망이 둘러쳐져 있는 정문에 다가간다. 그는 그동안 배운 영어를 구사하여 미군에게 자신이 온 사유를 이야기한다. 초병은 허술하게 생긴 한국 청년이 영어를 할 줄 아는 것이 신기하게 보였다. 미군은 곧 천영화를 안내하여 미군 식당의 매니저와 만나게 한다.

미군 식당도 마침 요리사 보조원과 식당 청소 일을 하는 사람이 필요하여 현지인을 고용하기로 하려던 참이었다.

매니저는 천영화를 곧바로 고용하였고 그는 경찰서에 사표를 내고 새 직장으로 출근하였다. 봉급도 순경보다 많았으며 조선을 해방시켜준 점령군인 미군부대에서 근무를 한다고 여러 사람들은 천영화의 직업에 대하여 매우 부러워하였다.

꼬박꼬박 받아오는 봉급으로 집안 형편은 펴지기 시작한다. 여의도 비행장은 일제강점기에 만들어진 간이활주로 형식이어서 미군의 공병대가 와서 활주로 확장공사를 하고 있다. 원래 모래톱이라서 홍수가 나면 활주로와 유도로 주변 손상이 커 배수로와 둔치 정비 공사를 겸해서 하고 있다. 천영화는 마포 집에서 걸어 마포나루로 갔고 여의나루까지 배를 타고 출퇴근을 하였다. 집에서 마포나루는 10분이 채 걸리지 않았으며 여의나루에 내려서 미군 식당까지 가는 거리도 얼마 되지 않아 출퇴근하는 데는 어려움이 없다. 다만 노를 저어서 가는 배에는 항상 사람들로 붐볐고 특히 출퇴근 시간에는 자리가 없을 정도로 빼곡하게 탄다.

어느 날 천영화는 배의 가장 뒷전 구석에 자리를 잡아 앉아가는데 한 소녀가 그의 옆에 앉게 되었다. 겨울이었지만 이날은 유달리 포근하여 사람들은 장갑과 목도리를 벗어 손에 들거나 혹은 가방에 넣어두었다. 옆에 앉아있는 소녀도 손으로 짠 계(털)목도리를 벗어 종이가방에 넣어두었다.

사람이 다 타자 배는 기우뚱 기우뚱 출발하여 십여 분이 되어 여의나루에 도착한다. 소녀가 먼저 내렸는데 그녀가 앉아 있던 자리에 목도리가 떨어져 있다.

천영화는 계목도리를 주워 따라 내리면서 앞서 내린 소녀를 부른다. 그녀는 설마 자신을 부를까? 생각도 하지 못하고 그냥 자기 갈 길을 계속 간다. 천영화는 빠른 걸음으로 소녀를 앞질러 옆걸음 치며 부른다.

"잠깐만 학생!"

"예에?"

"이거 네 것 아니니?"

천영화는 소녀 앞에 목도리를 내민다.

"어 맞는데! 내 목도리인데 어떻게..."

소녀는 걸음을 멈추어 받아들며 해맑게 웃는다.

"고맙습니다."

두 사람은 각각 제 갈 길을 간다. 그런데 며칠 후 천영화가 퇴근하여 집 근처에 다다랐을 때 주워준 털목도리를 받은 소녀가 지나가기에 아는 체하며 부른다.

"어이 학생! 저기..."

"예. 아 안녕하세요."

"학생 이 근방에 살아?"

"예 그래요. 저의 집은 저쪽 기와집 너머에 있어요."

소녀가 몸을 돌려 자기 집을 가리키며 웃는다.

"며칠 전에 고마웠습니다."

"그래 그래. 우리 집도 그쪽인데 근처에 살고 있구나."

소녀의 집은 천영화네 집에서 몇 가호 건너에 있고 집에 들어가려면 같은 길로 가야 하였다. 이후에도 두 사람은 오가면서 자주 마주치게 된다. 그러다가 한동안 보이지 않다가 개학하여 교복을 입고 있는 그 소녀와 다시 마주치게 된다. 천영화는 어느 날 여유가 있어 그 소녀를 빵집에 데리고 들어가 모찌(찹쌀떡)를 사주었다.

그 소녀는 맛있게 먹었다. 천영화는 자신의 이름을 알려주고 소녀의 이름도 물어보았다. 소녀는 간단히 자신에 대하여 소개하였다. 이름은 나태임이고 자신의 고향은 황해도 해주이며 부친 성함은 '나운동', 할아버지 성함은 '나순화'라고 대답하였다. 그리고 자신은 장녀이며 밑에 두 동생이 있다고 하였다.

"고향이 황해도 해주라면서 어떻게 이곳에 와서 살지?"

"예, 우리 집은 황해도에서 대대로 살아온 지주였는데 북한 공산당이 들어오면서 토지개혁 한다고 땅을 다 빼앗아 가버렸어요. 더군다나 종교 탄압이 심하여 모든 가족이 서울로 내려와서 살고 있어요."

"그래? 종교가 무엇인데?"

"우리 집은 구한말부터 대대로 기독교 집안이었답니다. 저도 종교가 기독교이고요. 공산당이 마을에 들어오면서 기독교도를 마구잡이로 잡아갔어요. 우리 집도 마을의 어느 앞잡이가 할아버지와 아버지가 기독교인이라고 신고를 하여 잡혀가게 되었답니다. 마침 우리 집에서 머슴살이하던 한 청년도 공산당이 되어 우리 가족들을 체포하러 다른 공산당원과 같이 오게 되어 있었답니다. 평소에 할아버지와 아버지가 그 머슴을 아들이나 진배없이 잘 대하여주어 그 청년머슴이 전날 미리 와서 그러한 상황을 말하여주었고 온 가족이 급히 피신을 하였답니다.

할아버지와 아버지는 종교의 자유가 있는 남한으로 갈 것을 결심하였습니다. 그래서 모든 집문서와 들고 오기 힘든 값진 물건을 큰 항아리에 넣어 집 앞에 있는 과수원 한쪽 구석에 묻어두었습니다. 그러고 나서 밤중에 모든 가족과 함께 맨몸으로 떠나와 서울로 왔고 이리저리 떠돌다가 이곳 마포까지 와서 살게 되었지요. 그리고 할아버지는 일제 때 만세 사건으로 옥고를 치렀답니다."

"그래? 우리 할아버지도 만세를 부르다가 옥고를 치르고 지금 함경북도 온성에서 광산을 하시는데 우리와 처지가 비슷하구나!"

"아 그랬었군요. 그런데 광산을 하신다는 할아버지와 아버지는 연락이 가능하고 소식이 있으신가요?

"아직 아무런 소식도 없고 살아 계신지조차 몰라. 현재로서는... 참! 태임이는 지금 어느 학교 다녀?"

"예, 저는 지금 XX여자중등학교를 다니고 있어요."

"아하 그래, 그러면 방년 나이 어떻게 되었지?"

"아이, 숙녀 나이 묻지 아니 하시는 게 예의야. 34년생이니깐 두루 열여섯 살이디요."

황해도 사투리가 부지불식간에 나온다.

"기래요? 기 나이 꽃다운 나이 아님둥세. 내래 함갱도에서 에릴적 무려 5년이나 살았음메. 나허고는 나이가 무려 10살이나 차이가 있음둥!"

"기랬습니까! 아자씨 시방 무엇을 하고 있습네까?"

"난 여의도 미군 식당에서 요리사로 일하고 있음메."

"아하! 미군 근무지라서 돈 많이 받으시겠수다."

"그냥 먹고 살 만치 받고 있음둥."

천영화도 함경도 사투리로 억양을 고치어 대답하고 두 사람은 허허
허 마주보고 웃는다. 천영화는 자신이 겪어온 지난 이야기를 재미나게
해주었다. 나태임은 영웅의 일기를 듣듯 흥미 있어 하며 여러 가지 질문
도 하면서 재미있게 듣는다. 나태임도 김일성이 전투 준비 태세를 점검
하려 전방을 시찰하면서 황해도 자신의 집을 별장 삼아 며칠 거주한 사
실과 공산당 위원장인 김일성의 얼굴을 직접 대면한 이야기도 한다.

나태임 할아버지 나순화는 1919년 4월 5일 황해도 금천 동화면 일대
에서 독립만세 시위를 주동하였다. 그는 이날 30여 명의 시위군중 선두
에 서서 독립만세를 외치며 헌병주재소를 향하여 시위행진을 하다가 이
를 제지하는 일본 헌병에 의하여 체포되었다. 8월 30일 고등법원에서 보
안법 위반으로 징역 1년 6개월이 확정되어 옥고를 치렀다.

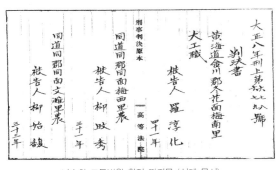

나순화 고등법원 확정 판결문 (실제 문서)

연안파의 입북과 귀향
-연안파의 귀국-

　　일본군이 항복하자 연안에서 활동하던 조선의용군 계열의 김두봉(조선독립동맹 주석)과 김무정(조선의용군 사령관), 최창익, 김창만, 윤공흠 등이 중국공산당의 후원하에 입북을 시도하고 있었다. 이때 입북하는 과정이 해방이 된 조국인데도 순탄치 않았다. 일본이 항복하기 3일 전 8월 12일 조선의용군은 조선 진군을 명령하는 중공 팔로군 주덕 총사령관의 연안 총부 명령 6호를 받고 조선 내로 진공(進攻) 준비를 하고 있었다. 명령 6호의 주요 요지는 다음과 같다.

　　"소련 붉은 군대에 배합하고(配合: 합류) 조선 인민을 해방하기 위하여 조선의용군 사령원 김무정, 부사령원 박효삼, 박일우에게 즉시 동북(東北: 만주)으로 출병하며 조선을 해방하는 임무를 완수할 것을 명령한다."라는 전투 명령이다. 이 전투 명령을 받고 이동을 준비하고 있는 동안에 일본이 항복을 한 것이다. 일본이 항복한 지 이틀 뒤인 8월 17일 의용군의 근거지인 태행산에 가 있던 김무정 등 1백여 명이 연안으로 집결한다.

이때부터 조국으로 가기 위하여 준비하고 있었다. 그런데 여기에서 어이 없는 일이 벌어지고 있었다. 그것은 의용군 간부와 독립동맹 간부만 조선으로 돌아가고 전사 즉 일반 병사는 앞으로 벌어지게 될 국공내전에 참가한다는 방침을 정하고 있었던 것이다.

이 사항은 중국공산당의 강력한 요구에 의한 것이어서, 그동안 중국 공산당에 모든 군 행정을 의지하고 그들의 작전지시와 지휘를 받고 있었던 의용군으로서는 별 수 없이 중국공산당의 요구에 따라야만 하였다. 이때 중국공산당은 국공내전을 기정사실화하고 전투 준비를 하고 있었다.

국공회담은 자신들의 세력을 키우는 데 필요한 시간을 확보하고 주변 여건을 조성하기 위한 시간벌기 작전이었다.

원래 공산당의 기본 정책은 목적을 달성하기 위해서는 어떠한 수단과 방법도 정당화 시키는 것이다. 자기가 불리할 때는 협상하고 타협하며 유리할 때는 준동 내지는 공격을 하는 것이 공산당의 실체이며 이러한 기만도 술책의 하나에 속하는 정당한 작전 형태이다.

그리하여 간부들만 먼저 조선에 들어가기로 되어 있어 대개 공산당원이었던 조선독립동맹 간부나 조선의용군 간부들은 중국공산당이 발행한 당원확인증과 추천서를 받고 조국으로 출발하게 된다.

약 3주 정도의 준비 끝에 1945년 9월 초순 연안을 떠나 심양으로 향한다. 이때 간부만 먼저 출발하고 나머지 병사에 대한 언급이 일절 없자 병사들은 자신들이 어떻게 행동해야 할 것인가를 물어본다. 이에 대한 대답은 병사들은 뒤에 각 제대별로 출발하거나 중국에 남을 사람은 남으라는 무책임한 발언뿐이다.

이런 답변을 들은 병사들은 어안이 벙벙하여 각자 삼삼오오 떼를 지어 조국으로 출발하기로 하였다. 조선의용군 간부들만 비밀리에 도망하듯 출발하려는 의도가 들통나버린 것이다. 그것으로 인하여 독립군이란 결집력은 무너져 버렸다.

조선의용군 핵심부가 심양으로 먼저 떠나고 그들의 가족들은 2진으로 나중에 출발하기로 하였다. 이때 중국공산당이 동북 만주지역으로 파견하는 동북지방 사령관 임표의 병력도 같이 출발하였다. 만주를 접수하려는 모택동의 의도였다. 열흘이 지난 후부터는 각 지역별로 병사들도 만주를 향하여 출발을 한다.

해방 당시 조선의용군은 태행산, 연안, 섬서성, 하남성, 호북성, 상해 등 주로 중국 북서부와 상해를 중심으로 흩어져 있었다. 이들은 다른 부대의 도착을 기다리지 않고 각기 떠났고 각 의용군 간부는 따로 출발하여 중간에 합류하기로 하였다. 이들은 연안과 산서성에 있는 태원, 하북성의 장가계와 요녕성의 금주 총 4,000리에 걸쳐 행군하여 두 달여 만인 11월 초순 심양에 도착하였다.

심양에 도착하자 고위간부들은 시내 사령부의 숙소에, 하급간부들은 심양 주변에 개인 텐트를 치고 머무르게 되었다. 그리고 앞으로 어떻게 행동할 것인가를 결정하기 위해서 조선의용군 고위간부와 중국공산당 간부는 다시 연석회의를 연다. 회의 결과는 김무정이 발표하였다. 간부만 조선에 들어가고 앞으로 오게 되는 모든 전사들은 3개 지대(1, 3, 5지대)로 재편해 만주에 남아 중국 인민해방전투에 참전한다는 내용으로 원래 계획과 변함이 없었다.

이 내용은 연안 출발 전에 정해진 중국 공산당의 요구사항을 재확인한 것에 지나지 않았다. 의용군 병사들은 즉각 반발하고 그 내용에 따를

수 없다고 하며 집으로 돌아갈 것을 요구하였다. 남게 되는 일부 고위
간부들이 그들을 설득하기 시작하였다.

상당수의 병사들은 이곳에 남게 되어 부대편성에 합류하였다. 일부
부대 편성을 거절하는 병사들은 각자 행동할 것을 끼리끼리 모여 공론
화하였다.

3개 지대로 편성한 후 제1지대(지대장 김웅, 정치위원 방호산)는 남만주로,
제3지대(지대장 이상조, 정치위원 주덕해)는 북만주로, 제5지대(지대장 이익성,
정치위원 박훈일)는 동만주로 이동하기로 하였다.

이런 혼란한 가운데서도 의용군 사령관 김무정과 정치위원 박일우는
별다른 조치나 혼란을 수습할 생각을 하지도 않았다. 그리고 자신의 측
근만 데리고 장개석 군에게 폭격을 맞을까봐 별도로 마련한 무장 트럭
을 얻어 타고 몰래 단동까지 와버린다. 단동까지 왔지만 김일성이 그들
을 막고 두 가지 조건을 수락해야만 입국할 수 있다고 하였다.

그는 김일성이 제시한 두 가지 조건인 독립동맹의 명칭을 사용하지
않고 무장도 해제한다는 것을 인정하고 수락한 후 평양에 들어가 공산
당 국가 건국에 참여한다. 이들을 연안파라 부른다.

심양에 처진 순진한 병사들은 속수무책인 가운데 일부 병사들은 도
망가고 뿔뿔이 흩어져버린다. 그러나 후속으로 만주에 계속 밀려오던 대
부분의 무장병력은 3개 지대 병사로 편성되어 일 년 후 국공내전에 참가
하게 된다.

연안파가 조국에 입국하기위하여 고난의 행군을 하다시피 수천 리
길을 걷고 있을 때 빨치산파 김일성은 소련을 등에 업고 재빨리 평양에
들어와 북한을 점령해버렸다.

김일성, 임춘추, 최현, 김책 등 빨치산파들은 1930년대 북만주를 중

심으로 빨치산 활동을 하다가 일제의 토벌에 쫓겨 하바롭스크 지역으로 들어가 소련군을 지원하여 활동하였다. 이들은 소련의 첩보부대에서 활동 하던 중 해방과 함께 북한으로 들어왔다. 빨치산파들은 첩보부대에서 소련군부의 신임을 받았으며 입북 후 그 후광으로 정치적 입지를 쌓았다.

김일성 등 빨치산파는 소련군과 함께 평양에 등장하였다. 김일성은 국내 공산주의자들보다도 소련에 우호적이고 긍정적인 인물로 평가 받고 있었다. 그는 특히 만주에 진주한 소련 극동군 지휘관인 메레츠코프 등 많은 소련인사들과 친분관계를 맺고 있었다.

소련군사령부는 소련군이 점령한 이북지역에 새로운 당 중앙 지도기관과 정규군을 구성하여 한반도 공산주의 운동의 근거지로 삼았다. 여기서 김일성 등 빨치산파들을 중용하였다. 그들은 해방 직후 북한사회에 등장한 연안파나 국내파, 소련파, 남조선파 등 여러 공산주의자들 가운데 결속력과 응집력이 가장 강한 단체였다. 김일성은 후에 종파분쟁을 일으켜 모조리 숙청하였다.

빨치산파는 입북한 후 각 도청소재지마다 적위대를 편성하여 무장조직을 확대시키면서 소련군정을 대신하여 경찰 역할을 수행한다. 이들은 소련군 정치사령부의 지령에 따라 북한 전역에서 경찰관서를 장악하고 일본경찰이 쓰던 무기를 압수하여 소지하였다.

또한 각 도, 시, 군, 면, 리에 인민위원회를 조직하면서 우익계 활동에 압력을 가하여 짧은 기간 안에 북한 전역을 장악해버렸다.

이남제와 조영호, 김장진의 귀국

　연안의 공산당 산하에서 활동하였던 이남제와 조영호도 거의 반죽음이 되다시피 행군하여 해방된 조국에 들어오기 위하여 4,000여 리를 걸어왔다. 그러나 입국은커녕 심양에 머물게 되면서 두 사람 다 제1지대에 편성된다. 이때 많은 하급 간부들은 더 이상 조선의용군에 머물러 있어봐야 해방된 조국에 들어가지도 못하고 국민군과 또다시 전투를 할 가능성이 있어 모든 것을 포기하고 뿔뿔이 헤어져 단동까지 도보로 오게 된다. 이남제와 조영호도 1지대에서 빠져나와 단동까지 오면서 많은 대화를 하였으며 서로의 생각을 이야기하였다.

　그리고 앞으로 어떻게 할 것인지 고민하였다. 일단 그들은 고향으로 갈 것인가 아니면 북한에 남아야 할 것인가를 결정하여야 한다. 이남제는 집에 가면 어머니를 도와 농사를 지어야 할 것 같은데 농사일도 많지 않을뿐더러 앞으로 평생 농사만 지을 것 같으면 발전적인 생활이 될 것 같지도 않았다.

　그런데 막상 군인이 되어 전투에 참가해보니 자신의 성격에 맞는다는 생각이 들어 군인이 되는 것도 좋을 것 같았다.

그리고 그동안 공산주의에 관한 이론을 교육받고 중국공산당이 그 이론을 인민들에게 실제 펴는 것을 보고는 자신이야말로 직업군인이 되어 그런 방식으로 공산주의를 인민에게 전파하면 나름대로 유토피아를 건설할 수 있을 것 같다는 생각이 들었다.

그리하여 자신의 어머니와 같은 프롤레타리아를 해방시키고 부르주아를 타도하는 혁명전선의 제일선에 앞장서야 할 것으로 생각하였다. 그동안 소식을 듣자 하니 남한도 어수선하기는 마찬가지고 서로 견제하면서 자신들의 이념만을 내세우는 것이 마치 구한말의 상황과 똑같다는 생각도 들었다. 더구나 남한은 미군 섭정하에 있으면서 반공을 내세우는 정책으로 기울어가고 있었다. 하지라는 미군 장군이 남한에 군대를 별도로 두는 것을 거부하고 아예 양성할 생각도 하지 않으면서 독립군으로 활동하였던 광복군도 해체해버렸다.

이런 것을 감안할 때 자신은 북조선에 남아서 군인으로 출세하여 높은 계급장을 달고 어머니에게 보란 듯이 거수경례를 하면서 인사하고 싶었다. 또한 북한은 앞으로 농지를 개혁하여 가난한 자에게 농토를 나누어 줄 것이란 말이 돌았다. 세상에 이런 살기 좋은 나라가 어디 있겠는가! 그리고 힘 약한 자에게는 살 만한 나라가 될 것 같은 생각이 들기도 하였다.

조영호도 집안 형편이 더 이상 학업을 할 수 없고 그동안 소작농의 비참한 삶을 뼈저리게 보아왔으므로 이남제와 같은 생각을 하게 되었다. 만약 토지개혁을 소문대로만 한다면 상주에서 가족들을 데려와 북한 어느 평야지역에서 농사를 짓는 것도 좋으리라는 생각도 해본다.

그래서 두 사람은 북한에 남기로 하고 평양으로 들어간다. 거지같은 생활을 하다가 그들이 평양에 도착한 것은 연안파 간부들보다 1개월이

112

나 지난 한겨울의 추위가 맹위를 떨치고 있는 1946년 1월이었다. 막상 평양에 들어갔으나 어느 누구 하나 그들을 거들떠보는 사람도 없다.

수백 명이 몰려가자 조선공산당은 이들을 천대할 수도 없어 평양의 어느 학교에 임시로 수용한다. 조영호와 이남제는 군 간부가 되기 위하여 정보에 귀를 기울인다. 그 결과 2월 초에 군 간부를 양성하는 평양학원이 최초로 설립되고 여기서 학생들을 모집한다는 소식을 듣게 된다.

두 사람은 반색하며 이 학원에 응시하였고 두 사람 다 합격된다. 그런데 이 학원을 수료하면 중간 간부는 되지만 장교는 되지 못한다. 때마침 1946년 5월 북한은 보안대 수준을 넘어서는 정규군 창건을 위한 작업에 착수한다. 그 일환으로 1946년 7월 8일 임시인민위원회의 결정에 따라 평양학원 군사반이 강서군 대안리에서 보안간부훈련소와 통합해 북조선 중앙보안간부학교로 바뀌고 군사정치간부 양성을 주목표로 삼고 군 장교가 될 사람들을 모집한다.

이남제, 조영호 두 사람은 이 과정에도 응시하였으며 합격은 면접으로만 결정하였다. 항일유격대원이 주도하여 내세운 간부들이 주도적으로 면접을 하였다. 면접은 간단하였지만 출신성분과 군 활동 경험, 작전 수행 경험 그리고 공산당 이론을 물어보았다. 두 사람은 면접에서 우수한 자원으로 평가되어 당당하게 합격한다.

그들이 지주의 아들이 아니었던 점, 중국에서 독립군으로서의 전투 참여 경험, 그리고 공산주의 이론에 어느 정도 정통하였다는 점, 거기에다 평양학원 기본과정을 졸업하였다는 점을 높이 사 무려 10대 1의 경쟁을 물리치고 합격하였다. 그들은 이 학교에서 장교로서의 역량을 쌓기 위하여 여러 가지 기본소양과 군사학을 교육받게 되었다.

이남제와 조영호는 이 학교에서 각기 기갑과 보병 병과를 선택한다. 1947년 말 15개월의 교육 끝에 마침내 북한 인민군 육군 소위로 인민군 정복을 입고 정모를 쓰고 임관이 된다. 각고면려의 결과로 그토록 열망하였던 장교가 된 것이다. 빛나는 소위 계급장을 단 두 사람은 어깨가 으쓱거려진다. 그러나 함께 축하해주어야 할 가족이 없어 그들의 마음 한구석에 일시적으로 어두움이 드리워지기도 한다. 그들은 임관 후 일선 부대에 배치되었으며 실전과 같은 훈련을 부대별로 수행하고 전투전술을 익히게 된다.

이 두 사람은 진급도 신속히 되어 1948년 7월 중위로, 1949년 초 대위 그리고 50년대 초에는 각기 소좌로 진급하여 이남제는 전차부대 대대장, 조영호는 보병 대대장이 되었다. 이들의 나이 불과 26살에 군인으로서 초고속으로 승진한 것이다. 이것은 북한 인민군이 불과 몇 년 만에 군 전력을 어느 정도 강화하였는가를 보여주는 단면이기도 하다.

이남제는 교육기간 중에 평양시내에 자주 외출하여 한 처자를 만나 사랑에 빠진다. 임관 후 초기에 배치된 부대에서 안정된 생활을 할 수 있게 되자 대위 계급장을 달고 부대장의 주선과 주례하에 여러 부대원이 축하해주는 가운데 결혼식을 거행한다. 결혼 6개월이 지난 후 이남제는 황해도로 배치를 받았고 부인도 같이 가게 된다.

이남제는 소좌로 진급하면서 전차대대 대대장으로 임명된다. 그는 북괴군 보병 제4사단에 배속된 북괴 제107 전차연대의 대대장이 된다. 그는 남침하기 전에 소련 고문단의 지도하에 전차운용전술에 대한 교육을 받고 실제 야전기동훈련에 여러 번 참가하여 전투준비에 만전을 기한다.

한편, 조영호도 이남제가 연애할 때 마음에 드는 여자가 있었지만 고향에 두고 온 숙희가 생각나고 그녀를 저버릴 수 없어 아예 여자를 가까이 하지도 않는다. 이유인즉슨 여자를 가까이 하면 숙희가 꿈에 나타나 막 꾸중을 한다는 것이었다. 그리고 그는 꼭 그 꿈 때문만이 아니라 남자가 그 정도는 약속과 지조를 지켜야 한다는 소신을 가지고 있었다. 숙희는 조영호보다 두 살 연하의 이웃 마을에 사는 처자였다. 이웃 마을이라고 해야 딱 야산 하나 넘으면 동네가 있고 조영호 마을과는 불과 1킬로미터도 떨어지지 않은 거리이다. 조영호 집은 상주 북동쪽에 있다.

　상주는 사람이 살기 좋기로 이름난 고장이다. 서쪽에는 백악산, 북쪽에는 속리산이, 북동쪽에는 월악산·이화령·조령 그리고 소백산이 병풍처럼 찬바람을 막아주며, 남쪽에는 낙동강물이 굽이굽이 흐르는 풍수지리설에서 일컫는 좌청룡우백호와 주산이 있는 배산임수의 전형적인 형태를 가진 고장이다.

　예로부터 각종 농산물이 풍부하고 기온도 온화하며 민심도 후하여 살기 좋은 고장의 하나로 꼽히고 있다. 이곳에서 나는 곶감과 구기자는 유명 상품 중 하나이다. 고려시대의 상주는 전국 8목(牧) 중의 하나인 큰 고을이었다. 고려 충숙왕 원년(1314)에 경주(慶州)와 상주(尙州)의 머리글자를 따서 경상도(慶尙道)로 개칭한 이후 조선에서도 그대로 시행되어 오늘에 이르고 있다. 오늘날의 경상도 명칭은 이때 만들어졌다.

　숙희의 집안도 아버지가 농사를 짓는 농부였지만 겨우 논 열댓 마지기를 소유하고 거기에서 나는 소출로는 많은 식구의 입을 도저히 먹일 수가 없어 대지주의 논을 세 필지나 소작하고 있었다. 숙희네 집도 조영호네 집과 비슷하게 아이들이 일곱이나 되었다. 숙희가 셋째 딸인데 언니, 오빠, 동생들이 각각 두 명씩 있는 대가족이었다. 따라서 이들을 학교에 보내고 학비를 댄다는 것은 여간 교육열이 있는 부모가 아니면 엄두도 못 내고 있는 실정이었다. 많은 가정이 아이들을 학교에 보내지 않거나 혹은 국민학교만 나오면 집에서 결혼할 때까지 일을 해야만 하였다.

두 사람은 같은 동네가 아니었지만 어릴 때부터 얼굴이 서로 익었다. 국민학교를 다닐 때는 학교 가는 길이 같아 동행할 때도 있었다. 숙희의 키는 중간 정도였으며 얼굴은 둥글고 크지 않은 갸름한 서구형이었다. 살짝 들어가는 양 볼의 보조개가 햇살에 그을린 약간 까무잡잡한 얼굴을 더욱 귀엽고 돋보이게 하였다.

국민학교와 중등학교는 상주 시내 변두리에 있었다. 집에서 학교를 가자면 시내 쪽에 있는 냇가를 하나 건너 아이들 걸음으로 빨리 걸어야 30~40분 정도 걸렸다. 그녀가 국민학교 3학년 때 사건이 발생하였다. 여름방학 전 6월 하순경에는 으레 장맛비가 내린다. 이 해에도 방학 전에 며칠 동안 비가 부슬부슬 내리더니 물이 불어나 아침에 등교할 때는 겨우 징검다리를 건너 학교에 갈 정도였다.

그러다가 하교할 즈음에는 빗줄기가 굵어지더니 물이 더욱 불어나 징검다리가 어린이의 발목정도까지 잠기게 된다. 몇 명의 학생은 조심스럽게 겨우 건너갔지만 숙희는 징검다리 몇 개를 건너 가다가 왼발이 미끄러져 중심을 잃고 물에 빠져 흐르는 개천의 물살에 떠내려가기 시작하였다. 모두들

"어! 어 어! 숙희가 숙희가!"

당황하여 소리만 치며 어찌할 줄을 모르고 있었다. 숙희는 금세 허우적거리며 10미터 가까이 떠내려갔다. 이때 이미 건너간 조영호가 재빨리 물에 뛰어 들어가 숙희를 시냇가로 밀어 물 밖으로 나가도록 해놓고 자

신도 헤엄쳐서 나왔다.

숙희도 헤엄칠 줄은 알았지만 발이 미끄러지면서 몸의 중심을 못 잡아 옆으로 떨어져 갑작스럽게 떠내려갔다. 생전 처음 당하는 일이라 당황하여 그렇게 허우적거린 것이다. 그 뒤로 숙희는 조영호를 친오빠처럼 아주 따르게 된다. 학교를 다니려면 꼭 조영호네 마을을 거쳐서 오가야 하므로 조영호와 자주 마주쳤다.

이때 서로 인사하면서 학교에 같이 갔으며 무거운 것이 있으면 조영호가 들어주기도 하였다. 조영호는 공부도 썩 잘하였다. 그는 가난한 집의 장남이 해야 할 일에 대해서 부모님으로부터 수 없이 귀가 뻥 뚫리도록 듣고 자라 장차 해야 할 일이 무엇인가를 어린 나이임에도 잘 알고 있는 일찍이 철든 아이였다.

그는 ○○사범학교를 목표로 공부하였으며 응시한 결과 수재가 모인다는 학교에 거뜬히 합격한다. 사범학교의 수업료는 다른 대학보다 훨씬 쌀 뿐만 아니라 졸업 후 중등학교 교사로 종사할 수가 있고 여러 특전도 많아 돈이 없는 집안의 수재들이 최고로 선호하는 학교였다. 원래 사범학교는 조선총독부가 각종 혜택을 통해 우수인력을 회유하고 친일적 교원을 양성하여 그들이 민족주의 진영으로 유입되는 것을 막고, 수많은 보통학교 학생들에게 친일경향을 심어 민족주의를 고사시키려 만든 제도였다. 상위 30퍼센트에게는 반 달치의 생활비를 제공하는 특혜도 주었다.

조영호는 대구에서 자취를 하면서 학교에 다녔고 여기에서 최초로 공산주의라는 칼 마르크스의 이론을 암암리에 접하게 된다. 일본당국은 공산주의 사상이 만연되는 것을 신경질적으로 경계하고 금지시킨다. 왜냐하면 1900대초 공산주의자들이 일본 왕을 살해하려 한 일이 있었고,

자신들이 신봉하는 천황폐하에 대한 불충이라는 이유에서였다. 그는 공산주의란 매우 흥미 있고 이 사회에 한번 적용해볼 만한 이론이라는 생각도 들었다.

조영호는 강제로 징병되어 막상 군대에 와버리니 더 이상 숙희를 볼 수도 없었다. 그렇게 되니 그녀가 더욱 보고 싶어지며 조영호의 마음은 새까맣게 타들어갔다.

그는 틈나는 대로 숙희에게 편지를 보냈다. 전쟁이 끝나고 해방이 되면 자신은 사범학교에 복학하고 선생님이 되어 숙희를 데려갈 것이라고 편지에 썼다. 그가 답장을 받아본 것은 딱 한 번이었다. 중국 낙양에서 6개월 정도 주둔하였을 때 숙희의 답장이 온 것이다. 편지에서 자신은 이제 중등학교를 졸업하고 사범학교에 시험을 쳤으나 불합격이 되어 지금은 집에서 쉬고 있다고 하였다.

그런데 집에서는 시집이나 가라고 야단이라는 것이다. 자신은 시집 갈 생각은 전혀 없고 다시 공부하여 사범학교에 꼭 들어갈 것이라고 써 있었다. 그가 바라던 '영호 오빠를 기다리겠다'는 내용은 없어 일순간 서운한 마음도 들었다. 그리고 2년 후, 조영호는 이리저리 돌아다니고 편지도 주고받을 수 없는 지역에 있어 잠시 그녀를 잊었지만 마음속으로는 내가 갈 때까지 제발 기다리라고 빌고 빌었다.

그래서 해방이 되면 빨리 고향에 들어갈 것으로 생각하며 김장진처럼 개인 자격으로 미리 들어갈까 어떻게 할까를 망설이고 여러 가지 심사숙고하였다.

그런데 어느 날 갑자기 조영호는 그녀 앞에 영웅이 되어서 가야 한다는 이상심리가 발동한다. 이런 초라한 꼴로 그녀 앞에 나타날 수가 없다. 그리고 공산주의란 맹랑한 이론을 자신이 꼭 한번 실천해볼 것이라고 생각하니 공산당에 가입하여 군 장교로서 멋있는 계급장을 달고 그녀 앞에 나타나고 싶었다. 또한 자신이 장교로 더욱 출세하여 부모님과 동생들을 북한으로 불러 많은 논을 경작하게 할 것이라 마음도 굳혔다. 그리하여 그는 인민군 소좌로 진급하였을 때 뛸 듯이 기뻤다. 그는 정복을 입고 거울 앞에 서서 자신의 계급장을 보며 그녀 앞에 나타나 무슨 말을 할까 생각해보기도 하였다. 조영호는 정복을 입고 자주 거울 앞에 서서 거수경례를 하면서 중얼거리기도 하였다.

"조선 인민군 보병 대대장 소좌 조영호 신고합니다. 사랑하는 숙희씨. 본인은 목숨을 걸고 사선을 넘어 오늘 숙희 씨를 모시러 왔습니다. 제 사랑을 받아주십시오. 이에 신고합니다."

그녀를 만날 꿈에 젖어 빨리 남쪽으로 진격할 날만 기다리고 있었다. 조영호는 시간이 날 때 김애자를 찾아가보았다. 한 할머니가 나와서 이사를 갔다고 하자 그는 허망한 마음으로 발길을 돌렸다.

조영호는 1950년 초 춘천방면의 2군단 예하 2사단에 대대장으로 명령을 받아 부임하였다. 그는 대대원들을 강인하게 훈련시키면서 전투준비를 끝마치고 진격명령만 기다리고 있었다.

한편, 겨우겨우 힘들게 중국 연안에서 만주의 압록강 근처에 도달한 김장진은 모든 것이 귀찮아졌다. 그는 강제로 제3지대에 배정되었으나 공산당이니 군대니 다 싫었고 집으로 가야겠다는 생각만 하고 부대를 일탈하였다. 그리고 신의주와 평양을 거쳐 서울에서 호남선을 타고 영산포에서 내려 나주 집으로 돌아왔다.

이때가 1946년 6월 여름이 시작되는 시기였다. 장손 큰아들이 살아 돌아왔다며 온 동네가 잔칫집처럼 떠들썩하였다. 김장진 부모는 정말로 온 동네사람을 불러 잔치를 벌였다. 김장진의 집은 지주가 아니더라도 영산강 유역에 비옥한 논 열두 필지가 있어 일제강점기의 공출에도 전혀 궁하게 살지 않고 있었다.

이 동네는 광산 김씨(시조: 신라 신무왕의 셋째아들 김흥광)의 집성촌으로 김장진이 제일 큰집의 항렬 높은 장손이었다. 그의 집을 중심으로 조카뻘 되고 수염이 길게 자란 연장자들도 나이는 어리지만 항렬이 하나 높은 장손인 김장진에게 "아제 아제!"라고 부르며 인사를 올리곤 하였다. 그는 공산주의에 대하여 강의를 들었지만 자신과 비교하니 말도 되지 않는 억지 주장이 많았다. 똑같이 일하고 똑같이 나누자는 생각은 맞지만 개인의 능력 차이와 다른 특성, 예를 들어 건강이나 게으름 등 가변적인 요소가 너무나 많아 그러한 이론이 맞지 않는다고 생각하였다.

그래서 빨리 집에 가서 가업이나 이을 것이라 생각하고 바로 집으로 향한 것이다. 그는 대대로 농사짓는 가업을 이어받아 1년 후에는 평소에 점찍어 두었던 규수와 결혼한다. 그는 농사기법을 연구하여 보급하면 지금보다 훨씬 더 잘살 것이라 생각하고 농촌의 선구자가 될 것을 다짐하며, 그것이 그가 풀어내야 할 숙제라고 생각하고 고민하기 시작한다.

그는 이를 실천하기 위하여 농촌진흥청에 취직하여 농사짓는 법을 연구한다. 특히 보릿고개를 어떻게 하면 없앨 것인지 고민한다.

오키나와 전투와 징집자

　태릉에서 훈련을 받은 조선 출신 징병자 500여 명은 부산역에서 징발된 일반 여객선을 타고 일본 시모노세키 항까지 가게 된다. 천영화의 훈련 내무반장이었던 김기열과 같은 내무반원이면서 그의 친구인 배정욱 그리고 솜리에서 탄 김인석도 남방으로 향하는 배에 동행한다.

　부산항을 출발하여 현해탄을 건너 배가 혼슈와 규슈 섬 사이에 가까이 접근하니 출렁거리던 물결이 한결 잠잠해지고 이내 시모노세키에 기항한다.

　이들은 이곳에서 며칠을 대기하다가 규슈와 가까운 혼슈 지역 그리고 시코쿠 지방에서 차출한 일본 병사 수천 명과 함께 필리핀 해역으로 출발한다. 병력 수송은 인력수송 전문함정도 있지만 시차를 두고 출발하는 10척 중에 6척은 민간인을 수송하는 여객선을 징발하여 사용하고 있다.

　병사들을 실은 배들은 일본군으로서는 운 좋게 미군의 공격을 한 번도 받지 않고 오키나와에 배치된다. 1944년 7월에 배치된 이들은 앞으로 벌어질 전투에 대비하여 모든 주둔지역을 요새화하기 시작한다. 가뜩이나 무더운 지방에서 하루 14시간 정도, 그러니까 식사 후 잠시 휴식하고 밤에 자는 시간을 빼고는 하루 종일 땅굴을 팠으며 시멘트 준설작업을 하였다. 여기에는 병사들뿐만 아니라 조선 그리고 오키나와 현지에서 징용된 노동자 수천 명도 요새화 작업에 동원된다. 이 요새화 작업은 미군이 공격하기 전에 거의 완료되었으며 일본군은 만반의 준비를 하여 미군의 공격을 기다린다.

1944년 10월 맥아더는 일본군 수뇌부가 생각하는 공격력을 초월한 모든 수단을 동원하여 오키나와 요새를 공격한다. 수년은 견디어낼 것으로 생각되었던 프랑스 마지노 요새와 같은 진지가 불과 2개월 만에 무너져버린다. 수많은 일본 병사들은 인간의 기본적 인성을 무너트린 "천황폐하 만세"를 외치면서 옥쇄를 감행한다. 조선 출신 병사들도 일본군의 강압에 의하여 이른바 반자이 공격을 하다가 수많은 젊은이가 유혈이 낭자한 채로 세상을 등진다.

만약 일본군을 따라 반자이 공격을 하지 않는다면 장교들이 현장에서 사살해버렸다. 그런데 그 와중에 백여 명의 조선 출신 병사와 징용 노동자가 간신히 살아나서 미군의 포로가 된다. 이들은 천영화나 김동욱과 같은 경로로 해방 후 귀국한다. 살아난 백여 명의 생존자 중에는 김기열과 배종욱이 있었다. 솜리에서 송금섭 일행과 같이 기차를 타고 태릉훈련소에 들어갔던 김인석이라는 사람은 김기열과 같이 남방부대에 배속 받아 전투에 임하였으나 끝내 고향집으로 돌아오지 못하였다.

김기열과 배정욱에게는 기적이 일어난 것이나 다름없었다. 그들이 소속돼있던 부대의 장병들 대부분이 몰살당하였으나 둘만은 천행으로 약간의 부상만 입고 살아남았기 때문이다. 두 사람은 같은 소대에 배속되어 같은 곳에서 나란히 소총을 거머쥐고 미군을 향하여 총탄을 날렸다.

한순간 미군의 강력한 포화가 두 사람이 숨어있는 참호 엄폐물에 집중되었으며 콘크리트로 만든 엄폐호가 화력에 밀려 무너져버렸다. 콘크리트가 무너지면서 주변의 흙덩어리가 그 지역을 매몰시켜버렸다.

두 사람은 천행으로 매몰된 콘크리트의 큰 덩어리에 의하여 생긴 작은 공간에 갇히게 된다. 근처의 다른 병사들은 흙덩어리에 매몰되어 그 자체가 무덤이 되어 버렸다. 더욱 다행인 것은 무너진 콘크리트 잔해가 외부와 완전히 차단된 것이 아니었고 사람 몸뚱이가 겨우 드나들 것 같은 틈이 나있어 숨쉬기에는 전혀 지장이 없었던 점이다.

얼마나 지났을까? 족히 한 시간은 경과되고 주변이 조용해지자 두 사람은 서로의 부상을 확인하면서 좁은 구멍을 조금씩 크게 만들어 갇힌 틈새에서 빠져나와 미군에 항복하고 포로가 된다. 그들은 포로 생활을 몇 개월 하면서 친형제 이상으로 가까워졌다. 이것이 다 하늘이 두 사람에게 동시에 준 운명이라 생각하고 의형제를 맺는다.

두 사람은 해방이 되어 귀국선을 타고 집으로 돌아왔고 기적같이 살아 돌아온 아들을 반기는 부모와 형제의 따스함에 눈물을 쏟아내기도 한다.

김기열의 집은 마포 전차 종점에서 걸어서 10분 거리 내에 있었다. 천영화네 집과 종점에서 방향만 다를 뿐 얼마 멀지 않은 곳이다. 두어 달 푹 쉰 김기열은 나이도 나이려니와 빨리 직업을 가져야만 하였다. 그러나 김기열에게는 적당한 일이 기다려주지 않았다. 해방 후 혼란기에 젊은 사람이 취직할 수 있는 직업도 별로 없을뿐더러 입에 겨우 풀칠을 할 정도의 막일 아니면 일거리가 없었다.

김기열은 좀처럼 취직을 할 수 없어 부모님이 남대문 시장에서 경영하는 자그마한 음식점에서 밥을 나르는 일을 하였다. 그나마 어머니는 음식솜씨가 있어 시장상인들이 점심과 저녁을 대놓고 사먹어 큰돈은 벌 수는 없었지만 그럭저럭 삼시세끼는 먹을 수 있는 상태였다.

김기열을 포함하여 아홉 식구가 굶지 않고 자식들이 국민학교와 중등학교를 다닐 수 있다는 것이 얼마나 행운이냐고 생각하며 부지런히 생활하고 있었다. 그런데 해방 이후 김기열이 귀국하고서는 시장 상황이 점차 나빠지고 있었다. 해방 후에 직업이 없는 많은 노동자들이 시장으로 몰려들었고 더불어 음식장사 숫자도 늘어났다.

새롭게 문을 여는 식당주인들 중에는 음식 맛이라면 둘째가라면 서운하다고 생각할 사람들도 꽤 많았다. 이에 어머니의 고정고객도 점점 줄어들고 수입도 감소하였으며 집 형편은 점점 나빠지고 있었다. 설상가상으로 돈 많은 자들이 주변에 큰 전문음식점을 만들면서 김기열 어머니의 가게와 주변의 영세 음식점은 더욱 타격을 입게 되었다.

수개월을 그렇게 어머니 식당에서 일을 하면서 사회적 약자가 점점 밀려나는 현상을 직접 목격하고 나니 이 사회가 뭔가 잘못되어 가고 있다는 것을 느끼게 된다. 문득 대학교 때 흥미로 접하였던 공산주의 이론이 생각났다.

그는 사회가 이대로 가다가는 돈 없고 힘없는 사람들은 결국 굶어 죽을 것으로 생각하였다. 그리고 가진 자들이 양보하지 않을 경우 뭔가 큰 변혁이 일어날 것만 같았다. 그는 지금까지의 경험으로 비추어볼 때에 이 사회는 보다 강력한 혁신과 혁명의 필요성이 있다고 판단하였다. 사회는 혼탁하여 일제에 협조한 사람들이 징계를 받기는커녕 오히려 중용되는 것을 바라보는 사람들은 한탄하면서 세상 잘 돌아간다고 한숨을 내쉰다.

한편 그런 사람들과 유착관계를 맺고 박자를 맞추던 자들은 잘된 일이라고 쌍수를 들고 환영하였다. 어느 날 김기열은 배정욱과 만나 이런 저런 이야기 끝에 배정욱의 의미심장한 말을 가슴에 담는다. 처음에는 그 말을 대수롭지 않게 넘기었다. 그러나 다음날 곰곰이 생각을 해보니 뭔가 여운이 있는 것 같은 말임을 상기하였다.

"기열아, 세상이 참으로 더럽지? 그치! 네가 만약 더러운 세상 꼴 보기 싫으면 즉, 뭔가 혁신이 필요하다고 생각될 때 나한테 개인적으로 와서 상담을 한다면 해결방안을 제시해줄 수 있지!"

김기열은 집에서 일을 하면서 여러 가지로 생각하였지만 그 의미를 정확히 파악할 수 없어 결국 배정욱을 만나 자세히 들어보기로 한다. 다음날 배정욱은 그가 만나자고 한 이유를 충분히 알고 있다는 듯 미소를 지으며 말한다.

"기열아, 우린 의형제까지 맺었지 않느냐! 내가 하는 말 진지하게 잘 들어보도록 해라. 우리는 이 사회를 개조할 필요성이 있다는 것을 실감한 사람들이지. 그렇지 않니?"

"그-그 그래 그렇지, 뭐 뭐 뭔가 변해야 된다고 둘이 공감을 했었지."

"그런데 뭔가 조그맣게 변해가지고는 힘없는 사람들은 이 사회에서 살 수가 없지. 이것은 네가 겪기도 한 작금 사회의 현상이기도 하지! 그렇지? 그래서 개조가 아니라 개혁 즉 혁명을 해야 그 모순이 고쳐진다고 생각하네. 모든 것을 엎어버리고 새로운 제도와 개념으로 이 사회를 건설할 필요성을 느끼는 것이지. 바로 그 새로운 제도와 개념이 난 공산주의라고 생각하는데 넌 그것을 어떻게 생각하냐?"

김기열은 배정욱의 갑작스러운 질문에 머릿속이 혼란하여졌고 공산주의란 말에 약간은 호감이 갔지만 선뜻 무엇을 어떻게 하여야 한다는 구체적인 내용은 전혀 생각할 수도 없었다.

"어 어! 그 그—그러니까 공산주의를 하겠다는 말이야?"

김기열이 약간 더듬으며 긴장된 어조로 반문한다.

"말하자면 그렇지. 내가 귀국을 하여 그동안 현 사회의 돌아가는 모습을 지켜보았는데 현재 정부가 내미는 자유민주주의라는 기치는 우리의 현실에 맞지 않아. 네 말대로 부익부 빈익빈이며 유전무죄 무전유죄이지 않은가? 지금 많은 사람들이 조직적으로 공산당에 가입하고 있어. 그들도 자네 이상으로 고민을 한 식자들이지 다들! 즉답은 요구하지 않겠네. 다만 우리 사회가 변해야 하고 그 변화는 우리들 젊은 사람들이 계획하고 추진해야 된다고 생각하지. 기존의 보수 세력 그들은 개혁을 할 생각을 하지 않고 자기들끼리 단합하여 개혁 개조를 거부하고 있다네."

"아 아 알았어. 생각을 좀 해봐야겠어!"

김기열은 반 달 정도 혼자서 고민한다. 그는 처음 대학생 때 접하였던 공산주의이론을 떠올려본다. 이번에는 일제강점기에 못이 박히도록 정훈교육을 받은 반공산주의 사상을 떠올려 두 가지를 비교해본다. 김기열의 머릿속이 혼란스러워진다. 그리고 현재 일반적으로 일어나고 있는 사회 상황을 나름대로 분석하고 고민해본다.

정말 힘없고 배우지 못하고 연줄 없는 사람은 살아나기가 어려운 사회가 되어 가고 가면 갈수록 희망은 없고 구렁텅이에 빠져들 것 같은 느낌이 든다. 그는 이 사회를 구할 뭔가 특단의 조치가 필요함을 느낀다. 그리고 그 대안에 대하여 나름 생각을 해본다. 그가 알고 있는 어떠한 이론도 이 세상을 구할 수 있는 논리도 없다는 결론을 스스로 내린다.

그리고는 공산주의사상도 생각을 해본다. 얼른 생각하기에 공산주의 사상이 쓸모가 있을 것으로 생각된다. 그는 대학교 때 공산주의사상을 비밀리에 같이 배우고 심취하였던 친구들 여럿을 다시 만나서 이야기를 나누어본다. 그 친구들도 반반이다.

그 친구들 중 이미 취직을 하여 안정적인 생활을 하고 있는 친구들은 공산주의에 부정적인 말을 하고 있다. 그렇지 못한 자들은 김기열과 비슷한 생각을 가지고 있다. 특히 집안 형편이 좋지 못한 자들의 공통된 생각이기도 하였다. 그래서 의형제를 맺은 배정욱이 집안 형편도 좋은데 공산주의에 빠져 있는 것을 이해하기 힘들었다. 그렇게 고민하다가 그는 끝내 자신이 혁명의 주역이 되어보리라고 결심한다. 다음날 김기열은 배정욱을 만나 자신도 그 혁명대열에 서보겠다고 한다.

"기열아! 정말 잘 생각하였다. 이제 우리는 풍랑을 만난 한 배에 타고 있는 동지야! 우리 협동하여 거친 풍랑을 헤쳐 이겨내고 안전한 육지에 상륙을 해야 하겠지! 우린 혁명대열에 같이 선 사람을 동지라고 서로 호칭을 하지! 김기열 동지! 하 하 하 하!"

그는 악수를 청하면서 호탕하게 웃는다. 김기열도 멋쩍게 따라 웃는다. 태릉훈련소 입대부터 줄곧 생사를 같이 하고 사선을 동시에 넘은 두 사람이 이념적으로 다시 굳게 뭉친다. 그러나 그 뭉침이 얼마나 위험스럽고 전혀 관계도 없는 수많은 선량한 사람들에게 장차 비극의 씨앗을 안겨줄지 두 사람 다 앞을 내다보는 능력이 없었다.

배정욱의 집은 종로4가에 있다. 그의 집안은 종로에서 살면서 대대로 국록을 받아먹고 살았다. 그의 할아버지는 조선말 큰 벼슬은 아니었지만 관직에 있었다. 그의 아버지는 조선이 망하자 생계를 위하여 종로에서 잡화상을 하게 되었다.

장사가 그런 대로 잘되어 돈도 꽤 모은 부자 상인이 된다. 배정욱의 부모는 슬하에 삼남삼녀를 두고 막내인 그를 대학교까지 보냈으며 배정욱은 부족함이 없는 생활을 한다. 이러한 그의 일상생활은 자기중심적이

자 모든 것이 자기를 위하여 존재한다는 착각이 들게 하였다.

그러다가 대학에서 우연히 김기열처럼 공산주의이론을 접하면서 무산계급, 부르주아, 프롤레타리아 등과 같은 생소하고 새로운 용어를 듣는다. 처음에는 거부 반응도 있었지만 학업을 계속하면서 일본의 제국주의와 식민정책에 대한 반감이 생기며 공산주의에 탐닉하게 된다.

그는 여러 가지 서적을 비밀리에 구하여 읽고 연구하던 차에 징병을 당한 것이다. 천우신조로 전쟁에서 살아남아 귀국하여 그가 마음먹은 이론을 실천하기로 결심하고 비밀리에 박헌영이 이끄는 남로당에 가입하여 공산주의 활동을 하게 된다. 그는 귀국 후에 취직이 되지 않자 아버지를 졸라 자신도 아버지처럼 동대문 근처에 잡화상을 열었다. 주로 생필품을 파는 상점이어서 장사는 그런 대로 잘 되었다. 그는 장사가 잘되자 곧 결혼하였으며 종업원을 고용하여 상점을 늘려갔다.

그는 상점을 운영하면서 생기는 이익금의 일부를 남로당의 운영자금으로 제공하였다. 이러한 공을 인정받아 그는 중구와 종로지역의 인민위원장이 되었다. 그러면서 세력을 확장하기 위하여 뜻을 같이 하는 자들을 비밀리에 모집하고 규합하는 임무를 맡는다.

그는 상부조직으로부터 남한의 여러 가지 실정에 대하여 파악하여 보고하는 임무를 부여받는다. 그가 부여받은 구체적인 첩·정보활동은 중구·종로지역 주요인물에 대한 동정, 대통령관저 경계현황, 경찰서별 근무인원 등을 파악하는 것이다. 그리고 방송과 주요 일간지를 통하여 군사내용을 수집하고 보고한다. 배정욱은 수집된 정보를 자필로 정리하여 상부조직에 수시 혹은 정기적으로 보고한다.

그는 일주일 동안 암약한 결과를 월요일에 정리하여 보고서를 만들었다. 그리고 화요일 오후 손님을 가장하여 들어오는 공산당 조직원에게 극비리에 보고서를 넘겨주었다.

배정욱은 이러한 일들이 혁명을 하는 준비 작업의 일종이라고 굳게 믿고 있었다. 동지를 한 사람 더 얻게 된 배정욱은 김기열을 자신의 수하에서 활동하도록 한다. 그는 며칠간 김기열을 개인적으로 교육시킨다. 교육내용은 첩·정보 수집, 암구호사용 방법 등등으로 상세히 가르친다. 그는 수집된 첩·정보에 대하여 메모하여 가지고 있다가 자기에게 전달한 이후에는 반드시 불살라 없애버리라고 하였다. 가장 고무적인 사실은 배정욱이 김기열을 어느 잡지사의 기자로 취직을 시켜준 일이다.

이것은 조직원이 마음 놓고 활동할 수 있는 여건을 마련해주라는 상부의 지시에 의한 것이었다. 배정욱은 그의 모든 인맥을 동원하고 일부 상점의 이익금을 투자하여 어렵사리 만든 자리였다. 김기열은 사기가 백배 올랐으며 배정욱에게 진 빚을 갚겠다고 열심히 기자 일도 하고 정보를 수집하여 보고하였다.

배정욱은 그에게 군사적인 첩보 수집을 더 많이 요구한다. 기자의 신분이 일반 시민보다 활동하기에 좋은 조건이라서 여타의 조직원보다 능력을 십분 더 발휘하였고 상부조직의 신뢰도 그만큼 쌓아가게 된다.

1950년 1월 김기열에게 새로운 지령이 떨어진다. 주변 인물들에게 공산주의사상을 은밀하게 전파하라는 것이다. 그런데 이 지령을 수행하려니 사회적인 조건과 분위기 그리고 현 정권의 반공 기치가 너무나 강하여 상황이 좋지 못하였다. 따라서 함부로 공산주의를 내세우다간 큰일 날 수가 있어 간접적인 방법을 사용하기로 한다.

즉 주변 사람들부터 친절하게 대하여 자기 사람으로 만들기로 하고, 자신이 살고 있는 동네에서는 자원봉사를 하거나 동(洞)에 적극 협조하여 신임을 얻는 방법이다. 그러면서 현실의 부당한 점을 부각시키고 해결방안을 제시하기로 한다. 그리고 기자이니 이러한 내용을 잡지에 기고하여 사회적 약자에게 긍정적 반응과 동의를 많이 얻어낸다.

특히 그들은 일제강점기에 일본정부에 협력하였으나 지금은 현 정부에 적극적으로 의지하여 반공을 앞세우고 공산주의자를 억압하는 자들의 뒷조사 내지 비리를 알아내고 보도하는 데 주력한다. 그리하여 반공이란 기치가 얼마나 허울 좋은 포장지나 다름없는가를 보여주어 자연스럽게 혁명의 목표를 달성하는 데 일조한다. 이러한 활약 끝에 김기열은 마포구 지역 인민위원장이 된다.

1950년 5월 하순에는 새로운 명령이 서울 각 구의 인민위원장에게 극비리에 주어진다. 북한군이 서울을 점령하면 서울입성 환영대회를 수행하기 위하여 사전에 준비하고 공산주의 행정체제를 서울시 전역에 빠른 시간 내에 적용되게 기초를 마련하도록 지령을 받는다.

북괴군의 망상
-천영화와 인민위원장-

1950년 6월 25일 일요일 천영화는 여느 때처럼 아침 일곱 시가 못 되어서 일어났다. 휴일이지만 평상시 출근할 때처럼 눈이 떠져 자리를 박차고 일어난다. 하늘을 쳐다보니 장마가 시작 되려나 중천에는 구름이 꽉 차있다. 하지만 비가 금방 내릴 것 같지는 않다. 오늘은 신문이 나오지 않는 날이라 모처럼 여유 있게 아침 뉴스를 듣고자 작은 상자로 된 광석라디오(동조 회로와 광석 검파 회로, 이어폰으로 이루어지는 가장 간단한 구조의 수신 장치)를 켜본다.

지지직거리며 잡음이 일어나 방송의 주파수 대역을 확인하여 잘 맞추니 잡음이 사라지면서 뜻하지 않게 군가가 힘차게 울려 나온다. 천영화는 아침부터 웬 군가일까 의구심을 가지고 계속 들어보니 노래 중간에 간간이 아나운서의 목소리가 나온다.

"국군 장병 여러분, 신속히 소속부대로 귀환하여주시기 바랍니다. 휴가 중이거나 외출 중인 모든 병사들은 즉시 부대로 돌아가시기 바랍니다."

131

비장한 어조로 아나운서의 목소리가 메아리친다. 천영화는 여러 가지 매체를 통하여 해방 이후 북한 공산당이 수백 번 38도선을 넘어 국군을 공격한 것을 알고 있었다(실제 6.25 이전 북괴가 도발한 횟수만 870여 회에 달함). 국군은 지금까지 그들을 잘 물리쳤고 최근까지 북괴가 기승을 부려 공격하였으므로 비상경계령을 내렸고 방송뉴스에서 어제 해제한 것으로 보도하여 그렇게 알고 있었다.

그래서 오늘도 북괴가 지금까지 침입하여 공격하던 수준이거나 혹은 그보다 약간 더 상회하는 정도의 으레 38도 경계선을 넘나드는 전투를 벌이고 있는 것이라 생각하였다. 이런 생각은 천영화만 하는 것이 아니었고 대부분의 서울시민이 공통적으로 추정할 수 있는 상황이었다.

천영화는 어머니와 동생과 아침을 먹으면서 현재 벌어지고 있는 전투 상황에 대하여 이야기를 나눈다.

"어머니, 지금 38선에서 전투가 벌어지고 있는 것 같은데 현재까지 신문이나 방송에서 보도되었던 전쟁보다 더 심각하고 규모가 큰 것 같습니다. 라디오에서 아침부터 군가를 틀어주고 모든 장병들이 부대로 귀환할 것을 방송하는 것을 보니 이전보다 전선의 상황이 심각한 것 같습니다. 제가 생각하기로 아마도 전면전이 일어난 것 같습니다."

"그려어? 북한 공산당이라는 사람들은 왜 그렇게 틈만 나면 남쪽 사람들을 괴롭히는 것인지 알 수가 없네그려! 그리고 그 전면전이란 것이 뭐이야?"

"글쎄 그놈의 자식들 그 공산주의라는 것이 그렇게 자기들만의 방식으로 통일을 해야 된다고 하네요. 그러니까 남한을 점령하여 공산주의 국가로 만들겠다는 것이지요. 그리고 전면전이란 것은 38도선 여러 곳을 통하여 북괴군이 일제히 한꺼번에 침공하는 것을 말합니다."

"음! 그럼 앞으로 이 남한 그리고 서울이 어떻게 될지 걱정이네!"

"어머니, 솔직히 말씀드리자면 저도 자세히는 모르겠어요. 최악의 경우 공산당이 전 남한을 장악하고 북한식 공산주의 체제를 남한에도 적용하여 통치할 수도 있겠지요. 추측건대 공산주의를 추종하는 자들만의 세상이 되겠지요!"

"글쎄 공산당을 정확히 모르는 우리가 앞으로 어찌해야 할지 방도를 생각할 수도 말할 수도 없구나. 하지만 남쪽으로 피난 와서 살고 있는 이북사람들이 겪은 공산당 이야기를 들어보면 우리처럼 믿는 집안은 도저히 살 수 없는 세상이라고 말하더구나!"

"어머니! 제 생각도 그것이 문제가 될 것 같아요. 원래 공산주의란 것이 무신론을 기반으로 개인이 종교를 갖고 믿는 것을 인정하지 않으니 큰 문제가 될 수 있겠지요."

"오빠! 내 생각에는 만약 공산당이 남한을 다 차지한다고 하더라도 저들도 사람이고 인간인데 같은 형제끼리 설마 무슨 일이 일어날 리는 없을 것이라고 생각되는데!"

"그건 네가 너무 사람을 믿고 공산주의를 몰라서 그렇게 생각하는 거야! 내가 알고 있는 공산당은 그렇게 인도주의적이지 못하다고 들었어! 자기들의 목표를 달성하기 위해서는 어떠한 수단도 정당화된다는 오류에 빠져 있다는 거야.

즉 남한의 공산화를 위해서는 수단과 방법을 총동원하되 그것이 폭력이든 전쟁이든 무슨 방법이든 가리지 않는다는 것이야. 하지만 앞으로 어떻게 될지 염려가 되고 귀추가 주목된다.

북한에 관하여 많은 사람들의 이야기를 들어보면, 해방된 이후에 토지개혁을 하고 지주의 모든 재산도 몰수해서 노동자에게 주고 그래서 없던 사람들은 처음에는 좋아하였단다. 그러나 그 후 전쟁준비를 하느라고 많은 세금을 부과하여 원성이 자자하다는 이야기를 들었어. 그리고 종교의 자유를 인정하지도 않아 많은 종교인 특히 기독교인들이 종교의 자유를 찾아 남한으로 왔다고 들었다."

천영화는 자신이 겪고 보고들은 이야기를 계속한다. 어머니가 질문 겸 자신의 생각을 말한다.

"그러니 공산당이 지배하면 공산당식 행정을 펴게 될 것이니 하느님을 믿는 우리에게 영향이 미칠 것이라는 것이 명백해지네?"

"예, 어머니. 사실은 저도 그게 걱정이 됩니다."

"난 죽어도 하느님 예수그리스도를 놓을 수 없어! 만약 그렇게 된다면 나에게도 생각이 있지!"

"어머니, 그 생각이 뭐여요?"

"뭐긴 그놈들을 피하는 수밖에 없는 거지."

"어머니. 일단 지켜보는 것이 좋을 것 같습니다. 그런 상황이 되면 뭐라도 좋은 방도가 나오겠지요, 어머니!"

천영화네 식구는 아직 전쟁에 관한 한 어떠한 정보도 없어 일단 사태의 추이를 지켜보기로 한다. 점심을 먹기 전 정오 무렵 마루에 나와 쉬고 있는데 갑자기 공습경보가 울린다.

"애-앵, 애 앵, 애앵 애앵..."

단말마와 같은 짧은 경보의 연속적인 파열음은 주말의 한가한 서울 시민의 간담을 서늘하게 만든다. 천영화는 어머니와 동생과 함께 뒷산으로 일단 신속히 대피한다. 천영화의 집은 한강이 내려다보이고 집 뒤에 작은 동산이 있는 곳에 남향으로 자리 잡고 있어 대피하는 것은 그리 시간이 걸리지 않는다.

뒷산은 봄이 되면 개나리를 필두로 진달래와 영산홍이 앞 다투어 꽃을 피우고 가을까지 여러 가지 꽃이 번갈아 피는 예쁜 꽃동산이다.

주변에 사는 마을 사람들 수십 명도 천영화가 대피한 장소로 몰려들어온다. 그들이 큰 나무 사이나 작은 바위틈에 몸을 숨기고 마음을 진정시키고 있을 때 어디선가 총성이 울려 퍼져 온다.

총소리가 들리는 방향이 어디인지 두리번거린다. 강 너머 남쪽 여의도 방향에서 울려와 그쪽을 바라보니 두 대의 비행기가 1차 공격을 마치고 하늘 높이 치솟고 있다. 그러더니 서쪽을 향하여 가다가 다시 돌아와서는 여의도를 공격하는 것이 보인다.

천영화가 대피한 곳은 여의도가 훤히 내려다보이는 한강변에 위치한 야산이지만 제법 높은 지역이다. 거리는 불과 2킬로미터밖에 떨어지지 않아 북괴 항공기의 공격 기동을 하나도 놓치지 않고 올려다 볼 수 있다.

자기가 근무하는 여의도 비행장이 공격을 받고 있으므로 걱정이 앞섰지만 자신으로서는 어떻게 할 도리가 없어 안타깝게 바라보고만 있다. 이번에는 동북쪽 서울역 근처에서 폭탄 터지는 소리가 은은하게 들리고 어디선가 구급차 소리가 긴급을 하듯 울려 퍼진다.

북괴 전투기들은 전쟁 당일부터 서울 상공을 제집 드나들 듯하며 공격한다. 연습기와 연락기뿐인 우리 공군으로서는 속수무책이다. 6월 25일 일요일 정오를 기준으로 북한 전투기 YAK-9 수십 대는 서울 시민의 혼을 빼려 김포공항과 여의도공항 그리고 용산역, 서울역과 공작창, 육운국(교통부 산하 기관) 청사 등에 기총소사를 하고 폭탄을 던진다. 이런 상황에서 국군이 보유하고 있던 연락기나 연습기로는 고성능의 북괴 전투기에 대항할 능력이 전혀 되지 못한다.

서울시민들의 가슴은 완전히 콩알 만해지고 좌불안석하는 공황심리가 퍼져나가기 시작한다. 어떻게 어찌하여 인공기가 크게 그려진 북괴의 전투기가 이렇게 먼 서울시내까지 버젓이 와서 폭격할 수 있을까? 제일 먼저 폭격을 가한 곳은 김포공항 활주로, 여의도 비행장이었다.

두 비행장을 제일먼저 폭격하는 목적은 남한이 몇 대 보유하고 있는 연락기가 이륙하지 못하도록 하고 이곳에 주기된 미군기의 활동을 저지하기 위한 것이다. 그리고 서울역과 용산역, 공작창, 육운국을 공격한 것은 두 가지 목적이 있다. 국군의 주요 보급선인 철로를 파괴함으로써 인적·물적 자원이 전선에 도달하지 못하도록 함과 동시에, 서울시민에게 공포를 불러일으켜 전투 의지를 꺾어보려는 의도였다.

이날 국방부는 오후 공습 이후 1시 즈음에 정부기관으로는 처음으로 공식담화를 발표하며 국민에게 호소하였다.

"국민 여러분! 금일 북괴군이 침공을 하였으나 국군이 훌륭히 방어하고 있습니다. 국민여러분은 국군의 건투를 기원하고 일상생활을 하시며 평정심을 가지시길 바랍니다."

국방부의 발표가 있고 북괴군의 전투기도 물러나며 잠잠해지자 서울시민들은 일상으로 들어갔지만 불안하게 오후와 밤을 지내야만 하였다. 북괴 공군은 150여 대의 야크기를 동원하여 후방을 차단하고 근접전투를 지원하고 있었다.

이미 전 군에는 비상소집령이 발령되었고 확성기를 단 몇 대의 트럭이 서울시내 이곳저곳을 샅샅이 다니면서 가두방송을 한다.

"군인들은 즉각 각 소속부대에 복귀하라. 휴가 중인 군인은 빨리 부대로 복귀하라."

국방부는 4월 21일 이후 계속된 비상경계령을 6월 24일 토요일이 시작되는 밤 00시부로 해제하였었다. 주말을 맞아 군 병력 3분의 1의 장병들이 외출, 외박, 휴가를 나갔다. 오래 지속된 비상경계령 뒤에 모처럼 나가는 것이었다. 그런데 속사정은 그동안 공산군들의 거듭된 도발에 장병들이 외출, 외박, 휴가를 나가지 못하자 군량미의 소비가 계획된 양보다 훨씬 많아져 조정하여야 할 상황에 이르렀던 것이다.

사실은 국방부에서 식량 예산을 편성할 때 매월 일정한 수의 장병이 휴가나 외출, 외박을 하는 것을 전제로 편성하였다. 따라서 그동안 두어 달 장병이 휴가를 나가지 않자 식량사정이 나빠진 것을 고려하여 가급적이면 빨리 비상경계령을 해제하여 휴가를 보내야만 하였다. 국방부와 정부가 북괴군에 대한 정보를 전혀 갖지 못한 무능의 결과였다.

라디오에서는 국민에게 안심하라는 방송만 하였다.

"시민 여러분. 국군은 끝까지 서울을 사수할 것이니 시민들은 절대 동요하지 마시기 바랍니다."

"우리 군이 휴전선 전면에 걸쳐 남침한 인민군을 동두천과 의정부 북방에서 저지하고 반격 중에 있습니다."

서울시민들은 하루 종일 불안하여 삼삼오오 모여서 전쟁이 어떻게 될까 수군수군 대고 어떤 사람들은 피난을 가야 한다고 생각하고 보따리 짐을 꾸리기도 한다. 눈치 빠른 사람들은 당장 저녁부터 서울을 떠나기도 하였지만 실제 서울 시내를 빠져나간 사람들은 극히 일부에 지나지 않았다.

이때 경기도 북부와 강원도 일부 사람들은 짐을 싸서 남으로 피난 내려오는 사람도 있었다. 그리고 일부 도민은 지역에 있는 동굴이나 수풀 속으로 피신하였다. 이렇게 국민들이 좌불안석하고 안절부절 못하는 가운데 하루가 휙 지나가버린다.

6월 26일 월요일 아침, 천영화는 여느 때처럼 출근하려고 일어나 7시 뉴스를 듣는다. 라디오를 켜자마자 첫 방송에 긴급 보도를 한다.

"임시 뉴스를 말씀드립니다. 어제 새벽 공산 괴뢰군이 38선 전역에 걸쳐서 공격을 개시했습니다. 그러나 우리 국군이 건재하니 국민 여러분은 안심하시길 바랍니다. 그리고 농번기 휴가와 외출 외박 중인 장병들은 즉시 본대로 복귀하십시오. 임시 뉴스를 말씀드립니다. 어제 새벽 공산 괴뢰군이……"

이때는 벌써 의정부 전투에서 북괴군의 전차가 맹위를 떨치며 전선이 무너지고 있던 시점이다. 그렇지만 천영화는 평소처럼 출근하였다. 토요일 오후, 일요일 하루를 쉬고 출근하는 길인데 월요일 아침 마포나루에는 사람들로 가득 차있다. 학생들도 아직 방학을 하지 않아 정상적으로 학교에 가고 있다. 그런데 일부 피난하는 사람들이 있어 출근하는 사람들과 겹쳐 평상시와는 좀 더 복잡하고 혼란스러움을 느낀다.

38도선 전 전선에 걸쳐서 북괴군이 기습공격을 하였지만 전투가 벌어지고 있는 38도선 부근과 서울은 거리가 많이 떨어져 있어 실제 전투가 벌어지고 있는 상황을 느낄 수 없었을 뿐이다. 정부는 전쟁이 발발한 이후 현재까지의 상황이 북괴군에게 밀리고 있다는 등 어떠한 전쟁의 불리한 소식도 발표도 하지 않고 오히려 북진통일을 할 수 있다는 허황된 방송만 하고 있었다.

그리하여 천영화를 비롯한 시민들은 전쟁이 발발한 다음날에도 일상적인 생활을 하려 아침에 정시 출근하였다. 천영화는 아홉 시 전에 여의도 부대에 도착하여 식당일을 하기 시작하였다.

그는 동료들에게 어제 적기의 공습이 있었는데 피해는 없었느냐고 물었고 자신이 대피하여 있던 마포 야산에서 북괴기의 공격을 다 보았다고 하였다. 미군 동료는 어제 상황이 이곳 여의도 비행장 내에 엄청난 공포를 조성하였으나 인명피해는 없었으며 활주로가 약간 파손된 것과 몇 대의 주기된 항공기가 피격 당하였다고 전했다.

서울 시내의 모습은 아침에 정상적으로 학생들이 등교하고 직장인들이 출근하고는 있지만 대부분 반신반의 하는 심정이었다. 정오가 되기 전 옷을 맡겼던 외국대사의 부인들은 하나둘씩 의상실로 찾아가 맡긴 옷감을 도로 찾아가며 나중에 옷을 짓겠다고 하였다.

이들은 대부분 일본을 통하여 본국으로 돌아갔다. 어떤 학교는 오전 열한 시쯤 학생들을 모두 귀가 조치하였고 등교하자마자 집으로 보내는 학교도 있었다. 대학교는 대부분 정상적으로 강의하였다. 한편, 군인들을 태운 트럭 수십 대가 혜화동을 지나 미아리 방면으로 열을 지어 가기도 하였다. 거리에는 다음과 같은 내용을 신문지에 붓으로 휘갈긴 벽보가 이곳저곳에 붙어 있었다.

"북괴군이 남침을 하였으나 용감한 국군이 격퇴하였다." "국군이 괴뢰군을 격퇴하고 해주까지 진격 점령하였다."

천영화는 아침부터 미군의 점심 식사를 열심히 준비하였다. 정오가 되어 오전 작업을 끝내고 들어온 병사들이 막 식사하려할 때에 갑자기 어제에 이어 공습경보가 또다시 울려 퍼진다. 사이렌 소리는 앵~ 앵~ 앵~ 애처로운 소리를 내며 서울시내 전역에서 울려 퍼지기 시작한다.

미군 식당건물 안에서도 "따르르릉…" 자지러지게 소리가 나며 공습경보를 내보낸다. 식사를 하고 있던 미군과 준비하던 천영화도 순간 손을 멈추고 서로 얼굴을 쳐다보면서 어제와 같은 적기의 내습임을 즉시 알아차리고 모두 신속하게 대피한다.

천영화의 미군 상사는 모두 밖으로 나가 대피하자고 소리치며 자신의 철모를 찾아 쓰고 권총을 차면서 신속히 밖으로 나간다. 미군 상사의 지시에 따라 모든 미군과 군무원은 건물 밖으로 나가 활주로 밖에 파놓은 참호로 들어간다. 포장된 활주로 바깥의 일부 땅은 활주로 확장공사와 하수도 공사를 하느라고 상당히 깊은 골로 파인 부분도 많아 대피하는 데는 장소의 제약을 느끼지 못하고 아무 곳이나 엄폐되었다고 생각하는 지점에 들어가 모두 엎드린다.

천영화도 한 미군을 따라가 엎드린다. 중국에 있을 때 미군의 공습을 피한 적은 있어도 이처럼 서울 하늘에서 인공기가 그려진 전투기 공격으로 어제와 오늘 연거푸 대피하고 있는 것은 참으로 이례적인 일이라고 생각한다.

사이렌은 계속 울려 퍼졌고 전 서울시내가 북괴 전투기의 공습에 따라 공포에 물들어 숙연하게 보인다. 이윽고 몇 분 후 적기 4대가 낮게 내려와 여의도 비행장을 공격한다. 앞의 2대가 먼저 순차적으로 급강하하여 활주로에 진입하면서 폭탄을 던지고 다급하다는 듯 급히 솟구친다. 그러고 다시 돌아와 이번에는 기관총을 쏘아댄다. 기관총의 표적은 건물과 활주로에 주기된 몇 대의 경비행기다. 기관총 입구에서 불을 뿜어내니 총알은 위협적으로 "파파파—팍" 소리를 내며 활주로와 유도로에 박히거나 일부는 튕겨나간다.

활주로에 폭파구가 몇 개 형성되고 건물에 기관총 탄알이 박히며 경비행기 한 대가 기관총에 맞아 폭삭 주저 내려앉는다. 비행기가 폭탄을 투하하고 기관총을 난사할 때는 모든 미군과 천영화는 몸을 더욱 움츠리고 깊은 구덩이로 파고들고 두 손으로 귀를 막는다.

북괴 인공기는 아군의 아무런 저항 없이 제멋대로 공격하고 30분 후에 물러난다. 천영화는 어제 오후에 이어 다시 공습이 있게 되니 가까이 있는 미군 병사에게 전쟁 상황이 어떻게 되어가고 있는가를 물어본다.

미군 병사도 정확한 정보는 없었고 다만 현재 상황이 남쪽 군에 매우 불리하게 돌아가고 있다고 한다. 공습이 해제되고 점심을 먹은 후 저녁을 준비하고 있는 시간에 미군 상사가 전 장병에게 여의도 철수 준비를 하라고 지시한다. 아마도 상부의 지시를 받은 듯하다.

미군 상사는 지금 전쟁 상황이 매우 좋지 않으니 부대 이동 준비를 해서 밤에 여의도를 떠날 것이니 모든 작업을 중단하고 철수 준비를 하라고 지시한다. 그리고 천영화에게는 자신들이 다시 오면 고용을 하겠으니 당분간 집에 가 있으라고 한다. 천영화는 이의를 달 수도 없어 실망하며 집으로 돌아온다.

6월 26일 저녁이 되기 전 서울역에서는 이미 남쪽으로 가는 기차를 공식적으로 운행하지 않았다. 그래서 피난 가는 사람들은 도보로 한강을 넘기 위하여 한강대교로 걸어갔다. 이때 경찰과 헌병이 다리를 넘어가지 못하도록 차단기를 설치하고 막고 있었다.

그래서 사람들은 한강의 여러 나루와 백사장으로 발길을 돌린다. 배가 운행되는 한강의 모든 나루에 사람들이 몰려들었고 어떻게든 배를 타고 도강하여야겠다는 사람들로 법석이다. 배 한 척이 통상 정원의 두 배가 넘는 인원을 수송하기도 한다.

그런데 기실 전투기가 공습을 감행한 직후인 6월 26일 오후 한 시의 전쟁 상황은 의정부가 북괴군에 의하여 함락된다. 평소에 준비 없이 있다가 일을 당하여 허둥지둥 서두르는 정부수반 이승만 대통령은 6월 27일 새벽 3시 30분경 경무대를 떠나 승용차를 타고 서울역으로 향하였다.

서울역에서 기차를 타고 새벽 4시에 출발하여 오전 11시 40분에 대구에 도착한다. 임진왜란 때 한양을 떠나 의주로 피신한 선조와 아관파천을 단행한 고종에 이어 또 한 번의 피란이 시작된 것이다.

대구에 도착한 이승만 대통령은 한 시간도 되지 않아 자신만 피란한 것이 부끄러웠던지 열차를 다시 북쪽으로 향하게 한다. 그리고 수원에 도착하여 다시 차량을 이용하여 서울로 가자고 한다. 그러나 열차가 대전에 도착하였을 때 서울이 함락되었다는 보고를 받는다.

국가가 존망지추에 있을 때 행정부의 탈출을 국회의원들도 몰랐다. 북괴가 서울을 점령하던 기간 중에 210명의 국회의원 가운데 설마하며 서울에 남아 있던 62명 중 8명은 피살되고 27명은 납북되거나 실종된다.

같은 날 6월 27일 새벽, 남한 외무부는 언감생심 일본 외무성에 긴급하게 무전을 친다.

"남한 정부와 한국인 6만 명을 수용하는 망명정권을 일본의 야마구치 현에 세우는 계획에 대한 의견을 개진하여 주십시오."

일본 정부는 긴급히 야마구치 현에 이것을 다시 타진하고 야마구치 현의 수용 여부를 묻는다. 또 한편 외무부는 미국에 망명정부의 가능성과 함께 일본에 남한 정부의 요청을 받아들이도록 협조를 해주도록 부탁을 한다. 이에 대하여 당시 야마구치 현 다나카 지사는 현재 지역 주민들에게도 배급이 제대로 지급되지 않고 있는 등 식량 문제가 심각하다며 한국인 망명 수용에 반대 의사를 밝힌다.

그러다 한국전쟁 발생 열흘쯤 뒤에 야마구치 현의 다나카 지사는 일본 주고쿠 지역(제일 큰 섬인 혼슈 섬의 남쪽에 있는 제일 작은 섬) 5개 현 지사 회의에 참석한 자리에서 한국인 5만 명 수용 계획을 발표한다. 다나카 지사는 영문으로 된 「비상조치 계획」이란 제목의 이 보고서에서 야마구치 현 아부 등 4개 자치단체에 20개의 피난 캠프와 마을을 만들고 총 5만 명을 수용하겠다는 계획을 세운다. 이 보고서에는 병실 등 의료시설과 위생시설, 식량지원 등의 내용도 포함돼 있다.

처음 전문을 받았을 때는 안 된다고 하였던 야마구치 지사가 다시 반복을 한 배경에는 미국이 일본에게 강력한 요청과 함께 반대급부의 제안을 한 것이라고 추측이 된다. 예를 들면 한국전쟁에서 소요되는 물자의 대부분을 일본에서 조달한다든지 혹은 한국 망명 정부를 만드는 모든 자금을 지원하고 야마구치가 필요한 모든 재정적인 뒷받침을 하겠다는 조건이 제시되었을 가능성이 농후하다.

이렇듯 엄청나게 중요한 사안을 결정하는데 밀고 당기는 시간이 열흘은 소요되었을 것이라고 생각이 된다. 여하튼 야마구치 현은 한국정부 요청 6만 명이 아니라 5만 명에 대한 수용계획을 수립하고 영문 보고서를 미군정에 제출하여 예산 지원을 요청한다. 당시 식량부족으로 배급을 받는 등 패전의 상처를 극복하지도 못한 일본의 한 지방정부인 야마구치 현이 이렇게 한국 관련 문제에 정통하고 발 빠르게 대처할 수 있었던 것은 별도의 정보기구를 운영하고 있었기 때문이었다.

이 정보기구에서는 일제 강점기 때 조선총독부나 경찰로 한국에서 근무했던 한국말이 유창한 일본인을 특별 채용하여 한국의 라디오방송 등을 매일 청취하고 여러 가지 경로를 통하여 한국 관련 정보를 수집하였다.

이들은 정보를 모아 문건을 만들어 일본 총리와 내각 각료들에게 수시로 보고하였다. 일본 판 CIA이다. 당시 야마구치 현의 지사는 남한이 북한과 중국, 소련 등 공산주의 세력의 일차 저지선이고, 야마구치 현은 일본 본토의 방파제와 같은 역할을 한다고 생각하고 바닷물 하나를 사이에 둔 한반도 정세 변화를 꼼꼼하게 확인하고 있었다.

이「한국인 망명 캠프」계획이 어느 정도까지 진행됐는지는 미국의 극비 문서가 공개될 때에 공식화될 수가 있을 것이다. 물론 이것은 증거 자료가 한정된 상황에서 어렴풋한 추측에 의한 것이기도 하다. 이승만 정부의 행정을 비판하려는 것이 아니고 역사의 사실은 사실로서 밝혀져야 하기 때문에 문제제기 수준에 한정된 것이다.

이 같은 일련의 소설 같은 이야기가 언제까지나 추측에 의한 가상적인 시나리오라고 믿고 싶다. 결과적으로 이승만 정부의 일본 망명 시나리오도 인천상륙작전 등으로 전쟁의 양상이 완전히 바뀌면서 실행에 옮겨지지는 않는다.

하지만 만약 이러한 시나리오가 사실이 아닐지라도 그동안 북괴의 침략에 따라 보여준 행정부의 여러 가지 대처와 조치는 한국전쟁 발생 직전의 행정부의 능력을 알 수가 있는 장면이다. 또한 이승만 정부가 한반도와 주변 정세에 어느 정도 알고 어떻게 대응하였는지, 그리고 한국전쟁 발발 직후 정부가 처한 상황, 어떤 마음을 가지고 대한민국을 이끌었는지 적나라하게 보여주고 있다.

전쟁 사흘째인 27일, 국군은 전 전선에서 북괴군의 남침을 거의 맨몸으로 막아내고 있었다. 38도 선에서 밀려 내려와 의정부 방어선을 잃어버렸던 국군은 창동까지 내려왔다가 북괴군의 전차와 자주포 공격에 방어진지도 채 마련하지 못한 상태로 다시 미아리까지 철수하여 방어선을 만든다. 정릉-미아리-청량리를 잇는 미아리 방어선은 수도 서울을 방어하기 위한 최후의 방어선이다.

이날은 초저녁부터 비가 오기 시작하여 점점 굵어졌으며 방어선에 파놓은 참호는 물웅덩이로 변하고 있었다. 미아리 근처에 사는 사람들은 아군과 적이 싸우는 대포와 총소리를 가까이서 들을 수 있었다. 거센 빗소리에도 포성이 끊이질 않았으며 주변의 시민들은 대부분 피란도 가지 못한 채 건물 부서지는 소리와 포성과 총성으로 인하여 잠을 이룰 수 없었으며 공포에 떨었다.

1950년 6월 27일 밤 9시, 중앙방송(KBS)을 통해 이승만 대통령 특유의 떨리고 느린 목소리가 서울을 비롯한 전국에 울려 퍼진다. 생중계다.

"음- 동포 여러분! 우리 국군이- 의정부를 탈환-하였습네-다. 우리 국군은 북괴군을 격멸하고- 이제 북으로 진격하고 있습네-다. 국민- 여러분! 현재 모든 것이- 잘- 돼가고 있으니 동요-하지 마시고 안심- 하십시오. 그리고 가능하다면 생업에 종사를 하시기 바랍-네다."

그러나 불과 방송 몇 시간 뒤에 의정부는 물론 창동, 미아리, 길음교, 남산까지 수도 서울의 전역이 적의 수중에 힘없이 넘어간다. 그런데 이승만 대통령이 방송한 장소는 서울이 아니라 대전이었다. 이승만 대통령은 대전에서 녹화를 하고는 생방송이라고 속여 내보낸 것이다.

방송과장은 우체국, 대전방송국, 서울중앙방송국에 연락하고는 90여 분만에 밤 9시 생방송을 성사시킨다. 국민은 이승만 대통령이 중앙청이나 경무대에서 방송한 것으로 알고 있었다. 방송을 듣고 안심했던 국민은 낭패를 보게 된다.

눈 뜨고 보니 서울이 온통 인민군의 소굴이 된 것이다. 사람들은 방송을 듣고도 무슨 소리냐, 국군이 연일 후퇴하고 있는데 말도 되지 않는다고 생각하였다. 그런데 늦게나마 남쪽으로 피란 발길을 이어갔던 사람들, 이 사람들도 무사하지는 못했다. 방송 후 몇 시간 뒤인 28일 새벽 2

시 북새통을 이루던 한강다리가 폭파되었기 때문이다.

다리를 건너고 있던 그 순간 수많은 시민과 장병들을 비명에 보내버린 자는 북괴군이 아닌 아군이었다. 다리가 끊겼음에도 계속 밀려드는 사람들에게 떠밀려 수천 명의 사람들이 한강에 그대로 풍덩 풍덩 떨어져 물속으로 사라진다.

천영화는 6월 27일 아침 어머니에게 피란을 가자고 한다. 어머니는 되묻는다.

"어디로 가겠느냐? 갈 곳이 어디 있느냐? 어디를 가든지 이곳만 못하다. 차라리 사람이 많은 이곳에 있는 것이 낫지 않겠느냐?"

"어머니, 사실 저는 외가가 있는 경기도 광주로 피란을 가려고 생각했지요."

"뭐 거기 가더라도 별 다른 변화가 있겠느냐. 외갓집 식구들 번거롭기만 할 텐데 여기 있으나 거기 있으나 마찬가지 아니냐?"

"어머니, 그래도 거기는 시골이 아닙니까? 여기보다 숨어 있기도 좋고 먹을 것 걱정도 안 할 수 있으니 그곳이 좋지 않을까요?"

"나는 여기가 좋다. 내 집이어서 좋다. 여기에도 피할 수 있는 곳이 많이 있지 않느냐? 그리고 하루 이틀이지 세 명이나 가서 하는 일도 없이 얼마를 있을지도 모르는데 마냥 있을 수도 없고, 그리고 여름 손님은 호랑이보다 무섭다 하지 않다더냐!"

"어머니, 그게 아니라 저는 거의 2년을 경찰에서 근무한 적이 있잖아요. 그런데 이 공산당들이 경찰이나 공무원 심지어 면장, 구장 등만 지냈어도 반동분자라 하여 잡아가고 형무소에 잡아넣고 그런다는 소문이 있어요. 저는 그게 염려스러워요. 지금은 경찰이 아니지만 과거 자그마한 것까지 뒤지는 그들이라 걱정이 됩니다."

146

"그래! 네 말도 일리가 있긴 있구나. 그럼 이렇게 하면 어떨까. 그러니까 우리 집 지하에 연하여 땅굴을 좀 파서 거기에 피하여 있으면 좋겠구나. 그러면서 시국이 어떻게 돌아가는지 살펴보면서 대비하자."

"오빠! 어머니 말씀처럼 그렇게 하는 것이 좋겠어. 여기서 광주 가려면 이 빗속에서 얼마나 힘이 들지 모르잖아! 그리고 장마도 시작되는데......"

"알았다 알았어. 그럼 내일부터 내가 지하실에 내려가서 산 쪽으로 굴을 좀 팔 테니까 네가 좀 도와주어야겠다!"

"오빠 알았어. 알았어. 내가 도울게!"

천영화는 지하실에 내려가 본다. 지하실이라기보다 반지하로 거기에는 잡다한 물건들이 많이 들어 있다. 물건들을 한쪽으로 치워놓고 야산 쪽 방향으로 이어진 중간 부분을 살펴보니 이곳은 콘크리트나 돌을 쌓지 않고 야산과 직접 연결되어 있다. 땅도 큰 무리 없이 잘 파질 수 있는 사암이 섞인 황토질의 흙으로 되어 있어 삽으로 하루 종일 작업하면 2~3미터 정도의 굴이 파질 것 같았다.

그리고 약간은 상향으로 비스듬히 파 올라가고 밖에서 수직으로 1미터 정도만 파면 공기구멍도 만들고 밖으로 나갈 수 있는 피신 통로도 만들 수 있을 것 같았다. 천영화는 집 밖으로 나가서 확인해보고 피신 통로를 행인들에게 보이지 않는 방향으로 파야 하므로 굴 방향을 우측 30도로 약간 바꾸기로 한다. 다음날 아침부터 한 삽씩 파들어 갔다. 파낸 흙을 동생 혜순이가 삼태기로 담아내서 밖으로 버렸다. 이렇게 이틀을 작업하여 한 사람이 몸을 구부려 드나들 수 있고 세 사람이 드러누울 수 있는 굴을 만들었다.

하루면 될 것 같은 작업이 이틀이나 더 걸렸는데 군에서 참호를 만든 경험이 있는 천영화라서 3일밖에 걸리지 않은 것이다. 지하실 입구는 널빤지로 막아 출입하는 데 용이하도록 하고 그 앞과 옆에는 가벼운 물건을 촘촘히 쌓아 위장해놓았다. 지하실에 누군가가 들어와서 모든 물건을 치우지 않는 한 발견되지 않도록 하였다.

굴 안에는 잠을 잘 수 있도록 가마니를 깔고 그 위에 다시 담요를 까니 포근한 감이 든다. 필요시 굴 안을 밝히도록 양초 몇 개와 굴 안에서 닷새 간 먹을 수 있는 비상식량도 준비하여 놓는다.

6.25 직전 여의도 비행장

여의도 비행장에 주기한 미군비행기.
한국군의 건국기와 연락기도 주둔함.

한국동란 직전 남북 군사력
-북괴군의 군사력 건설-

    북괴군은 1948년 9월 9일 '조선민주주의 인민공화국'을 수립하였다. 그리고 인민군 총사령부를 민족보위성으로 승격시켜 4개 사단으로 증편된 인민군을 통합 지휘토록 한다.

    소련군은 1947년 9월 26일 자신들이 제안한 미 · 소 양군 철수 제의에 따라 1948년 12월 25일 철수를 완료한다. 이때 다량의 중화기를 북한군에 넘겨주고 총 3,000여 명의 군사고문단을 잔류시킨다.

    한편 미군은 1949년 6월 29일 남한에서 철수하면서 500명의 군사고문단만 잔류시켰으며 남과 북의 군사력은 심각한 불균형 상태를 초래한다. 미국은 한반도의 중요성을 또다시 간과하고 일본만 고려하는 전략적인 사상의 오류를 범한다.

    1949년 3월 17일 스탈린과 김일성은 조 · 소 비밀군사협정을 체결할 때 근대화된 전차와 공군으로 무장된 북괴군의 육성이 일본까지 위협하여 미국과 소련의 관계를 더욱 악화시킬 수 있다고 판단하여 그 규모를 축소하기로 한다. 그리하여 지상군 **6개 사단과 3개의 기계화 부대 등 약 7개 사단 규모의 북한 지상군과 전투기 100대가 포함된 총 150대 규모의 공군을 보유**하기로 조정한다. 이렇게 축소, 수정된 계획에 따라 북한은 1949년 5월 16일 **242대 T-34** 전차로 장비된 1개 전차여단을 창설한다. 1949년 초에는 독·소 전쟁 때 스탈린그라드 전투에 참전한 조선인 병력 5,000여 명을 입북시켜 105전차여단에 배속시킨다.

1950년 1월 30일 스탈린의 승인 하에 3개의 민청훈련소를 승격시켜 10, 13, 15사단을 편성함으로써 북괴는 비로소 **남침 전에 총 10개의 사단을 보유**하게 된다. 그리하여 북괴군은 정규 사단으로 보병 제1, 2, 3, 4, 5, 6, 10, 12, 13, 15사단을 편성한다. 여기에는 중공군 제165, 166사단, 그리고 독립 제15사단과 중국 각지에서 중공군에 소속되어 싸웠던 조선의용군 5만여 명이 중공군 출신 한인부대인 제5, 6, 12사단과 제4사단 18연대의 모체가 된다.

더불어 북괴는 두 유격부대를 창설하고, 여기에 조선의용군 출신 전투 경험자 약 2,000명의 병력을 기간(基幹)으로 모터사이클 연대와, 45밀리, 120밀리 포로 장비된 기동화 독립연대를 창설하였다. 포병은 122밀리 야포연대를 창설하였다. 이 포의 사거리는 무려 1만 1,700여 미터에 이르렀다.

북한 공군 건설 : 북한 공군은 1949년 8월 전폭기 IL-10과 전투기 YAK-9 항공기 모두 30여 대를 지원받고, 1950년 4월 YAK기 60여 대를 소련에서 추가 지원받아 배치한다.

남침 1주일을 앞둔 6월 18일 IL-10 60여 대를 소련군 조종사들이 직접 몰고 와 인도해준다. 이때 소련 조종사들이 소련으로 돌아가지 않고 직접 전투에 참가하였다는 설이 있고 이 것은 지금까지의 정황으로 볼 때 공공연한 사실이 되었다. 한마디로 한국동란은 유엔군과 소련, 중공 그리고 북괴군 간의 국제전이었다.

전시 동원체제로 1949년 7월 북한은 '조국보위위원회'를 조직하여 병기 헌납 등 전시동원체제를 확립하고, 18세에서 45세의 주민을 대상으로 군사훈련을 실시한다. 또 북한당국은 농민들에게 '애국미(愛國米)'라는 명목으로 곡식을 김일성 정권에 헌납하도록 강요하여 1949년 말까지 총 48,400여 가마를 거두어 전쟁에 대비한 군량미 비축과 군사장비 구입기금으로 사용한다.

전투기와 전차 등의 기계화 부대를 움직이는 유류는 소련으로부터 원유 수송이 쉬운 원산 부근과 장진호 부근 지하에 각기 연 12만 5,000톤의 정유 능력을 가진 정유공장을 1949년 초에 건설해 상당한 분량을 비축하여 놓는다.

또한 1950년 4월 별도로 석유 10만 톤을 루마니아에서 수입하여 저장한다. 북한은 이렇게 5년 동안 군수산업에 사활을 걸고 모든 역량을 기울여 군사력을 강화시켜 일찍이 완벽하게 남침준비를 완료한다.

국공내전의 팔로군과 제삼(1, 3, 5)지대 병력

1945년 8월 11일 소련군이 전격적으로 만주 침공을 시작하였다. 곧바로 팔로군은 총사령관 주덕의 명의로 국민정부군보다 한발 앞서 일본군을 신속하게 무장해제할 것과 도로·철도 요충지를 선점할 것, 그리고 소련-몽골군과 협력하여 동북의 주요도시를 장악하라는 명령을 내린다.

이보다 앞서 모택동은 이미 5월부터 공산군을 만주에 침투시켜 지하조직을 건설토록 하였다. 소련군이 남하하고 일본의 항복이 다가오자 모택동의 명을 받은 임표는 섬서성과 내몽고, 산동성에 있는 병력을 동북만주로 진격시켰다.

8월 초부터 11월까지 만주로 진입한 공산군 부대 병력은 13만 명에 달했다. 그 중에는 김무정이 지휘하는 조선의용군 등 한국 출신 병사 약 1,000여 명도 있었다. 조선의용군은 3개 지대로 나누어 제1지대가 요녕성, 제3지대가 길림성, 제5지대가 흑룡강성을 맡아 공비를 토벌하고 현지 조선인들을 조직하는 임무를 부여받게 된다.

장개석이나 모택동에게 동북만주지역은 놓칠 수 없는 전략 요충지였다. 그 이유는 다음과 같다.

① 동북만주지역은 군수산업의 중심이자 병참의 요지였다.

② 소련군이 진군하고 난 후 일본군은 별다른 저항도 못하여 주요 공업지역이 파괴되지 않은 채 고스란히 소련에 넘겨졌다.

③ 넓은 들판에서 나오는 농산물로 수백만의 군대를 먹일 수 있는 군량 확보가 가능하였다.

④ 일본군을 무장해제하면서 몰수한 무기로 군을 재무장시킬 수 있다.

그런데 동북만주지역으로의 진출은 절대적으로 장개석 군에 불리하였다. 왜냐하면 장개석 군은 서남쪽 멀리 산간지역인 중경으로 밀려나 있었고 공산군은 만주에서 훨씬 가까운 곳에 있었기 때문이다. 게다가 공산군 측에는 만주에서 항일투쟁을 하다가 관동군의 대대적인 토벌작전에 쫓겨 팔로군에 합류한, 동북만주의 지리나 상황에 밝은 구 동북항일연군 출신의 간부들도 많았다.

이리하여 소련군의 묵인 아래 동북만주로 먼저 진입한 공산군은 현지의 만주 군경과 무장세력들을 흡수하면서 세력을 빠르게 확대하여 1945년 12월에는 약 27만여 명에 달하게 되었다. 이때 소련군은 관동군으로부터 접수한 무기의 태반을 공산군에 넘겨서 열세인 화력을 보충하였다.

그러자 장개석이 본격적으로 반격에 나섰다. 장개석은 1945년 10월 하순 경 웅무휘, 두율명을 각각 사령관에 임명하여 동북만주지역의 작전 총지휘를 맡기고 본격적으로 탈환에 나섰다.

미국이 제공한 수송기와 수송함을 타고 진황도(요령성과 발해만에 접한 도시)에 도착한 국민정부군은 11월 16일 동북의 관문인 산해관(발해만의 만리장성이 끝나는 지역)을 공격하여 점령하였다. 또한 11월 26일에는 요녕성 서부에 있는 도시인 금주를 점령하는 등 파죽지세로 진격했다. 임표는 연전연패한 채 동쪽으로 밀려났다.

사실상의 국공내전은 장개석군이 산해관을 공격할 때부터 시작이 되었다. 1946년 1월 미국의 참모총장을 지낸 적이 있는 트루먼 대통령의 특사 마셜의 중재로 전 전선에 걸쳐 정전 명령이 하달되었지만 동북에서의 총성은 멈추지 않았다. 장개석은 2월에 최정예부대인 신1군(제30, 38, 58사단)과 신6군(제14, 22사단, 207사단)을 진황도를 거쳐 동북만주로 진입시켰다.

이 군대는 태평양전쟁 말기 버마 전투에서 승리하는 등 풍부한 실전 경험을 갖추었고 기계화 부대도 갖추어 장개석은 신1군과 신6군을 "천하제일군"이라고 불렀다. 5월까지 진입한 국민정부군은 약 14만 명에 달했다.

한편, 동북만주에서의 초기 민심은 중공군에 그리 호의적이지 않았다. 이들은 공산주의가 뭔지도 몰랐고 공산주의도 겪어보지도 못한 사람들이었다. 당연히 장개석 정권이 중국의 중앙 대표정부이고 내전에서도 승리할 것이라 생각하였다. 장개석 정권이 파견한 특무조직은 현지의 무장조직 포섭에 나섰다.

당시 동북만주는 일본의 항복으로 무정부 상태나 다름없었다. 이미 진주한 소련군은 약탈에만 광분했을 뿐 행정이나 치안에는 관심도 없었다. 여기저기서 토비가 준동하면서 자체경비단이 조직되고 일본군이 버리고 간 무기로 무장하였다.

이들은 국민정부군 측과 중공군 측으로 갈라져 서로 치열한 싸움을 벌였다. 그렇지만 국민정부군이 동북만주로 진입하자 대부분 국민정부 측에 포섭되어 공산군 토벌에 서게 된다. 일시적으로 중공군 측에 섰던 부대들 역시 국민정부 측으로 돌아섰다. 그래서 동북만주에서 중공군의

154

형세는 불리해졌고 고립되었다.

반면, 동북만주의 조선인들은 처음부터 중공군 측에 섰다. 다만 예외적으로 산해관 이남의 국민당 통치구역에서 거주하던 조선인들은 대부분 장개석을 지지했다. 동북 만주지역의 조선인이 공산당을 지지한 사유는 현지 중국인들과의 갈등 때문이었다. 일제는 중국인과 조선인을 이간질할 생각으로 중국인들의 농토를 빼앗아 조선인들에게 나눠주었다.

또한 법적으로도 조선인을 우위에 놓고 중국인을 차별하였다. 따라서 중국인에게 조선인은 일본의 침략에 공동으로 대항하는 세력이 아니라 오히려 일본과 결탁하여 자신들의 생활공간과 재산을 빼앗는 침략자들로 생각되었다.

일본군이 항복하자 중국인들은 조선인 마을을 무차별로 습격하여 학살과 약탈을 저질렀고 이에 조선인들은 자체경비단을 조직하여 대항하였다. 하지만 중국인 사회에서 소수민족이었던 조선인은 고립된 신세가 되었다. 장개석 정권은 동북의 조선인을 한교(韓僑)라고 불렀다. 이들이 동북만주에 거주한 것은 중국 정부의 허가를 받은 것이 아니라 일본의 만주 침략으로 인하여 이주한 유민이므로 중국 공민으로 인정할 수 없다는 것이다.

또한 조선인들이 형성한 재산과 토지는 대부분 일본의 비호 아래 중국으로부터 강탈한 것이라고 규정하여 소유권을 인정하지 않았다. 그리고 임정 출신들이 주축이 된 한국독립당과 협력하여 남한으로 송환할 작정이었다.

허나, 중공군 측은 조선인들을 적극적으로 포섭하여 내전에 활용하려고 했다. 조선의용군이 그 첨병이었다. 조선의용군이나 조선인들 입장에서 국공내전은 자신들과 상관없는 남의 나라 전쟁이었다.

그런데 해방된 조국으로 향하지 않고 자신들과 상관없는 내전에 참여하게 되었다. 이미 김일성이 소련군과 결탁하여 무장 세력의 입국을 거부하였기 때문이다. 중공군 측은 조선인을 적대적으로 대했던 장개석과는 달랐다.

중공군 측은 조선인들을 습격하는 토비를 토벌하는 한편, 조선인들에 대해서 중국의 정식 공민으로 일체의 권리를 보장하였다. 동시에 한국인의 국적 또한 그대로 가져도 무방하다고 이중국적 소유를 인정하였다. 그리고 조선인 밀집지대에 자치권을 부여하는 등 민심 회유책을 썼다.

조선인이 중공군에 가담한 또 하나의 이유는 중공군은 모든 지주의 토지를 몰수하여 빈농과 소작농에게 배분을 하는 토지개혁을 하였기 때문이다. 땅을 받은 대다수의 가난한 농민들은 그러한 조치를 한 중공군을 크게 환영하였다. 조선인들은 앞 다투어 공산군에 입대하였다.

여기에 장개석이 동북으로 파견한 관료들은 민심을 수습하기보다는 일본인들의 자산을 몰수하여 자신의 부를 축적하는 데 혈안이 되어 국민당에 대한 조선인의 민심은 더욱 악화되었다. 이것이 장개석 군의 부패가 시작된 사례이다

내전 초반 국민정부군의 우세한 공세 앞에서 선양과 창춘, 안동을 연달아 빼앗기는 등 공산군이 압도적으로 밀리는 상황에서 조선인들의 협조는 큰 힘이 되었다. 1946년 1월 22일 동만주의 요충지인 무단장(牡丹江: 모란강 시)을 놓고 벌어진 전투에서 일부 부대가 국민정부 측에 매수되어 총부리를 돌렸음에도 조선인 부대의 활약으로 격퇴하기도 하였다.

1946년 2월 초 공산군의 점령 아래 있었던 길림성 통화에서 일본인 거류민들과 패잔병들이 일으킨 통화반란사건이 일어났다. 이 반란사건

은 조선의용군 제1지대에 의하여 진압되었다. 이들의 활약 덕분에 중공군은 통화를 지켜내었다. 또한 조선의용군은 북만주와 동만주 일대의 토비들과 국민정부군 지방부대를 격파하는 데 큰 역할을 했다.

1946년부터 49년까지 국공내전 동안 동북에서 거주하다가 중공의 편에 서서 직접 전투에 참가한 조선인은 6만3천 명 정도 되었다. 약 8개 사단에 달하는 병력으로 중공군 내 여러 소수민족 중에서 가장 큰 규모였다. 여기에다 지방무장조직에 참여한 사람도 10만 명에 달했다.

그 외에도 수십만 명이 물자 운반과 후방 병참 지원 등 각종 지원사업에 참여하였다. 국공내전에서 조선인들은 가장 적극적으로 싸웠다. 만약 내전에서 장개석 정권이 승리하면 땅과 재산을 몰수당한 채 추방당할 것에 뻔했기 때문이다.

장개석 국민군은 국공내전의 우세한 무기체계로 초창기 팔로군 임표 등과 제3지대의 조선인 군대를 몰아붙여 만주를 거의 평정하였다. 그리하여 팔로군과 제3지대 병력은 간신히 명맥만 유지하면서 쫓기고 쫓겨 일부는 북만주 소련 접경으로, 일부는 압록강과 두만강을 넘어 북한 영토에까지 숨어들게 되었다.

이때 북한 내무상이 된 팔로군 출신 박일우는 적극적으로 식량과 무기, 의료, 군수물자를 팔로군에 제공하고 의료지원팀을 비롯한 수천 명의 의용군을 모집하여 파견하였다. 1947년 한 해에만 북한을 통해 남만주의 공산군에 제공된 물자는 30만 톤에 달하였다.

이 지원 물자는 북한이 국내에서 직접 생산한 물품과 소련이 제공한 물품 그리고 중공이 북만주에서 확보한 물자를 북한을 거쳐 보낸 물품이 포함된 것이었다.

이런 막대한 지원 덕분에 임표는 병력을 재편하여 남만주에서 우위를 확보한 후 1948년 초 요심전역(요서-심양) 결과로 중공군이 반격에 나설 수 있었다.

전면전으로 확대된 국공내전은 처음에는 국민정부군이 압도적으로 우세했지만 지나치게 전선이 확대되고 병참선의 부담이 가중되면서 1947년 초부터 교착상태가 되었다. 장개석은 동북만주에 대해서는 수비를 명령하되 관내의 작전에 주력하여 중공의 심장부인 연안을 점령하였다. 하지만 승패는 동북만주에서 결정 났다. 동북만주로 향하는 철도가 공산군에 장악되면서 병참선이 끊어지고 공산군 임표는 국지적인 반격에 나섰다.

1948년 가을, 국민당 군에 쫓기던 임표의 팔로군은 돌연 공세로 전환하였고 병력이 분산된 만주지역 국민당 군은 포위, 섬멸되었다. 이를 기점으로 임표 군은 계속 남진하였고 공산군은 공세로 전환하게 되었다. 결국 국민당 군은 불과 3개월 만에 중국 전역에서 70개 사단이 궤멸당하는 상황에까지 이르게 되었다.

이때 장개석 군 중에는 제대로 싸운 부대도 있었지만 상당수의 군이 전투다운 전투도 제대로 하지 않고 나름대로 형세를 파악한 뒤에 항복해버린 군이 대부분이었다.

결국 만주에서 장개석 군은 완전히 패퇴하였고 그 여세를 몰아 압도적인 병력으로 베이징을 포위한 임표 군은 국민당 군 수비사령관 부작의를 설득하여 무혈입성 하였다. 이것을 평진전역이라 한다. 이후 파죽지세로 장개석 군은 무너져 결국 대만으로 쫓겨 가게 되었다.

국공내전이 끝난 후 중공과 북한은 1949년 1월 '하얼빈회의'를 열어 중공은 49년 말까지 3회에 걸쳐 동북인민해방군 내의 한국인 부대

28,000명을 북한에 송환하기로 합의하였다. 동북인민해방군(중공군)의 한국인 부대는 속속 입북하여 북한의 전력을 비약적으로 증강시켰다.

1949년 7월 말 함경북도 출신 방호산이 지휘하는 중공군 166사단의 10,000여 명이 입북하여 북한군 제6사단으로 개편되었다. 팔로군 제4야전군 휘하 제55군단 166사단은 국민당 군을 쫓아 대만해협까지 진격한 역전의 사단이며 한중 혼성 부대였다. 이 부대는 한국전쟁 당시 개성 문산 전투에 가담하여 개성-임진강 방어선을 돌파하고 김포 방면으로 남하하였다.

또한 최초로 오산 전투에 투입한 미 24사단 군을 격파하고 그 이후 대전, 충남지역, 전남·북 지역을 파죽지세로 밀어붙이고 마산까지 진출하여 낙동강 전선에 참여하였다. 인천상륙작전 이후 일사불란하게 후퇴하여 부대를 보존한 유일한 북괴부대로 유명하다.

49년 8월 말 입북한 김창덕 휘하의 중공군 164사단 10,000명은 제5사단으로 개편되었다. 이 밖에도 8월을 전후해서 중공군 출신 약 2,000~3,000명이 들어왔고, 이보다 앞서 1949년 초에는 스탈린그라드 전투에 참가했던 소련군 출신 약 5,000명의 한인들이 들어옴으로써, 1949년 중에 입북한 총병력은 35,000~36,000명에 달하였다.

이어서 1950년 5월초에는 중공군 20사단과 제156사단을 중심으로 139, 140, 141사단의 한인들을 모아 1950년 4월경 입북하여 약 1만 4천 병력으로 조선인민군 제7사단을 만든다.

그 외에 중국 인민해방군에 부대 단위가 아닌 개인적으로 복무 중인 한인들을 모아 1개 연대를 만들어 입북시키는데 이들은 오토바이 연대가 된다. 이렇게 하여 모택동이 보내준 한인으로 구성된 한인 출신 조선의용군 즉 제삼지대 전력과 팔로군에 가담하였던 병력 5만 명에 추가로 기계화 부대, 오토바이 부대 등의 병사들이 한국전쟁에 가담한다.

제3지대 조선의용군과 팔로군에 가담하였던 병력은 중공군이 국공내전에서 승리하는 데 결정적인 기여를 하였다. 그리고 임표 군이 막판에 몰려 있을 때 북괴는 많은 지원을 하여 꺼져가는 불길을 살려 역전시키도록 하였다.

만약에 김일성이 동북만주에서 국민군에게 몰리고 있던 임표를 지원하지 않았다면 오늘의 중공이 존재하지 않을 수도 있었다.

공산화가 끝난 뒤 모택동은 국공내전에 참가한 제삼지대 병력과 팔로군에 가담한 한인 부대를 김일성에게 보내줌으로써 보은하였다. 이 부대들은 한국동란에서 결정적인 역할을 하였다. 북괴가 압록강으로 쫓겨 갈 때에도 중공군은 참전하여 빚진 것을 갚았다. 이로써 중공군과 북괴군은 혈맹관계가 되었으며 이런 관계가 아직도 진행 중이다.

남한의 군사력

북한의 남한에 대한 공격준비와는 대조적으로 남한의 군사력과 전쟁 대비책은 매우 허술하였다. 또한 소련과 중공의 북한에 대한 전폭적인 지원과는 대조적으로 미국의 남한 지원은 매우 소극적이었다. 실례로 남침계획을 승인한 후에 3개 정예사단을 편성하라는 스탈린의 북한 지원과 달리 미국은 한국에 105밀리 야포의 지원도 망설이고 있었다.

더구나 남한의 이승만 정권은 안이한 태도를 가지고 있었다. 당시 국방부장관은 미국의 지원이 없을 경우에는 단독으로라도 북진하여 통일을 이루어야 한다는 등의 발언을 서슴지 않아 오히려 북한이 무력 사용의 당위성을 주장하는 데 필요한 명분과 구실을 제공하기도 하였다.

당시 정부는 군의 상황 즉 나와 적의 능력을 알지도 못하고 허풍만 떨고 있는 꼴이 되었다.

실제로 김일성은 국방부장관의 북진 발언을 빌미로 "남한이 먼저 북한을 공격하여 자위적 차원에서 반격을 실시할 수밖에 없었다."는 내용으로 남침을 정당화하기 위한 시나리오를 준비하고 있었다. 미군은 군보다 경찰 기능에 가깝게 병력과 장비를 축소한 경찰예비대의 창설안을 작성하여 건의한다. 이때 건의한 경찰예비대 창설계획안이 'Bamboo(뱀부: 대나무)' 계획이다. 뱀부계획은 국방경비대를 각 도에 1개 연대씩 모두 2만5천 명 규모로 8개 연대를 편성한다는 계획이다. 뱀부계획에 의하여 조선경비대는 5개 여단, 15개 연대로 증편된 후 후방지원부대가 보강된 상태에서 1948년 8월 15일 정부가 수립되자 9월 1일부로 대한민국 육군으로 잠정 편입된다.

당시 조선경비대의 병력은 총 5만여 명이었다. 무장은 극소수의 경기관총을 제외하고는 소총이 전부였으며 일제 소총이거나 미군이 쓰던 것을 넘겨받은 것이었다.

이를 인식한 이승만 대통령은 미국의 트루먼 대통령에게 북한 공산주의자들의 침공에 대비하기 위한 군사원조를 간절히 요청하였으나, 미국정부는 한국이 부담할 수 없는 대규모의 군사력을 유지하는 것보다 건실한 경제개발이 더욱 중요하다며 경제안정의 내부단속만 강조하였다.

해군은 미군으로부터 소규모 함정을 인수한 후 이를 보수하여 사용하였고, 함정 건조를 위한 모금을 통해 미국으로부터 PC-701함을 구입하였다. 그 후 702, 703, 704함을 계속 구입하였으나, 이들 함정이 하와이에 기항하고 있을 때 전쟁이 발발한다. 이러한 노력을 기울인 해군은 1950년 6월 25일 당시 29척의 경비정과 약 7천 명의 병력을 보유한 상태였다.

육군과 더불어 발족한 **공군**은 주로 경비행기인 연락기를 보유하고 있었다. 당시 애국기 헌납운동을 펼쳐 항공기의 판매를 미국에 요청하였으나 거절당하였다. 이후 캐나다에서 AT-10형 훈련기 10대를 구입하였으며 1950년 5월 14일 이승만 대통령이 이를 「건국기」라고 명명한다. 이후에도 항공기의 추가 구입이나 미국의 지원이 없어 한국 공군은 22대의 연락기와 연습기만으로 북한의 YAK 전투기를 대적해야만 했다.

이처럼 한국군은 북한의 공격에 대비하기에는 너무도 약하고 허술하였다. 특히 국민의 반공의식을 고취하고 국민적 단결을 도모한다는 취지에서 내세운 '북진통일', '공산주의 타도' 등의 구호는 오히려 미국에 오해를 사서 한국군의 군사력을 증강시키기 위해 미국으로부터 군사원조를 받는 것을 더욱 어렵게 만들었다.

건국기의 비행

북괴 T-34

북괴 전차부대의 진격

북괴는 전쟁 발발 2주 전인 6월 10일에 평양의 민족보위성에서 비밀리에 군사지휘관회의를 개최하여 기동훈련을 빙자한 전투병력의 일선전개를 꾀한다. 중서부지역의 총책임자며 1군단장인 김웅(팔로군 출신) 중장은 평강으로 나와 중서부전선의 작전을 지도하고, 제1군단 휘하의 4개 보병사단과 1개 전투여단으로 서울 공략을 계획한다. 이때에 주력 침공 경로를 철원-연천-동두천-의정부 축선으로 결정하고 6월 12일 평강 부근에 지휘소를 개설한다.

한편 분단 후 소련의 지원을 받아 창설된 북괴군 105전차여단은 휘하에 107, 109, 203 전차연대 등 3개의 전차연대를 보유한다. 이때 편제된 전차는 역사상 최고의 효율적인 전차라고 평가받았던 T-34 전차다. T-34 전차는 5명의 승무원이 탑승하고, 85밀리 주포에 7.62밀리 기관총 2문, 55발의 주 포탄을 장비하고 있다. 또한 493마력의 디젤엔진으로 시속 64킬로미터까지 달릴 수 있다.

개전 초기 북한은 T-34 전차 총 보유 242대 중 150대를 투입하였으며, 그 중 123대가 105전차여단의 3개 연대에 배속된다. 각 연대 당 전차의 숫자는 40대이다. 연대는 3개 전차대대, 대대는 3개 전차중대로 구성된다. 중대는 4대의 전차로 구성되고, 대대는 대대본부 소속 전차 1대에 3개 중대 12대의 전차를 포함해서 13대의 전차로 구성된다. 또한 연대는 연대본부 소속 전차 1대와 3개 대대 39대를 포함해서 40대의 전차로 구성된다. 나머지 30대는 철원-춘천 공격 축선에 배속시켰다.

개전 시 제105전차여단은 서부전선의 주공(주력(主力)을 기울여 적의 주력부대를 침)방면에 투입되었다. 여단 독립작전을 수행한 것이 아니라 1군단 예하의 4개 사단인 1, 3, 4, 6사단에 배속되어 운용하였다. 제105전차여단 예하 107전차연대는 북괴군 지상군 4사단을 도와 동두천 → 의정부 → 서울 → 스미스부대와 교전 → 평택, 천안 전투 → 대전 전투 → 영산 전투에 참여한다.

203전차연대(40대)는 개성문산 축선에 배치되어 북괴군 최광(항일 유격대원 출신, 인민무력부장) 소장이 지휘하는 2만여 명의 1, 6사단의 공격을 도왔다.

제107연대 전차대대장 이남제의 남침

북괴는 6월 25일 이전 기동훈련을 핑계로 38도선에 전차를 배치하고 일부 지상군은 이미 전날 밤에 38도선을 넘어 들어온다. 이남제는 제4사단을 지원하는 107전차연대의 제1대대장으로 총 13대의 전차를 운용하여 대대별 야외기동 그리고 연대별 협동 훈련 등 기동훈련을 마친 상태였다.

6월 24일 밤에는 3번 도로를 따라 연천을 지나 한탄강 남안으로 전개하여 즉시 돌진할 수 있는 준비를 마친다. 국군은 북괴가 이러한 상태임에도 알았는지 몰랐는지 장병들을 휴가 보냈다. 6월 25일 전선지역은 새벽부터 간간이 약한 비가 내린다. 북괴 병사들은 새벽 두 시에 일어나 식사를 하고 주먹밥 세 덩어리를 받아 들며 작전 계획을 다시 한 번 확인한 후 공격 명령만 기다리고 있다.

드디어 새벽 네 시 사령부에서 돌격명령이 떨어진다. 북괴 4사단은 포천군 청산면 초성리, 연천군 전곡읍 양원리, 파주시 적성면 적암리 일대에 맹렬한 공격준비사격을 한다. 이때 122밀리 자주포와 더불어 이남제가 이끄는 탱크의 포화가 국군의 진지로 쏟아져 들어간다.

모든 화력을 총동원하여 30여 분간이나 국도 3호선과 그 주변을 맹타한다. 집중포화 후 전곡-동두천 간 국도 제3호선 평화로 구간에 보병과 전차 협동부대로 편성된 주공을 투입한다. 주공지역 서쪽의 적암리-양주시 은현면 봉암리 접근로(지방도 제375호)에 조공(주 공격세력을 도와 공격함)을 투입, 동시공격을 개시한다.

이때 의정부에 전투력의 대부분을 주둔시키고 있던 국군 제7사단은 장병들의 비상소집, 출동준비, 수송장비 징발, 철도수송을 위한 협조 등 혼란의 와중에서 점차 침착하게 긴박한 사태를 수습해나간다. 이러한 가운데 국군 7사단 제1연대는 제3중대를 초성리(전곡 남쪽 2킬로미터) 남쪽 야산에(176고지) 진출시켜 방어하도록 한다.

이때 북괴군은 이남제 대대 소속 1개 소대 전차 2대를 앞세우고 협동 전술행군종대(병사들이 댕크를 앞에 두고 방패삼아 진격하는 행렬)로 보병 1개 대대규모의 병력이 선두에 서서 남하하고 있었다. 국군의 반응을 보려 먼저 투입시킨 것이다. 국군 제1연대 병력은 잠복하고 있다가 이들이 다가오자 전차의 측면을 기습 공격하였다.

순간 이남제 소속의 북괴군 전차는 당황하여 대응 사격을 하였고 상호 치열한 교전을 벌였지만 탱크를 앞세운 북괴군이라서 국군이 점차 밀리기 시작하였다. 단지 두 대의 탱크였지만 그 위력이 커서 국군이 숨어서 사격하고 있는 방향으로 포신을 돌리더니 연거푸 십여 발의 포탄을 퍼붓고 기관총을 난사하였다.

북괴의 후속 부대와 전차가 추가적으로 전투에 가담하여 역공격한다. 국군은 북괴군의 지상군 병력 수십 명을 사살하거나 부상을 입혀 일시적으로 주춤하게 만들었지만 중과부적이다. 결국 국군은 소요산으로 후퇴하였다.

북괴군 보병 2개 대대는 이남제가 이끄는 제1대대 전차 13대와 2대대 13대 총 26대의 전차를 앞세워 소요산으로 공격해왔다. 그리고 보병 2개 대대와 전차 3개 대대, 122밀리 자주포를 동원하여 소요산 서쪽에 있는 마차산에 참호를 파고 대응하고 있는 군군을 동시에 공격하였다.

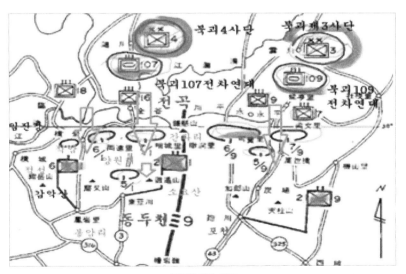

동두천 전투 요도

이남제 대대의 전차 13대가 일렬로 도로에 정렬하더니 소요산의 국군을 향하여 포문을 연다. 엄청난 직사포를 국군에 퍼붓는다. 그러고 나서는 북괴군 보병이 소요산으로 밀려든다. 소요산에서는 밀고 밀리는 치열한 육박전이 펼쳐졌으며 국군 제2대대는 11시가 넘도록 소요산 진지를 필사적으로 사수하고 있었다. 이때에 북괴군 전차 제2대대와 제3대대는 이미 이 고지를 우회 남하하여 소요산 국군을 우회 공격한다. 결국 소요산의 국군은 3면에서 적을 맞이하게 된다.

즉 국군이 소요산과 마차산 양쪽으로 분산되어 진지를 구축하고 수성하는 것을 지켜본 북괴군은 마차산의 국군을 무시해버리고 전술적으로 중요하다고 생각되는 소요산을 우회하여 총력을 기울여 공격한 것이다. 이 와중에서 북괴군 제2대대 전차 13대가 보병과 함께 공격하고 있을 때 국군 제1연대 57밀리 전차포 중대장은 창말고개(동두천 북쪽 2킬로미터)에서 선두 전차 2대의 측면을 사격하여 파괴하였다.

이에 당황한 북한군은 다시 북쪽 초성리 방향으로 철수해버린다. 이러한 단편적으로 적의 전차 한두 대를 파괴한 것이 육군본부와 국방부를 거쳐 중계되는 과정에서 국군의 반격이 개시되었다고 크게 과장된 방송을 내보내기도 한다.

북괴군 4사단은 15시를 전후하여 제107전차연대를 선봉에 내세우고 동두천 북쪽으로 접근하여 맹공격하기 시작한다. 이와 맞선 제2대대는 10시간 동안이나 힘겨운 싸움을 계속하였으나 결국 무너져 동두천 시내로 철수한다.

북괴군은 국군의 주저항선을 돌파한 여세를 몰아 전차를 앞세우고 일몰시간에 동두천 시내로 진입한다. 한국군 제1연대 제2대대는 시가전을 펼쳤으나 적의 기계화 부대에 밀려 양주 덕정리로 철수하여 재집결한다.

포천지역 전투

한편 북괴군은 제4사단과 제107전차 연대를 동두천 방향으로, 철원 포천 방면에는 제3사단과 109전차연대를 투입하여 동두천과 포천을 함락한다. 그리고 여세를 몰아 동두천과 포천 양방향에서 의정부를 정면으로 꿰뚫고 서울을 점령하려고 기도한다.

세부작전으로 북괴군 제1군단 예하의 2개 사단과 1개 기갑여단으로 의정부 정면을 집중적으로 공격하는 동시에, 철원-포천-의정부 축선(연결된 공격선상)의 제2군단과 개성-문산 축선의 제1, 6 두 사단과 협조하여 수도 서울을 조기 점령하고자 시도한다.

북괴군은 총 10개 사단의 보병을 편성하고 중국 국공내전에서 실전 경험이 있는 5만 명을 최전선에 투입한다. 북괴군 제3사단은 포천 북쪽의 영중면 영평천 부근(43번 도로상 포천에서 15킬로미터 북동쪽)에 제7연대와 제9연대를 좌우 일선에 포진시키고 제8연대를 예비 부대로 하여 후방에 전투태세를 유지하고 있었다.

여기에 제3사단의 포병연대는 유정리(북한 철원군에 위치) 부근에서 이들 보병을 지원할 태세를 갖춘다. 북괴군 포병은 사전에 정찰하고 표적 분석을 마친 국군의 모든 표적에 대하여 자주포와 곡사포를 이용하여 포격을 가하자 포천 정면의 38도 분계선 연변이 불길에 휩싸인다.

6월 25일 새벽 3시 40분을 전후한 북괴군의 공격준비사격으로 남한의 영중면 양문리 일대와 창수면 일원이 화약연기로 뒤덮이고 마치 산 전체가 무너질 듯하다. 30여 분간 사격을 마친 후 북괴군 지상군 제3사단은 제7연대를 선봉으로 삼아 제109전차연대와 협동으로 전차를 선두에 두고 43번 도로를 통하여 일제히 기습적으로 엄습한다.

경계임무 중이던 국군 제9연대 제2대대는 북괴군의 엄청난 포격에 모든 장병이 일단 엄폐호 속에 들어가서 포화를 피하나 상당수 병력의 손실이 있었다. 포격 후 전차를 앞세우고 몰려오는 북괴군에 놀라지 않을 수 없었다. 국군은 모든 화력을 이용하여 이를 저지하고자 하나 교전 30분 동안에 이미 과반수의 병력을 잃고 어둠속에 분산되고 만다.

북괴군은 여러 경로를 통하여 국군을 공격하면서 동두천을 향해 남하하였다. 국군은 죽을힘을 다하여 방어하였지만 결국은 힘을 쓰지 못하고 무너지며 동두천으로 후퇴하였다. 국군은 동두천과 의정부에 병력을 축차투입하였지만 북괴의 전차부대에 의하여 힘없이 무너져버린다. 병력의 축차투입에 대하여 지휘관들이 변경을 요구하였지만 서울을 사수해야 한다고 하여 받아들여지지 않았다.

이후 국군은 미아리와 창동에서 저항하였지만 중과부적이었다. 북괴군 탱크를 저지하려 길음교와 중랑교에 폭파할 준비를 끝마쳤을 즈음 서울시 애국부인회와 여학생위문단이 미아리 전선을 방문하여 장병들을 위로 격려하러 왔다. 군 관계자는 위문단을 빨리 집으로 돌아가라고 하였다. 이것은 얼마나 모든 행정체제가 엉터리이고 북괴군의 공격이 신속하였는지를 단적으로 알 수 있는 예이기도 하다.

이로써 개전 3일 만에 수도 서울이 함락된다. 북괴가 서울을 점령한 후 이남제 소좌가 소속된 제105전차여단은 사단으로 승격되고, 「서울」이라는 명예칭호를 부여하여 「서울 제105전차사단」으로 불렀다. 제105 전차사단은 한국전쟁 중 일시 해체되었다가 이후 재창설된다. 그 후 북괴는 이 전차 사단의 정식명칭을 전차 여단장의 이름을 따 「근위 류경수 제105전차사단」으로 불렀다.

170

북괴 보병 대대장 조영호의 남침 공격

　북괴의 제1단계 작전은 인민군의 지상군 총 10개 사단을 2개 군단의 공격집단으로 편성하고, 그 중 제1군단을 주공으로 삼아 38도선을 돌파하여 북으로부터 서울을 압박하도록 하였다. 그리고 제2군단(군단장 김광협: 동북항일연군 제2로군 정치위원)을 조공으로 삼아 화천-양구에서 38도선을 넘어 서울 동측방과 수원 방향으로 우회시켜 두 군단의 포위공격으로 서울을 점령한 후 수원-원주-삼척선을 확보한다는 계획이었다. 제2군단의 병력운용은 주력인 제2사단과 제7사단을 화천-춘천-가평 방향과 양구-홍천-수원 그리고 원주 방향으로 투입하고, 제5사단을 양양에서 강릉-삼척으로 진출하도록 계획하였다.

　1950년 초 춘천방면의 2군단 예하 2사단의 대대장으로 명령을 받아 부임한 조영호 소좌는 대대원을 강하게 훈련시켜 전투준비를 끝마치고 돌격명령만 기다리고 있었다.

　한편 춘천지역을 방어하고 있는 국군 제6사단장(대령 김종오)은 전쟁이 일어나기 전 날이 갈수록 빗발쳐 들어오는 북괴군의 징후를 심상치 않게 주시하고 있었다. 따라서 사단장은 경계를 철저히 하고 각 연대별로 참호를 보수하여 전투태세를 기하라고 지시를 내렸다.

　당시 제6사단은 지휘소를 원주에 두고 2개 연대를 일선에 배치하였다. 사단의 우측 양구와 인제 지역은 제2연대가 홍천을 지휘소에 두고 제7연대는 춘천에 지휘소를 두고 춘천에 이어진 북한강과 소양강 지역을 방어하고 있었다.

　그리고 사단 예비인 19연대가 원주에 주둔하고 있었다. 예비 19연대는 1949년 8월부터 11월까지 지리산 공비토벌작전을 수행한 후 다시 원주에 배속되어 예비연대로 후방에 위치하고 있었다. 송금섭 소위는 이 예비사단에 소속되어 있었다.

조영호 소좌의 춘천지역 공격

북괴 제2군단은 6월 25일 새벽 3시 30분부터 사전에 정찰하여둔 공격목표 즉 국군 6사단 7연대와 2연대를 향하여 격렬한 포격을 퍼부었고 1시간에 걸쳐 공격준비사격을 하였다. 지금까지 전례가 없을 정도로 쏟아 붓는다.

사전에 운집한 북괴군 1개 연대 병력은 지척을 분간할 수 없는 안개와 약하나마 줄기차게 내리는 가랑비를 뚫고 춘천을 중심으로 3개 방향에서 도로를 따라, 그리고 1개 연대는 가평-청평 방면의 공격루트를 따라 진격하였다. 또 다른 연대는 양구와 인제에서 44번 도로를 따라 홍천을 목표로 노도와 같이 침공하기 시작하였다.

북괴군은 독립전차 여단 탱크 40여대 즉 3개 대대 전차와 자주포를 앞세우고 후속으로 보병부대가 도로를 따라 뒤따라오며 춘천을 향하여 돌진하면서 6사단에 대하여 공격하였다. 북괴군 제2사단 제6연대 산하의 보병 대대장인 조영호는 춘천을 점령하기 위하여 5번 도로를 따라 지촌리, 신포리 방향으로 일부 병력을 전차의 후미에 배치하고 전차를 따라 일렬종대로 남하하였다.

춘천지역 방면 전선의 경계진지를 돌파한 조영호 소속의 북괴군 제2사단 제6연대는 자주포 10대와 탱크 13대를 앞세우고 국군 제7연대 제1대대가 배치된 옥산포(춘천시 신사우동)로 공격해온다.

옥산포는 춘천시내에서 6킬로미터 북쪽에 위치하고 있으며 북쪽의 계곡을 따라 개천이 춘천시내 서편으로 흘러들어간다. 북쪽으로는 북한강이 동북쪽으로는 소양강이 흐르는 지역으로 몇 개의 야산도 산재하여 일종의 삼각주와 유사한 지형 형태를 보이고 있다. 북괴군 제1대대는 먼저 기계화 부대를 이용 국군이 주둔하고 있는 진지에 포격을 가한다. 국군 병사들은 북괴군의 포격을 피하여 미리 마련한 엄폐호에 대피하여 적의 포화를 피하고 버틴다. 포화에 이어서 북괴군 대대병력이 작은 샛강을 넘어오기 시작한다.

이때 국군 6사단 포병연대가 이에 맞서 북괴군을 향해 정확한 포격을 가한다. 계곡이지만 널따란 개활지라서 숨을 데도 없는 곳이기에 북괴군 병사들은 포탄의 파편에 의하여 사상자가 다수 발생한다. 포병의 포격이 멈추자마자 국군 제1대대의 곡사포가 연이어 작렬하고 가까운 곳에 있는 기관총이 난사됨에 따라 북괴군은 많은 시체를 남기고 도로를 이용하여 후퇴한다. 한 시간 후 전열을 가다듬은 북괴군은 다시 공격을 해오지만 이번에도 강력한 국군의 반격으로 공격은 실패로 돌아간다.

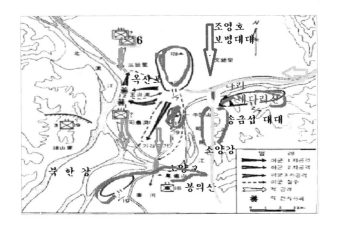

6월 25일 이처럼 북괴군은 낮 동안 나무 한 그루 없는 논밭지대에서 2개 대대 병력이 번갈아 정면공격을 한다. 그러나 많은 피해를 입은 북괴군은 강을 도하하지 못한다. 오히려 원주에 있던 국군 제19연대 소속의 대대 병력이 합세하자 국군 제7연대 제1대대가 25일 19시에 반격을 가해 적을 북한강 상류를 따라 상당한 거리까지 추격하여 몰아낸다. 이때 19연대 소속의 송금섭 소위가 이 전투에 최초로 참가하게 된다. 첫째 날 많은 병력을 소진한 북괴군 연대장은 3개 보병, 기갑 포병 대대장을 직접 불러 작전회의를 주제한다.

　"대대장 동무들! 오늘 우리군의 패전 원인이 무엇인지 그리고 앞으로 이것을 오떠케 할지 각자 반성해보라우."

　"예 제2대대장 조영호 소좌 말씀 드리겠습니다. 먼저 작전 실패의 원인은예, 남한 아이들을 얕잡아보고 우리 숫자와 화력의 우세로서만 단순히 밀어 붙이는 원시적인 작전 결과였다고 판단합니더. 그리고예! 개활지에서 별다른 작전도 없이 단순한 돌격에 의지하였기 때문이라 생각합니더.

　따라서 내일부터는 제가 이끄는 후방 예비 병력 제2대대를 우측방으로 우회시켜 소양강과 북한강 사이의 국군 진지를 직접 공격 점령하겠습니더. 또한 기존의 5번 도로를 이용하여 제1대대와 3대대는 자주포와 탱크를 앞세우고 적극적인 공격 대신 제2대대가 은밀히 접근을 할 수 있도록 견제 공격을 해보는 것이 어떠한가 생각합니더."

　"그거 아주 좋은 생각임둥. 조영호 대대장의 패인 분석이 딱 들어맞는 것임메. 내 생각도 똑 같음메. 내일은 조영호 대대장의 작전계획에 따라 공격할끼니끼니 알아서 작전을 진행시키라우. 작전 참모는 세 대대장과 작전을 조율하여 나에게 보고하라우. 알겠음메?"

"예 잘 알겠음둥."

여섯 사람은 별도로 회합하여 작전을 세분화시키고 행동절차에 대하여 의견을 나누고 확정한다. 한편 북괴군 제2군단장은 춘천지역에서 고전하고 있자 양구-홍천 방향으로 공격하던 제7사단의 2개 대대병력을 전차 일부와 함께 춘천 방향으로 전환시킨다. 이들은 소양강을 따라 춘천을 북동쪽에서 협공하도록 한다.

북괴군의 둘째 날 공격: 조영호의 활약

6월 26일 오전에 전차와 자주포를 앞세우고 옥산포로 재집결 중이던 북괴군 2개 대대를 국군은 포병과 진지에서 곡사포를 집중 사격하였다. 이로 인해 북괴군의 사상자가 다수 발생하였다. 하지만 26일 13시경 북괴군은 전열을 재정비하고 강력한 공격준비사격 하에 또 다시 공격을 감행해왔다. 그리고 조영호가 지휘하는 북괴 예비 제2대대가 게릴라전 형태로 우회하여 진지에 몰래 다가와 공격한다. 동시에 양구전선으로부터 증파된 적 7사단의 2개 대대 병력이 소양강을 따라 몰려온다.

수세에 몰린 국군 제6사단장은 천연장애물인 소양강을 방어선으로 설정하여 전방의 부대를 모두 철수하고 이동시켜서 소양호와 북한강의 남쪽 둑에 병력을 배치한다. 포병도 후방에서 지원사격할 수 있도록 한다.

북괴군 5개 대대 병력은 둘째 날 저녁 무렵에야 춘천 북쪽 일대를 겨우 장악한다. 하지만 사상자 수백 명이 발생하였고 일부 전차와 자주포가 국군의 포격과 특공대에 의하여 파괴되는 손실을 입는다. 이날은 더 이상 전진하지 못하고 재정비한 후에 다음날 공격을 하라는 북괴 2군단장의 지시를 받는다. 그래도 조영호 소좌가 구상한 작전이 성공을 하여 강력하게 저항하던 국군을 소양강 이남으로 퇴진하게 만든다.

북괴군의 셋째 날 공격 (송금섭과 조영호의 운명적 전투)

북괴군은 6월 27일 새벽 5시 맹렬하게 포병 사격하여 일부 병력은 물길이 얕은 지역으로 소양강에 도강을 시도하고 일부는 소양교로 공격해 춘천을 점령하고자 공격해온다. 국군은 모든 화력을 집중하여 북괴군의 도하를 저지한다. 전날 북괴군의 공격에 소양강 이남으로 퇴각한 7연대를 따라 함께 퇴각한 국군 제19연대 소속 송금섭은 소양강 북동쪽 5킬로미터 정도에 있는 작은 다리 옆에 위치한 내다리산에 포진하였다.

그는 연대장 지시에 따라 소양강 남쪽 둑으로 철수를 하고 작은 다리가 있는 낮은 야산에 포진하였으며 밤을 새워가면서 참호를 조성하였다. 둑과 작은 야산 자체가 방어를 할 수 있는 엄폐물이기는 하지만, 적이 포격을 하면 간접 피탄이 될 수 있으므로 많은 사상자가 예상이 되어 둑에서도 개인 참호를 파도록 하였다. 특히 송금섭이 배치된 이곳은 병력이 밀집된 곳이라고 생각하여 적의 집중포화가 예상된다. 그래서 포화를 견딜 수 있는 진지와 차폐호를 만드는 것이 중요하다. 그는 야산에 호를 파고 그 호에 연이어 숨어 있을 수 있는 굴을 파도록 한다. 다행스럽게도 야산은 황토 흙이 태반이라 굴 파기에는 별 문제가 없다.

북괴군 대대장 조영호 소좌가 이끄는 제2대대는 개활지를 통하여 전차 4대와 자주포 4대를 앞세우고 소양교의 동쪽 대략 5킬로미터 떨어진 내다리산 앞에 있는 조그만 다리를 점령하여 소양강을 넘어 공략하는 작전을 세웠다.

조영호는 국군의 포화를 경계하여 개활지로 전진하기 전에 포병의 지원을 받아 송금섭이 소속된 중대의 강둑과 야산에 30여 분간 맹포격하도록 한다. 작은 야산이 무너질 듯 포화가 작렬하자 송금섭은 이미 파놓은 토굴에 소대원을 재빨리 대피시킨다. 그러나 이 포격으로 둑에 매복하여 있던 일부 병사들이 부상을 입고 전사자도 발생한다. 그리고 중대가 보유한 대전차포와 곡사포 여러 대가 파괴된다.

이윽고 북괴군 조영호 소좌 대대는 산 계곡지역에서 전차와 자주포를 앞세우고 그 뒤에 보병이 전차와 자주포를 엄폐물로 삼으며 내다리로 쇄도한다. 송금섭이 소속된 중대장은 사단에 포 지원을 요청한다. 그러나 사단의 포는 소양교 부분에 집중되어 내다리산 방면에는 지원을 해줄 수 없다고 한다. 중대장은 남아 있는 대전차포와 81밀리 곡사포로 응사한다. 조영호 대대의 탱크와 자주포도 다리로 다가오면서 맹렬히 포격을 가하여 초기에 상호 포격전이 된다. 포병지원이 훨씬 우세한 북괴군의 포격이 배가되어 송금섭이 속한 중대는 심하게 피해를 입어 포화를 피해 굴 안이나 둑에 파놓은 굴속에 마냥 대피할 수밖에 없다.

그러다가 포격이 일시 중단되면 즉시 굴에서 나와 다시 사격태세를 유지해본다. 탱크에 뒤따르던 북괴군이 유효사거리 내에 접근하자 중대장은 휘하 중대의 전 장병에게 사격을 명령한다. 전차를 앞에 두고 숨어서 내다리로 접근하던 북괴군 수명이 쓰러진다. 그러나 탱크는 마치 원수를 갚아야 한다는 듯 다리로 바싹 다가들더니 송금섭의 진지와 좌우 둑에 매복된 국군을 향하여 포격을 가한다. 굴 안에서 나와 엄폐호에 의존하여 사격을 하던 소대원 몇 명이 탱크의 직사포와 피탄에 의하여 쓰러진다.

중대장이 남아있는 대전차포 2대를 계속 발사하라고 지시하니 대전차포의 포신에서 화살보다 더 빠른 불덩이가 탱크를 일순간 검붉게 휩쓴다. 모두가 명중하였다고 소리치며 좋아하였다. 하지만 탱크는 파괴되지 않고 괴물처럼 "크르릉" 소리를 내며 화가 났다는 듯이 몸을 턴다. 그러더니 꾸역꾸역 다리를 넘어와 불과 50미터 거리에 있는 송금섭 소대의 진지와 둑에 포진한 중대원에게 직사포를 발사한다.

이 직사포를 맞은 중대원 십여 명이 죽거나 부상을 당하여 송금섭은 즉시 전 소대원에게 교통호를 통하여 대피하도록 한다. 이러는 사이 조영호의 북괴군 후속 보병 2대대는 다리를 건너 좌우 둑에 잠복해 있는 국군과 교전을 벌인다.

밀어 붙이는 북괴군의 전차와 자주포 그리고 장갑차로 인하여 전투는 마치 손으로 든 돌로 큰 바위를 내려치는 것 같이 보인다. 국군은 부득불 후퇴할 수밖에 없고 송금섭이 주둔한 작은 야산도 점령되어버린다.

이때 양구방면에서 춘천으로 돌려진 북괴군 병력이 북서쪽에서 도강하여 춘천 우측방향으로 돌진함에 따라 송금섭은 생존한 소대원과 함께 후방으로 후퇴할 수밖에 없었다. 그는 대대장의 지시에 따라 홍천으로 가는 원창고개(춘천 남 10킬로미터)에 방어진지를 구축한다.

이로써 중국전선에서 각기 다른 독립군에 소속되어 있다가 귀국하여 남한과 북괴의 군인이 된 두 사람의 전투는 강력한 화력을 지닌 북괴군 소좌 조영호가 송금섭 소위를 밀어내버렸다. 이와 같은 비극적 전투는 형제, 집안, 동료, 친구, 선후배 간에 자신도 모르게 이념이란 허울을 뒤집어 쓴 채 혹은 핑계나 꼬투리 삼아 이전투구 하였다.

북괴군은 춘천을 함락한 여세를 몰아 6월 29일 원창고개에서 국군 제7연대의 제2대대를 삼면에서 공격한다. 북괴군 대대장 조영호는 원창고개를 직접 공략하기에는 지형이 계곡이라서 전차의 운용이 어렵고 일시에 많은 병력을 투입할 수 없음을 인식한다. 그래서 특공대 2개 중대를 편성하여 원창고개에 진지를 구축한 국군을 두 방향에서 각기 1개 중대를 우회 침투시킨다. 북괴군이 두 방향에서 우회 침투하는 것을 척후병에 의하여 알게 된 국군은 후방이 포위되고 병참선에 큰 문제가 발생할 것을 염려하여 더 이상 전투를 벌일 수 없을 것으로 판단하고 홍천으로 철수한다.

이렇게 하여 원창고개에서 국군이 철수하고 북괴군은 홍천 외곽으로 진입한다. 북괴군 제7사단에 의한 춘천 함락과 이어서 원창고개 점령으로 사기가 오른 북괴군은 춘천에서 남쪽 방향인 5번 도로와 북동쪽에서 44번 도로를 이용한 양방향에서 홍천을 공격한다. 국군의 서울 함락에 이은 한강방어선의 후진으로 그리고 육본의 지시로 국군 제6사단은 전투를 하지 않고 홍천에서 다시 원주 이남으로 후퇴한다. 이에 따라 북괴군은 6월 30일 18시에야 홍천을 점령할 수 있게 된다. 북괴군은 한국군 6사단 2, 7, 19연대와 포병연대의 강력한 저항으로 예상보다 며칠 늦게 진군한다. 이에 김일성은 전투 중임에도 군단 지휘부를 해임하는 문책인사를 단행하였다.

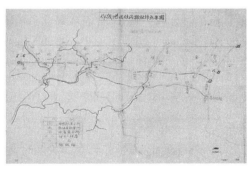

실제 사용된 춘천지역 작전지도

인민재판

천영화는 며칠 동안 집안 굴에 숨어 두문불출하고 있으니 답답하여 참을 수가 없었다. 도대체 세상이 어떻게 돌아가는지 눈으로 직접 확인하고 싶어 굴에서 나와 마포종점 전차역에 가본다. 전차는 전쟁전과 동일하게 다니고 있었다. 달라진 것이 있다면 곳곳에 붉은 완장을 찬 공산당원들이 떼를 지어 대합실 광장 앞에서 사람들을 검문하고 있다는 것이다. 그는 뒷길로 들어가 전차를 타고 종각에서 내려 종로 뒷골목을 통하여 거리를 둘러본다.

종로 큰길 곳곳의 교차로에도 붉은 완장을 찬 사람이 부지런히 왔다갔다 하고 행인은 현저하게 줄어들었다. 전쟁 전과 큰 변화는 없다. 이미 북괴 정규군은 3일 휴식을 취하고 다시 대열을 짜면서 한강 이남을 공략하기 위하여 모든 전차와 군대를 한강변에 집중 배치하고 있었다. 그런데 그것은 겉만 본 것이었다. 내부적으로는 시내 곳곳에서 살벌한 일이 벌어지고 있었다. 그가 종로3가 방향으로 걸어가면서 종로2가에 있는 파고다(탑골)공원에 다다르니 글씨가 쓰여 있는 몇 개의 현수막이 서있고 많은 사람들이 모여 웅성웅성 거리고 있다. 그리고 사람들이 빙 둘러 울타리를 만들고 무엇인가를 지켜보고 있다. 천영화도 슬그머니 사람 울타리를 비집고 안을 들여다본다.

한가운데 빈터에는 붉은 완장을 찬 사람들 여러 명과 한쪽에는 끌려 온 듯 보이는 몇 명이 손을 뒤로하고 줄에 묶여 무릎을 꿇린 채 무엇을 잘못하였는지 고개를 푹 숙이고 있다. 완장을 찬 한 사람이 제일 가까이 무릎 꿇고 있는 나이든 사람을 일으켜 세우더니 대중 앞으로 끌고 와서는 다시 무릎을 꿇린다. 그리고 완장을 찬 한 당원이 지시한다.

"에, 지금부터 ○○○ 반동분자 인민재판을 시작하겠습니다. 인민위원! 이 자의 죄상을 밝히세요."

인민위원이라는 사람은 종이에 적혀 있는 메모를 보고 읽어 내려가기 시작한다.

"○○○ 반동분자는 인민의 고혈을 빨아먹은 악덕 고리업자이고 대부업자입니다. 이 사람은 무산계급에 돈을 대부해주고 장리(50퍼센트)보다 더한 엄청난 이자를 받는 등 사회를 좀먹은 악덕 반동분자입니다. 그리고 수많은 가난한 노동자에게 심지어 신체 포기각서를 쓰게 하는 등 이 사회에서 진정 없어져야 할 수전노입니다. 이상입니다."

단죄의 대상이 된 대부업자는 몸을 부들부들 떨고 있다. 앞줄의 청중들 중 한 명이 나서서 손가락질하며 부르짖는다.

"동무는 악질 반동이요. 이 사회에서 영원히 격리되어야 합니다."

이 말이 끝나자 여기저기서 동조하며 소리치고 성토한다.

"맞소! 맞소! 사형시켜라! 죽여라!"

이 때 완장을 찬 한 명이 나서더니 선언한다.

"이 사람은 사형에 처하여야 합니다."

"인민의 심판에 맡기겠습니다."

이 말이 끝나자마자 앞줄에 앉아 있거나 서 있던 십여 명이 몽둥이를 들고 나와서 고리대금업자를 때리기 시작하고 어떤 사람은 대나무로 만든 죽창으로 찌르기도 한다. 몽둥이가 몸에 내리칠 때마다 비명소리가 울린다.

"어이쿠! 어이쿠! 살려줘 살려줘!"

몇 분이 지나지 않아 그 사람은 사지를 죽 늘어뜨리고 미동도 하지 못한다. 완장을 찬 사람이 제지를 하더니 숨이 붙어 있는지 확인하고 옆에 완장을 찬 다른 사람에게 수신호를 하자 몇 사람이 나와 두 다리를 질질 끌고 탑골공원 후미진 곳에 버리듯 방치해놓는다. 이번에도 완장을 찬 사람이 나오더니 인민재판을 받을 다음 사람을 소개한다.

"에에, 또 이번에는 일제 때 악덕 경찰이었던 ○○○를 인민재판에 회부하겠습니다."

과거 일본강점기 시대에 경찰이었던 사람이 끌려나온다. 얼굴의 주름살을 보아하니 환갑 정도로 보인다.

"에에, 이 반동분자 ○○○은 일제 때 고등경찰 형사계에 있으면서 수많은 독립투사를 체포하여 감옥에 보내거나 사형 당하게 한 민족의 반역자입니다. 이 자는 해방 이후에 이미 저세상 사람이 되어야 했건만 용케도 아직까지 살아남아 일제 때 불법으로 벌어들인 돈으로 호위호식을 하며 살고 있습니다. 그리고 여태껏 정권에 빌붙어 경찰을 하면서 민중을 핍박한 자입니다. 어찌 이런 자가 아직도 버젓이 활개치고 우리주변에서 살아갈 수 있었을까요?"

"저놈은 진즉 맞아죽어도 시원찮았던 놈입니다. 죽여야 합니다. 죽입시다."

"맞습니다. 맞아요. 쳐죽입시다. 쳐죽여!"

이번에는 아까의 고리대금업자들보다도 많은 사람들이 죽여야 한다고 하며 자리에서 일어나 그를 구타하기 시작한다. 아예 맨발로 지근지근 짓밟는 사람도 있다. 이 형사출신 장년도 사지가 늘어지고 숨이 끊어져 앞서와 마찬가지로 사체가 되어 치워진다. 그런데 한쪽에서 미동도 하지 않고 중심을 꽉 잡고 서 있는 제일 지위가 높은 것 같은 인민위원 중에 한 명이 어디서 많이 본 듯하다.

천영화는 그 사람을 자세히 보기 위하여 조금씩 사람들 틈을 헤집고 다가간다. 그는 분명 태릉훈련소에서 같이 훈련 받던 친구가 아니던가! 그의 이름이 생각날 듯 말 듯 하였지만 생각이 나지 않는다. 벌써 몇 년 전이던가? 6년 이상이 흘렀으니 그의 이름이 생각나지 않는 것은 당연하다. 천영화는 나머지 세 사람의 인민재판을 끝까지 지켜본다. 두 사람은 각기 고위공무원과 동장이었다. 이 사람들은 사형은 선고받지 않고 반죽음이 될 때까지 매질을 당하였다. 그리고 감옥에 구금된다.

몇 년형인지 몇 달인지 기간도 없는 판결이다. 마지막에는 최근에 경찰을 하였던 젊은 사람이 끌려나와 천영화는 속이 뜨끔하였다. 마치 자신이 인민재판에 붙여지는 것 같은 느낌이 든다.

내심 속으로 찔리는 것을 숨기면서 재판을 끝까지 숨죽이며 지켜보기로 한다. 이 사람은 천영화처럼 3년 전에 경찰을 하였다. 그러니까 1947년 정부의 공식적인 공채에 합격하여 순경이 되었다가 개인적인 판단으로 일 년을 근무하고 다른 직업을 가진 사람으로 천영화보다 세 살이나 어린 사람이었다. 재판에서 다행히 사형은 언도받지 않았고 대신 인민군에 복무하도록 명령을 받게 되었다. 오늘은 일단 임시감옥에 들어가서 강제로 징용된 다른 병사들과 합류할 것을 명한다.

이것으로 오늘의 인민재판이 끝이 났다. 천영화는 그동안에 소문으로 들었던 공산당의 인민재판을 처음으로 목격하였다. 자유로운 사상을 가진 사람은 도저히 받아들일 수도 있을 수도 없는 현실이라는 생각이 들었다. 그리고 끝내 천영화의 머릿속에는 배정욱이라는 이름이 선명하게 그려지지 않았다. 그는 집으로 급히 돌아오면서 자신도 경찰에서 2년을 근무하였고 더군다나 그들이 제일 싫어하는 미군기지에서 근무하였으므로 분명히 누군가가 이것을 발설할 것이고 자기를 잡으러 올 가능성이 있다고 생각해보았다.

그래서 집에 와서 어머니와 동생에게 자신이 오늘 목격한 인민재판과 경찰로 근무하였던 사람이 잡혀 들어간 이야기를 하였다. 아마도 자신도 그와 같이 될 가능성이 높으니 외출을 자제하고 낮에는 가능한 한 토굴에 숨어 있겠다고 하였다. 천영화는 말한 것처럼 며칠을 꼼짝 없이 굴속에서 생활하였다. 삼시세끼를 시간이 되면 어머니와 혜순이가 굴속에 넣어주었다.

그러나 5일 째 되는 날, 별다른 상황의 변화가 없자 천영화는 궁금증이 들기 시작한다. 마침 집의 쌀독이 바닥나 할 수 없이 시장에 가려고 토굴 속에서 나온다. 천영화는 동생과 함께 쌀자루를 들고 걸어서 15분 정도 되는 마포시장으로 나갔다. 시장은 평상시와 크게 다를 바가 없지만 왠지 모르게 사람들의 모습에서 생기가 줄어들고 불안해하는 느낌을 받는다.

두 사람은 싸전에 가서 쌀 가격을 묻는다. "어-억?" 소리가 절로 튀어나온다. 쌀값은 전쟁이 나기 전보다 무려 두 배 이상 올랐다. 다른 곡식도 마찬가지였다. 시장 여러 곳을 둘러보고 가격을 물어보았으나 한결 같이 같은 수준이다. 천영화는 가져온 돈에 한계가 있어 쌀 두 말과 보리 몇 되를 사고 나머지 돈으로 부식을 샀다. 이 곡식으로는 겨우 두 달 정도 먹을 수 있는 양이다. 전쟁이 터져 지방에서 서울로 더 이상의 곡식이 유입되지 않고 또한, 지금 이 시기를 지나면 쌀이나 곡식을 구하기 어려운 사실상의 추궁기가 시작되는 기간이다. 그리고 이전에 들어왔던 물량도 인민위원회에서 북괴군의 식량조달을 위하여 상당량을 압수하였다. 여기에 싸전들의 물가 오름 심리와 개인의 일시적 사재기 비축이 이렇게 식량사정을 어렵게 만들었다.

곡식을 사서 집에 돌아온 천영화가 점심을 먹고 다시 굴속에 들어가 숨어 있는데 갑자기 장정 대여섯 명이 집 대문을 "꽝. 꽝. 꽝." 두드린다.

"문 열어라! 문 열어!"

어머니와 혜순이는 의문을 가지고 서로 쳐다본다. 어머니가 혜순이에게 나가보라고 눈짓하자 혜순이는 대문으로 나가 문틈으로 누구일까 슬쩍 동정을 살핀다. 붉은 완장을 찬 대여섯 명의 청년들이 대문 앞에 서 있다.

"왜 그러세요? 누구세요?"

"여기가 천영화가 사는 집인가?"

천혜순은 순간 이상한 기운을 감지하고 문을 열지 않는다.

"여기 그런 사람 살고 있지 않습니다."

그녀는 시치미를 뚝 뗀다. 그중 한 인민위원이 반박한다.

"지금 이 동무 거짓말을 하고 있습니다. 분명히 이집이 반동분자 천영화 네 집입니다. 저 여자는 그의 여동생입니다."

그렇게 말하는 사람을 대문 틈으로 살짝 내다보니 같은 동리에 살던 덕팔이라고 하는 불량배다. 덕팔이는 평소에 천영화가 경찰이 된 것을 굉장히 부러워하였다. 그리고 혜순이를 좋아하는 하나 감히 말을 붙이지도 못하고 그냥 먼발치에서 흑심만 품고 있던 작자다. 그가 인민위원회의

끄나풀이 되어 다른 위원들을 이끌고 천영화를 체포하러 온 것이다. 덕팔이는 딴에는 상당히 잔머리를 굴린 것이다.

즉 천영화 오빠를 잡아가면 혜순이가 그를 석방시키기 위하여 자기에게 올 것이고 자신이 잘 봐주겠다고 하면서 천영화를 풀어주며 천혜순의 환심을 사서 자기 딴에는 혜순이의 사랑을 사보려는 수작이었다.

"야 야! 문 열어 문!"

그러면서 문을 더욱 세차게 흔들어댄다. 천혜순은 하는 수 없이 대문을 열어주었다. 붉은 완장을 찬 사내놈들은 집안으로 들어오자마자 방문을 열어젖히고 구석구석 뒤지기 시작한다. 그들은 지하실까지 뒤졌지만 교묘하게 굴을 파고 입구를 위장하여 숨어 있는 천영화를 발견할 수 없어 헛물만 켜고 그냥 돌아선다.

"네 오빠 어디 갔어?"

덕팔이가 퉁명스럽게 묻는다. 천혜순이 눈길을 흘기면서 오기 차게 대답해준다.

"네가 왜 남의 오빠를 찾고 있냐? 네가 뭔데 그렇게 패거리로 몰려와서 다짜고짜 남의 집을 뒤지고 그러냐? 오빠는 남쪽 어딘가로 피란을 간 지가 벌써 열흘도 넘는다."

덕팔이가 혜순이의 당찬 질책에 할 말이 없어 머뭇거리자 다른 인민위원이 이 말을 듣고는 가자고 하며 서둘러 대문을 나선다. 이들은 온 동네를 돌아다니며 집에 몰래 숨어 있는 젊은 사람들을 사냥하러 돌아다니고 있다.

마포 전역을 10개 지역으로 나누어 조를 편성하고 각 조마다 몇 개의 지역을 할당하여 그곳 출신 인민위원을 앞세워서 마을을 뒤지고 있는 것이다. 덕팔이는 천영화가 살고 있는 지역의 대표인민위원이었다.

두 모녀는 미리 굴을 파서 그곳에 숨어 생활한 것이 정말 잘한 것이라고 생각한다. 인민위원들이 뒤지고 가버리자 긴 안도의 숨을 내쉰다. 그런데 이것은 서울시내에서 벌어진 인간사냥 가운데 그래도 약간은 인간미가 있는 한 장면이요 빙산의 일각이었다. 대다수의 인간사냥이 강제로 기습적으로 이루어졌다.

즉, 조가 편성된 인민위원 몇 사람은 수색하려는 집의 담을 미리 넘어 들어와 있는 가운데 우두머리가 대문을 두드리면 주인이 문을 열려고 나오는 순간에 기습적으로 각 방이나 창고에 들어가 수색을 하여 젊은 사람을 끌어내고 체포하였다. 이런 방식으로 전국적으로 수십만 명의 남자들이 인민의용군에 합류되거나 노무자가 되고 혹은 감옥에 투옥되었다. 그리고 그중에서 자칭 죄질이 나쁘다는 반동분자를 색출하여 인민재판에 회부하였다.

천영화는 그렇게 굴속에서 가끔 나와 식사를 하고 다시 들어가는 지루한 나날을 보내던 어느 날 그동안 저축해놓았던 돈을 헤아려 보았다. 그런데 이렇게 서너 달 벌지 않고 먹고만 있으면 돈이 바닥날 것 같았다. 그때는 굶고 살아야 하니 그 전에 무엇인가 일을 해야 한다고 생각하였다.

그는 남루한 작업복을 입고 모자를 눌러쓰고 얼굴의 주름살을 살린다. 가무잡잡하게 장년노동자로 변신을 하고 돌아다니며 마포시장 근처의 모든 음식점을 둘러보았으나 채용하는 음식점을 찾을 수 없었다.

그는 음식점이 좀 더 밀집되어 있는 낙원동 일대로 가보기로 한다. 절대 큰길로는 가지 않고 모퉁이를 돌 때에는 앞길의 상황을 확인하고 재빨리 간다. 서울 시내는 어수선하다. 큰길 이곳저곳에서 인간사냥이 벌어지고 있다. 이집 저집 찾아가 물어보았지만 음식점이 많은 지역에서도 취직하기는 어려웠다. 어느 한집도 그를 쓰겠다고 말하는 집이 없다. 천영화는 중등학교를 다닐 때 익히 알고 있던 골목길을 이용하여 현장을 피해나가 전차를 타고 마포 집으로 돌아온다. 전차에서 내리는 종점 대합실에서도 같은 일이 벌어지고 있어 그는 대합실로 향하지 않고 철로를 타고 개구멍을 통하여 집으로 향한다.

서울시내뿐만 아니라 전국의 모든 북괴군 점령지에서는 인민군 강제 징용, 징병이 벌어지고 있었다. 처음에는 모병제라고 하였으나 어느 한 명도 지원하지 않아 길에 돌아다니는 사람을 강제로 연행하였다. 그것도 여의치 않자 일일이 집을 수색하여 젊은 사람은 끌어내고 감옥에 가두어 선별 작업하였다. 청년은 인민군 병사로, 장년은 노역자와 특별한 기술을 가진 자는 기술자로 북괴군에 협력하고 부역하도록 하였다.

이런 모든 행정을 집행하는 데에는 배정욱과 김기열 같은 인민위원장이 결정적인 역할을 하고 있었다. 서울이 함락된 6월 27일 이후 각 지역의 인민위원장은 다섯 가지 주요임무를 중앙당 조직으로부터 부여받았다.

첫째, 한강 철로 보수를 위한 기술자와 노역자 모집
둘째, 인민군의 한강 도강을 위한 임시 가교를 만드는 작업에 소요되는 모든 자재 조달 및 부역자 혹은 기술자 모집
셋째, 인민군을 보충하기 위한 징병
넷째, 반동분자 색출 및 처단
다섯째, 군수물자 수송을 위한 노역자 징용

중구, 종로구 그리고 마포구 지역위원장이 된 두 사람은 중앙당의 명령을 수행하기 위하여 여러 가지 구체적인 방안을 생각해내어 수행한다.

제일 먼저 행동대원이 문제가 되었다. 6.25 발발 이전에 공산당에 가입한 비밀대원들을 가지고는 다섯 가지나 되는 큰일을 수행할 수가 없어 그들은 하수인들을 모집하기로 하였다. 그들은 평소 사회에 불만이 많던 사람들을 하수인으로 조직하기로 하고 먼저 각 동네의 깡패조직이나 건달들 중에 우두머리 급을 접촉하여 그들로 하여금 프롤레타리아들 중에서 인민위원을 모집하라고 지시를 내렸다. 그런데 그런 깡패나 건달들은 그 말뜻을 못 알아들었다. 프롤레타리아가 무엇인지 무엇을 의미하는지를 몰라 그냥 자기주변에 있는 깡패나 무지몽매한 자들을 모집하여 인민위원과 끄나풀로 삼았다.

그들은 완장을 차자 맹목적으로 복종하며 인민위원장이 내리는 지시는 거의 신의 지시라 생각하고 열심히 수행한다. 인민위원장은 이들을 통하여 다섯 가지 당의 지시를 철저히 이행한다. 먼저 한강다리를 보수하고 한강에 부교를 설치하기 위하여 기술자와 인력을 동원하고 각종 자재를 징발한다. 제일 먼저 해야 할 일은 부서진 한강철교를 긴급히 수선하는 것이다.

한강 인도교는 국군이 폭파하여 통행이 전혀 불가능하게 물속으로 다리가 폭삭 내려 앉아 일부구간은 흔적도 없다. 그러나 한강철교 폭파는 완전히 성공하지 못하여 일부 파괴된 구간의 몇 미터만 복구하면 통행이 가능할 것으로 판단하였다.

한강철교를 복구하면 탱크와 장갑차, 자주포 그리고 열차의 통행도 가능하여 병력과 군수품을 신속히 실어 나를 수 있다. 따라서 북괴군은 서울시 인민위원장에게 긴급히 철 골재와 빔을 징발하고 철로 보수를 위한 레일과 기타 부속물 그리고 전문기술자를 모집한다. 그러나 감히 어느 누가 나서질 않자 비싼 임금을 준다고 거짓 선전을 하니 겨우 몇 명만이 지원하였을 뿐이다. 그들은 이 몇 명의 지원 기술자와 다른 여러 기술자를 알아내어 강제로 끌고 와 한강철교를 보수한다.

한편 북괴는 인민군을 도강시키기 위하여 드럼통과 철판 혹은 나무 판자를 엮어 마포나루와 김포나루, 한강나루 그리고 광나루, 뚝섬나루 등에 일제히 부교를 설치하기 시작한다.

이 작업에도 물론 각 구(區)에서 차출한 기술자와 노역자들을 투입하였으며 미군 전투기의 공격으로 인하여 주로 밤에 설치작업을 하게 된다. 그러나 밤에 설치해놓으면 낮에 미군이 와서 폭격을 하였고 밤에도 조명탄을 투하하여 대낮같이 밝힌 다음 폭탄을 던지거나 기총 소사를 하여 많은 노역자들이 죽거나 다친다. 이때 미군과 한국군은 한강철교 파괴를 여러 번 시도하였지만 성공하지 못하였다.

천영화는 돈을 벌기 위하여 시장에서 무엇이든지 해보려고 마포시장에 나갔다. 지금까지 벌어놓았던 돈이 자꾸만 줄어드는 것을 보니 금방 없어질 것 같아 막일이라도 하여야 한다고 생각한다. 그리고 집의 굴속에 있기가 너무나 답답하기도 하여 붙잡힐 위험을 무릅쓰고 다시 시장에 나갔다.

이번에는 변장을 하지 않았다. 마포시내를 잘 알고 있는 그로서는 인간사냥을 이리저리 피할 수 있는 자신이 있었다. 그는 인민위원들의 사냥을 피하여 골목과 개구멍으로 시장에 도착하였고 일감을 찾기 위하여 이곳저곳 상점이나 음식점을 들른다.

그런데 그가 운이 없었던지 한 음식점의 문을 열고 들어갔는데 일고 여덟 명의 붉은 완장을 찬 사람들이 음식점을 점령하고 회의를 하고 있었다. 처음에 무엇인지도 모르고 주인을 만나려고 무심코 들어가서 미닫

190

이문을 닫은 천영화는 깜짝 놀라 뒷걸음치면서 문을 열고 얼른 다시 나온다.

그러나 눈치 빠른 인민위원들이 모두 우르르 나와 천영화를 붙잡았다. 천영화는 마포구 인민위원회가 있는 마포 동사무소에 끌려간다. 이미 이곳에는 수십 명의 젊은 사람들이 끌려와 철창이 쳐진 방에서 대기하고 있었다. 수염을 깎지 않아 덥수룩한 천영화는 나이가 서른이 훨씬 넘은 사람으로 보인다.

거의 저녁때가 되자 인민위원회는 한 명씩 호명하면서 호명된 사람에 대하여 판정을 내리기 시작한다. 심판장에는 마포구 인민위원장과 인민위원 열 명이 참석하였다. 인민회원들이 잡혀온 사람의 처분에 대하여 토의하고 분류하였으며 최종결정은 인민위원장이 하였다.

한 명씩 호출하여 이름과 나이, 직업, 사는 곳을 물어보고 나이가 서른 살 아래면 무조건 인민군이 되어야 하였다. 서른 살 이상 마흔까지는 노역자, 그 이상의 나이는 집으로 보내면서 조건을 달았다. 조건이란 당의 지원요구가 있을 경우에는 언제든지 달려 나와서 인민위원회를 돕도록 하는 것이었다. 그리고 반항적 지식인라고 생각되는 자는 아예 감옥에 가두었다. 드디어 천영화가 호명이 되었고 인민위원 앞으로 나갔다. 인민위원이 명령조로 물어본다.

"당신의 이름과 나이, 직업, 사는 곳을 말해라!"

"내 이름은 천영화, 나이는 26세, 직업은 식당 주방의 요리사, 지금은 무직, 집은 마포동 419번지입니다."

"에 — 그러면 당신은 30살 이하이지만 요리사였기에 앞으로는 노역자로 군수품을 나르시오."

인민위원이 예비판정을 한다. 그런데 천영화란 말이 나오자 뒤에 앉아 있던 인민위원장이 천영화에게 가까이 다가가 유심히 살펴보고는 몇 가지를 추가적으로 물어본다.

"당신 몇 년도 생이라고 하였소?"

"예, 갑자년 1924년생입니다."

"그래 군대는 갔다 왔소?"

"예, 일본군대에서 병영생활을 하였고 해방이 되어 귀국하였습니다."

"그래요? 그렇다면 훈련은 어디서 받았고 그때의 훈련 내무반장이 누구인지 기억하오?"

"아, 예. 태릉에서 받았고 그 때 내무반장으로 나이가 우리들보다 많은 형님이었는데. 아! 기억납니다. 이름도 기억나고. 김.기.열.이라고, 그 형님 남방으로 배치되어 훈련 끝나는 날 헤어졌지요. 그 형님 살아 있기나 한지 쯧 쯔..." 김기열은 천영화 바로 한 발자국 앞까지 다가와서 모자를 벗더니 웃으면서 말한다.

"자! 천영화, 나를 자세히 보구려!"

"아니 이거... 이거 김기열 내무반장 형님이 아니시오!"

"그렇소. 바로 내가 김기열이오. 하하하...하. 야! 영화야. 내가 그 김기열이야, 김기열! 그 김기열이 이렇게 살아 있다. 하하하" 천영화는 김기열을 뚫어져라 바라보며 말한다.

"어! 기열이 형! 내무반장님! 이거 어떻게 된 거야?"

그는 김기열과 포옹을 하고 악수한다.

"야야! 부위원장! 나머지 사람은 네가 알아서 처리를 해라. 난 이 친구와 함께 저녁을 하면서 회포를 풀겠다."

김기열은 모두 주목을 하도록 박수를 몇 번 치더니

"여러분! 여기 계신 천영화라는 사람을 소개하겠다. 이 분이야말로 우리들의 진정한 영웅이시다. 이 분은 일제강점기 때 할 수 없이 일본군으로 종군을 하였으나 그렇게 위험한 가운데서도 살아나신 분이고 나하고는 호형호제하던 사이였다. 그리고 이분의 할아버지와 부친은 독립군이셨다. 이곳 마포에서 사신다. 앞으로 이분에게 최대의 예의를 지켜서 예우하도록 하라!"

김기열은 장내에 있는 모든 위원들에게 소개한다.

"예 예, 알 알겠습니다."

모두들 어리벙벙하여 건성으로 대답하면서 천영화를 우러러보듯 바라본다. 재판에 나중에 합류하여 옆에서 지켜보고 있던 덕팔이는 순간 들어갈 구멍을 찾고 있다. 혜순이 오빠가 그러한 멋있는 사람일 줄이야! 더군다나 그의 할아버지와 아버지가 독립군이었다니! 그는 순간 아차 하였다.

두 사람은 사무실을 나와서 근처의 음식점으로 들어가 식사 겸 술을 시켜 먹으면서 그동안 태릉훈련소 이후 자신들이 겪은 일, 그리고 김기열은 배종욱의 이야기도 곁들여 하였다. 밀린 이야기를 하느라 밤새도록 이야기에 빠져 들었다.

천영화는 지난번 탑골공원에서 보았던 그 사람이 배종욱임을 상기해내고 그 이야기도 곁들여 하였으며 가서 그를 만나봐야겠다고 하였다. 며칠 후 천영화는 김기열 덕분에 마포시장에서 음식점 주방장으로 취직하였다. 이 음식점은 일반노동자를 대상으로 국밥이나 콩나물밥을 파는 식당이다. 그저 세 식구 밥 먹을 정도의 월급을 받는 곳인데 그나마 전쟁통에 이런 직업을 가진다는 것은 행운이기도 하였다.

천영화는 서울 시내를 돌아다닐 수 있는 통행증과 신분증을 받는다. 그는 시간이 날 때 종로의 인민위원장인 배종욱을 찾아가 그동안 쌓인

회포를 풀기도 한다. 천영화는 배종욱과 만나 이야기를 하면서 인민재판이란 것을 통하여 왜 그렇게 무고한 사람들을 죽이느냐고 지나가는 말로 슬쩍 물어본다. 배종욱은 천영화를 큰 눈으로 쳐다보면서 그것도 모르느냐는 듯 그리고 약간은 한심하다는 듯 뚜렷이 말한다.

"영화야! 너 그동안 무수히 많은 고생을 하였고 사선을 넘었지 않느냐? 왜 아무런 죄가 없는 너 그리고 너와 같은 수많은 민중이 그런 고통을 당한지 알고 있기나 하냐? 그들은 같은 민족에게 숱한 고통을 안겨준 이 나라 이 사회에서 살아서는 아니 될 우리 민족을 좀먹는 기생충 같은 자들이야. 그들은 이미 민족의 이름으로 심판이 내려졌어야 하는데 해방 이후 어느 누구도 그 역할을 하지 못하였단다. 그래서 우리가 인민의 이름으로 대신 벌을 내린 것이다. 그리고 우리 공산주의는 말이야 힘없는 자, 못사는 자 들을 대변하는 무산계급의 진정한 혁명 도구이며 사상이야."

천영화는 더 이상 할 말이 없어 고개만 까닥까닥 거릴 수밖에 없었다. 이렇게 확고하고 단호한 생각을 지닌 그에게 어떤 말을 한다 하더라도 괜히 그의 심사만 건드릴 것 같았다. 할 말은 많았지만 그냥 참기로 한다.

인민재판

폭파 순간의 한강대교

이남제 전차연대의 한강이남 공격

　　서울을 함락시키는 데 일등공신인 제105전차여단은 이제 서울 점령 후 사단으로 승격되고 「서울 제105 전차사단」으로 불리게 된다. 이남제 가 소속된 107연대는 서울에 입성한 후 다음 공격을 위하여 재충전의 시 간을 가진다. 한강 인도교가 이미 폭파되어 한강을 건너갈 다리가 한강 철교밖에 없었고 이 철교도 일부가 부서져 수리하여야만 한다.

　　그리고 한강철교가 수선이 다 끝난다 하더라도 인도교처럼 탱크가 마음대로 지나갈 수가 없어 시간이 많이 걸리고 한꺼번에 많은 대수가 건널 수도 없다. 김포방향과 한강상류 부근에 별도의 가교를 설치하여 탱크도 건너고 그 후에 병사도 건널 수 있도록 임시교량을 건설한다.

　　이남제가 속한 105전차사단은 전차를 한강 남쪽으로 건너도록 하기 위하여 두 가지 일을 인민위원회에 지시하였다. 서울 각 구의 인민위원 장들이 협동하여 일부 부서진 한강철교를 신속히 보수하고 철교 위에 철판을 깔아 탱크가 건너갈 수 있도록 만든다. 또한 마포나루와 한강나 루 부근에 탱크가 지나갈 수 있도록 임시가교를 만든다.

북괴군이 이렇게 한강을 넘어가려는 노력을 기울일 때 한강 이남으로 철수한 국군과 일본에서 최초로 증파된 미군이 방어선을 구축하는데 시간을 벌어준다. 북괴군은 폭파가 안 된 중간 단선철교로 전차를 도하시키려다가 미 공군이 이를 폭격 차단하자 남쪽 연결 부분이 이탈된 경부 복선철교에 새로운 교판을 까는 작업을 수행한다. 그러고는 다리 보수에 방해가 되는 국군의 야포에 대하여 맹렬한 포격을 실시하고 일부 도강한 병력으로 방해하는 국군을 공격한다.

7월 3일 드디어 북괴군이 심혈을 기울인 철교를 보수하고 부판을 까는 작업이 완료되어 이남제의 전차대대는 한강철교를 서서히 건넌다. 딱 한 대 정도가 지나갈 수 있는 너비라서 일렬로 다리에 진입한다. 철로의 강도를 고려하여 혹시나 철로가 전차 무게를 견디지 못하고 주저앉을 가능성에 대비하여 철로 한 구간에 한 대씩만 진입하여 간격을 넉넉히 유지하고 건넌다. 성공이다. 이남제는 일곱 번째로 진입하여 철로보강 지역에서는 천천히 지나가 무사히 건너간다.

이남제 대대의 전차 13대는 드디어 한강 도강에 성공하였다. 이어서 나머지 3개 대대 전차와 자주포, 장갑차도 뒤따라 한강철교를 이용하여 건넌다. 맨 처음 한강을 건넌 이남제의 전차대대는 국군진지에 맹폭을 하면서 전진한다. 북괴군 지상병력도 전차, 자주포와 장갑차를 방탄막이로 하여 국군진지를 공격한다. 전차 3개 대대를 각각 노량진, 영등포 방면에 2개 대대, 흑석동 방면에 1개 대대씩 배치하여 국군을 공격하고 압박한다.

이로써 일주일간 버티었던 한강 남쪽에서의 국군의 방어는 북괴군이 한강철교를 이용하여 전차와 자주포 등을 도강에 성공시키면서 무너졌으며 7월 4일에는 수원까지 단숨에 밀리게 된다.

　북괴군은 여세를 몰아 7월 1일 일본에서 부산항에 도착하여 7월 5일 오산 북방 5킬로미터에 부대 배치를 마친 미24사단 선발대를 여지없이 무너트린다. 미군은 수많은 사상자를 내고 퇴각한다. 북괴군은 계속 물밀 듯이 남하하여 천안과 대전 등 여러 전투에서 승리하여 낙동강을 경계선으로 국군과 미군을 동남쪽 구석 지역에 밀어붙여 버린다.

영혼을 뿌리다
-문경-이화령 전투-

국군 제6사단은 춘천과 홍천에서 서전을 치른 뒤에 급변하는 전황의 추이에 따라 7월 초에 충주로 이동하여 차령산맥 북쪽의 중원을 지키고자 충주 수안보까지 후퇴하여 북괴군의 남하를 저지하고 있다.

수안보에서 적 진공(進攻)을 지연시키다가 철수한 국군 제6사단은 육군 본부의 금강-소백산맥 선 방어계획과 령에 따라 소백산맥의 요충인 이화령과 조령을 포함한 문경정면을 전담한다. 이 일대는 평균 700~1,000미터의 소백산맥 준봉들이 뻗어 있어 충주-함창을 잇는 도로 외에는 대부분이 산간 소로로서 도로망이 매우 빈약하다.

사단장은 도로상의 관문인 이화령과 조령의 험준한 지세를 이용한 거점방어태세를 취하기로 하여 제2연대를 이화령에, 제19연대를 조령에 배치하고, 제7연대를 예비대로 삼았으며, 제16포병대대 및 공병대대 등 전투지원부대들도 조령과 이화령에 포진한 일선의 양 연대를 지원하도록 한다.

반면 수안보에 집결한 북괴군 제1사단은 문경-함창-상주축선으로 진출하고자 공격준비를 하고 있었다. 또한 북괴군 제2군단장(김광협에서 김무정으로 교체. 김광협은 춘천전투 지연으로 경질됨)은 배속된 제13사단을 이화령 서 측방에 대기시켜 2개 사단 병력으로 공격 준비를 갖추고 있었다. 북괴군은 미군의 공습으로 인하여 주간기동에 큰 장애를 받고 있었다. 소백산맥을 넘기 전까지는 제대로 전차를 투입하지 못하였다.

북괴군의 주력 부대가 한강을 넘어 남쪽으로 진격한 후에는 미군의 폭격으로 인하여 보급이 정상적으로 전달되지 못하였다. 그래서 북괴군은 점령지역 인민위원회를 통하여 인간사냥을 하여 인민군으로 보내거나 혹은 노역자로 만들어 짐을 나르게 하였다. 노역자가 된 사람들은 한꺼번에 수십 킬로그램을 짊어지고 주로 밤에 행군하여 최전방의 북괴군에 물자를 전달하였다. 미군의 폭격이 심하여 낮에는 행렬을 지어 다닐 수가 없어 밤에만 다니며 어떤 사람은 등에 짊어지고 어떤 사람은 지게에 올려 운반하였다.

후에 유엔군은 이들을 A부대라고 불렀다. 지게의 모양이 A자와 비슷하기 때문이다. 유엔군도 산악작전을 할 때는 이 A부대에 많은 도움을 받게 된다.

보급품 나르는 지게 부대. 미군은 A부대라고 하였다. 북괴도 부역자를 이용하여 전선으로 날랐다.

한편 북괴군은 「제1단계 제3차 작전」이라고 하여 「급속한 공격과 맹렬한 추격으로 한국군 및 UN군을 대전-소백산맥 선에서 격멸하는 동시에 단시일 내에 전주-논산-대전-문경-울산 선까지 진출한다」라는 시행 방침을 내세우며 그 시한을 7월 20일까지로 정하고 김일성 괴수가 수안보까지 내려와 전쟁을 독려하였다.

1950년 7월 13일 전투 상황: 진지 구축과 정찰

이날은 흐린 날씨에 동남풍을 동반한 가랑비가 때때로 내림에 따라 해발고도 1,000미터 내외를 헤아리는 주흘산(1106고지: 문경 북 10킬로미터) − 조령산(1107고지: 문경 서북쪽 10킬로미터) − 증봉(914고지=시루봉: 문경새재 서쪽 봉우리)으로 잇닿는 소백산맥 준령에는 계절답지 않게 한기가 맴도는 가운데 제2, 제19 양 연대의 병사들은 이른 아침부터 진지를 구축하고 통신망을 구성하는 등 방어진지를 강화하고 있었다.

국군 제6사단장(대령 김종오)은 문경 부근의 조령과 이화령에 방어진을 편성키로 결심하고 지휘소를 문경국민학교로 이설하였다. 수안보 일대에 배치된 사단의 주력을 철수하여 꼬불꼬불하며 험한 구절양장의 산길과 같은 조령과 이화령에 병력을 조정배치하고 진지를 보강한다.

제19연대는 우측의 일선인 조령을 맡고 제2연대는 좌측 전선인 이화령 지역을 담당하여 각각 책임지역내의 거점방어태세를 준비한다. 19연대 소속 송금섭 소대장도 대대장의 지시에 따라 소대원을 이끌고 조령 중턱 산에서 진지를 구축하면서 주변 정찰을 면밀히 수행한다.

송급섭은 먼저 주어진 방어면에서 분대별로 진지를 구축하라고 지시한다. 부소대장과 함께 돌아다니면서 같이 진지 축성 작업도 하며 경험을 이야기해준다.

"분대장, 시방 이곳은 앞이 너무 가팔라서 진지 총구 방향을 적이 다가올 덜 가파른 이쪽으로 축성을 하는 것이 더 좋을 것 같다. 그렇게로 벼랑빡 같은 이 지역은 적이 못 올라올 거여!"

"예 예 알겠습니다. 얼마정도 높이로 하면 될까요?"

"제일 좋은 것은 엎드리는 것보다 약간 몸을 기대어 수그리어 총을 자유롭게 조준할 수 있는 높이가 좋지. 그리고 진지 넓이도 윗면이 40~50센치가 되면 편안히 총을 올려놓고 방아쇠를 댕길 수 있고 적이 쏘는 총이나 수류탄이 터질 때 방어막 역할을 형게로 시간이 되면 가능한 그 정도로 쌓는 것이 중요혀."

"예 그렇게 축조를 하겠습니다."

"여보 분대장! 당신은 북괴 놈들이 어느 쪽으로 들이닥칠 것 같여?"

"예 저는 이쪽 평탄한 부분으로 올 것이라고 생각도 되지만 그보다는 이쪽 가파른 곳 중에서 덜 가파른 이쪽 방향으로 올 것 같은데요."

"그렇지 나도 그렇게 생각허네. 그렇게로 지금 3분대가 담당하는 이쪽 방향에서 적이 튀어 올라올 것 같으네."

"부소대장. 우리 소대본부도 이곳에 위치시키고 3분대가 분담하는 지역 가까이 4분대를 배치시킵시다."

"예 그렇게 하지요."

"그런디 실탄허고 수류탄이 충분한지 다시 확인을 허야겄다. 어이! 3분대장! 분대원들의 실탄과 수류탄 현황을 좀 파악해서 알려줘 잉! 그리고 부소대장! 다른 분대도 현황을 파악혀봅시다."

비가 내려 흙을 파기에는 비교적 어렵지 않아 축성하는 데 힘이 덜 든다. 첫날은 하루 종일 진지 작업을 하였다.

7월 14일 상황: 북괴군의 이화령 공격

국군 6사단이 문경 방어에 들어간 지 이틀째 되는 날, 북괴군 제1사단은 아침부터 포격을 가하고 203전차연대의 탱크 40대를 앞세우고 공격을 감행해온다. 이들은 사단의 좌측 이화령 방어부대인 제2연대 정면에 공격의 중점을 두고, 비교적 부대기동이 용이한 3번 도로를 따라 이화령을 돌파하고자 시도한다.

이화령은 전날 하오까지 가랑비가 오락가락 하더니 이날 새벽에는 그친다. 7월 중순이지만 고산지대의 기상은 온도가 평지보다 훨씬 낮고 짙은 안개가 산속을 메워 지척을 분별키 어렵다. 북괴군은 지상군 돌격전에 포병에 의한 집중 사격을 감행하니 각종 포화가 국군이 포진한 지역에 난무한다.

국군 병사들은 진지 엄폐호에 몸을 숨기고 북괴군의 급습에 대비하여 전 병사가 숨을 죽이고 잠복하고 있다. 이러한 가운데 영봉에 어둠이 걷히면서 돌연 이화령 북쪽 계곡 지역에서 수류탄 터지는 폭음과 총성이 울려 퍼진다. 북괴군 제1사단은 짙은 안개를 틈타 국군진지 앞으로 바싹 다가선 다음 국군의 두 연대인 제2, 제3 대대의 진지 내에 떼거리로 뛰어들어 공격을 감행한다.

일순간에 백병전의 혈전장으로 변한다. 전투결과 북괴군은 제2대대 진지의 서측을 관통하여 조령으로 진군한다. 그러나 국군 2연대는 일부

관통은 되지만 대부분의 병력은 여전히 이화령을 지키고 있다. 북괴군의
작전이 무엇인지 어리둥절한 상황이었다.

7월 15일 전투 상황: 북괴군의 조령 공격

조령을 방어하고 있는 6사단 19연대 병사들도 어제 전투는 없었지만
계속 긴장을 하면서 새로운 하루를 맞이한다. 국군 제19연대는 개인 참
호를 파고 적이 오기만을 조용히 기다리고 있다. 밤 9시가 넘어서자 서
서히 끼기 시작한 안개가 새벽에 들어서자 점점 더 짙어진다. 산허리에
매복한 병사들의 겉옷이 젖을 정도로 습도가 높다. 안개는 불과 몇 미터
앞만 볼 수 있을 정도로 주변의 모든 산을 짙게 덮고 있다.

오늘은 음력 6월 초하루로 초승달도 없어 주변은 칠흑같이 어둡고
안개가 더욱 감싸 전혀 앞을 볼 수 없다. 새벽 2시가 되자 일부 병사들
이 꾸벅꾸벅 졸기 시작한다. 소대장은 몇 명만 주의를 기울여 적을 경계
하고 있다가 적이 올 때 즉각 사격하면 졸아도 별 문제가 없을 것이라
생각하고 졸고 있는 병사들을 그냥 놔두기로 한다.

"야 이거 음산한디. 왜 어제에 이어 오늘도 이렇게 안개가 짙게 낀
거여! 십 미터 앞도 보이지 않응게로 북괴 놈들이 오는지 가는지 알 수
가 있어야지 잉!"

송 소대장이 말하자 부소대장이 의견을 제시한다.

"글시 말입니다. 저 말입니다. 저 계곡 밑에 척후병을 몇 명 보냈어
야 되지 않았을까 말입니다."

"그려 그 생각 아주 좋은 것 같지만 늦은 것 같여요."

"소대장님 이거 너무 조용한 것 아닙니까 말입니다."

"이런 상황을 사자성어로 적막공산 여리박빙이라고 하지요 잉! 주변이 조용한디 뭔가 위태로운 상황이 발생할 것 같다는 말이지라우. 이럴 때가 사람들의 애간장을 태우고 손에 땀을 쥐게 만드는 거라오."

"꼭 괴물이 앞에서 튀어나올 것 같이 음산한 분위기다 이 말입니다."

부소대장의 말 습관 중에 약간 답답한 것이 항상 말끝에 '말입니다.'를 붙이는 것이다.

"어떤 놈이라도 오려면 오라지. 이 총이 있으니깐두루!"

"그런데 소대장님 말입니다. 이 친구들(병사들) 이렇게 졸아도 될까 말입니다?"

"냅둬 내비둬요, 병사들도 잠을 좀 자둬야 힘내서 싸우지. 당신과 나 그리고 몇 사람만 경계를 잘하면 되잖여요! 부소대장 당신은 어찌되어 여그까지 왔어요?"

"저 말입니다. 솔직히 말씀드리자면 말입니다. 먹고 살기 어려워서 군인으로 되었단 말입니다. 지 고향은 강원 평창이라고 아주 두메산골 아니드래요. 강원도래야 머! 별 먹잘 것이 없는 것 다 알고 있지 않드래요! 참으로 살기 에레운 산골입니다 말입니다. 그러나 군인이 되니 지 딴에는 나라를 지키면서 굶지는 않고 살고 있드래요. 이거 좋은 일이지 아닙니까 말입니다. 애들이 둘이 있지만 걔들 굶지 않고 먹여 살리는 게 난 아무래도 잘한 거다 이 말씀입니다."

이 부소대장의 계급은 중사이며 송금섭보다 두 살이 많다. 그는 일찍이 군에 지원하여 하사관이 되었고 많지 않은 봉급으로 가정생활을 이어가고 있는 중이다.

조용조용히 대화를 나누고 있을 때 짙은 안개가 끼어 있어도 어렴풋이 먼동이 트기 시작한다. 겹겹이 산등성이라 들녘이나 해변처럼 금방 어둠이 가시지 않고 서서히 물러나다 갑자기 환해진다.

아침이 가까워지면서 졸던 병사들도 눈을 비비고 더욱 긴장하여 경계를 강화하고 있다. 하지만 농무로 인하여 주변의 시계가 몇 미터 되지 않는다. 조용하던 아침, 깊은 산등성이에 갑작스런 함성 소리가 메아리치며 울려온다.

아침 여섯 시를 전후하여 안갯속에서 괴물처럼 북괴군이 밀려들어오기 시작한다. 북괴군은 일종의 인해전술과 유사한 공격으로 국군 진지에 엄습한다. 10미터 앞도 보이지 않는 안갯속에서 갑자기 아귀와 같은 북괴군이 나타나 함성을 지르며 수류탄을 던지고 따발총을 쏘면서 국군진지로 난입한다.

송금섭이 속한 대대의 진지가 여러 곳에서 동시에 공격당한다. 총을 쏘고 대응하지만 이미 북괴군은 진지 앞에 닥쳐 백병전이 벌어진다. 총끝에 꽂은 대검을 이용하여 서로 격투하고 상대가 2~3미터 떨어져 있다면 총을 발사한다. 초기 진지에 쇄도한 북괴군과 일대일로 격투를 할 때에는 70퍼센트 정도로 국군이 우세하다가 줄지어 몰려드는 북괴군의 숫자가 불어나자 전세는 순식간에 역전된다.

송금섭 앞에 북괴군 한 명이 달려든다. 엎드려 있던 송금섭은 일어서면서 소총을 길게 잡고 상대를 향하여 찔렀다. 북괴군 병사는 배를 움켜쥐면서 쓰러진다. 그 사이에 또 한 명의 북괴군이 송금섭을 공격해오고 옆에 있던 소대원이 나서서 이것을 막아냈으나 연이어 또 한 명이 진지로 달려든다. 송금섭은 개머리판으로 어퍼컷을 먹었고 북괴군은 비명을 크게 지르며 거꾸러진다.

아마도 턱이 으스러졌을 것이라고 생각되었다. 순식간에 피비린내

나는 살육의 장이 된다. 이처럼 대대의 모든 진영에서 백병전이 진행되어 용맹하게 싸운다. 그러나 밀물처럼 계속 밀려드는 적을 더 이상 감당할 수 없어 차츰 국군이 밀리기 시작한다. 중과부적이라고 판단한 대대장이 진지를 떠나서 후퇴할 것을 중대장에게 명령하였고 중대장은 다시 소대장에게 지시를 내려 송금섭도 휘하의 소대원들에게 진지를 떠나 산등성이로 후퇴할 것을 소리쳐 전달한다.

송금섭은 소대원 중 몇 명의 사상자가 있는지 그리고 생존자가 얼마나 되는지도 파악하지 못하고 있다. 그만큼 같은 소대 내에서도 안갯속에 불쑥 나타나 기습한 북괴군으로 인하여 상황이 급박하게 진행되었기 때문이다.

송금섭은 후퇴하면서 선임하사에게 소대원에 대하여 현황을 파악하자고 한다. 그러나 서로가 보이지 않고 삼삼오오 뿔뿔이 흩어진 상황에서 현황파악이 될 수 없다. 이들은 다른 대대원과 함께 문경방향으로 퇴진하여 주흘산 남쪽 세 계곡이 만나는 지점에서 약간 밑 지역인 성주산과 봉명산 사이에 진지를 구축한다. 송금섭은 새로운 진지에 도착하여 소대원의 상태를 확인한다.

소대원 40명 중 10명이 보이지 않고, 육박전에서 경상을 당한 소대원이 6명, 중상을 입고 움직이지 못하여 그냥 진지에 놓고 철수한 병사가 4명, 꼭 절반의 병사가 행방이 묘연하거나 변을 당하였다. 그러나 경상만 입거나 전투할 수 있는 생생한 병사가 26명이니 아직 전투를 할 만하다고 생각한다. 그렇게 중·소대 인원을 모두 파악한 결과 대대의 약 60퍼센트의 병사가 전투를 할 수 있다고 판단하였다.

한편, 이화령에서는 소규모의 교전이 있을 뿐이었다. 서 측방의 구왕봉 부근으로 남하한 적 제13사단 1개 연대도 측 후방을 위협하는 정도에 그쳤다. 그런데 이것은 사실상 북괴군이 양동작전을 벌인 결과였다. 즉 새롭게 증원된 북괴군 제13사단 1개 연대를 이용하여 이화령의 국군 병력을 견제하여 묶어 놓고, 3배가 넘는 1개 사단을 동원하여 조령을 지키고 있던 19연대를 돌파하여 와해시켜버린 것이다.

따라서 이화령을 지키던 국군 제2연대는 측 후방이 북괴군에 노출되니 부득불 이화령에서 문경방향으로 철수할 수밖에 없었고 제19연대와 같이 문경 남쪽입구에서 방어선을 치게 된다.

7월 16일 전투 상황: 북괴의 문경지역 공격

이화령과 조령을 점령한 북괴군 제1, 13사단 총 6개 연대 병력은 아침 6시를 기하여 또 다시 총공격을 감행한다. 작전은 조령을 점령한 부대가 문경 정면에 계속적인 압력을 가하고 동시에 2개 연대 규모의 병력을 동서 양 측방으로 우회 침투시켜 문경지역을 공격해오는 것이다.

문경지구 전투 요도

북괴의 예비부대인 제14연대는 사단 동측의 주흘산 우측에 있는 갈평리 계곡으로 접근하고, 증원부대인 제13사단 예하의 21연대는 서남쪽의 백화산으로 침투한다. 이와 동시에 조령과 이화령 방면에서도 정면으로 공격하여 단숨에 국군을 에워싸서 격멸시키려 한다.

북괴 보병은 늘 그래왔듯이 지상군이 공격하기 전에는 맹렬한 포격을 수행한 뒤에 탱크와 자주포를 앞세우고 공격한다. 국군은 사력을 다하여 방어한다. 국군은 제16포병연대에 지원사격을 하도록 하여 이 포격에 의하여 초기에 물밀 듯이 내려오던 북괴군이 일시 주춤한다.

송금섭은 우측에 있는 봉명산 기슭에 연이어 있고 계곡의 개활지가 훤히 보이는 지역에 밤을 새워 만든 참호에서 몰려드는 북괴군에게 지속적으로 사격한다. 얼마나 쏘았는지 총신이 뜨거워져 계곡의 실개천에서 물을 떠와 식힐 정도다.

이런 상황에서 불현듯 북괴군의 탱크 4대와 자주포 6대가 일렬로 괴물처럼 송금섭의 대대가 포진해있는 진지 앞 도로변 200여 미터까지 다가오더니 맹렬히 포탄을 퍼붓는다.

국군은 반격수단인 박격포나 대전차포를 이용하여 반격을 시도하려 하였지만 기동 중인 적을 맞히기란 참으로 어려워 적이 멈추기를 기다렸다가 정조준 하려면 발사가 늦어져 오히려 북괴군의 포화가 먼저 진지상공에서 작렬한다.

연이어 북괴 지상군이 개활지의 논두렁을 이용하여 다가온다. 한편 봉명산 정상으로 우회한 북괴군의 병력이 벌써 정상을 통과하여 제19연대가 포진한 봉명산을 휩쓸 듯이 내려오고 있다. 산 중턱에 포진한 대대가 이들과 전투를 벌이고 있다.

그런데 우회한 북괴군의 일부 병력이 송금섭이 속한 대대의 후방으로 접근한다. 앞뒤로 적을 맞게 된 것이다.

대대병력은 앞과 뒤를 동시에 방어해야만 하였기에 둘로 갈라져서 서로 엄호하는 형태의 수비가 된다. 모두 혼신을 다하여 용감하게 싸웠지만 끝내 진지는 무너지기 시작한다.

송금섭은 진지에 쇄도한 북괴군 몇 명에게 소총을 쏠 시간도 없어 권총을 뽑아 발사한다. 이때 북괴군 한 명도 송금섭에게 따발총을 발사한다. 순간 송금섭은 배를 움켜쥐고 고꾸라진다. 다른 소대원들이 진지에 난입한 북괴군을 사살한다. 그리고 소대장의 상처를 살펴본다. 총알이 복부에 관통하여 피를 많이 흘리고 있다. 즉시 위생병을 불러 지혈한다. 송금섭은 이상하게도 통증을 못 느낀다.

제19연대장은 이러다가 연대의 전 장병이 몰살을 당하겠다고 판단하여 모든 군대를 영강지역(오정산과 어룡산 지역: 점촌 북 12킬로미터)으로 철수하도록 한다.

이로써 사단은 4일 동안에 걸친 문경부근의 전투를 일단 매듭짓고 영강선으로 한걸음 물러서서 새로운 전투에 대비하기에 이른다.

한편 부상당한 송금섭은 점촌의 한 국민(초등)학교에 마련한 임시 야전병원에 입원 수용된다. 군의관은 상태를 살펴보더니 급히 수술을 해야 한다며 준비한다. 그리고 피를 너무 흘려 우선 긴급하게 수혈한다. 그런데 야전병원의 능력은 수혈을 할 수 있는 것만도 다행이라 생각할 정도로 의료구호 준비상태가 아주 빈약하고 제한적이다. 군의관이 상처를 살펴보니 우측 복부에 한 발의 총알이 관통하였고 또 한 발은 좌측 상부 심장 근처를 스쳐 지나갔다. 군의관은 총알이 관통한 곳의 내장을 확인하여보니 상당히 훼손을 입은 것으로 판단한다.

송금섭은 실낱같은 의식을 가지고 수술에 들어갔으며 군의관 몇 명과 간호원이 집도하여 장장 6시간에 걸쳐서 수술을 받는다. 송금섭의 상태는 총알이 내장을 휘감고 지나가 많이 뒤틀려 있었고 이미 일부는 부패가 진행되고 있었다. 송금섭은 수술 후 야전침대에 눕혀진다. 수술이 성공적인지 아닌지는 그가 깨어나 침상에서 일어나느냐 그렇지 않느냐에 따라 좌우될 뿐 아무도 그 결과를 알 수 없다.

정점으로 달려가고 있는 여름의 기온은 내린 가랑비가 대기에 흡수되어 온도가 그렇게 높지는 않지만 침상의 시트가 몸에 착 감기어 여간 귀찮게 만드는 것이 아니다.

수술시 맞은 모르핀 주사로 인하여 수술 후 몇 시간이 지났는데도 의식을 회복하지 못하였다. 이틀이 지났지만 여전히 의식불명 상태다. 간호원과 군의관은 계속 심장박동을 점검하고 의식회복 여부를 확인한다. 심장박동은 점점 미약해지지만 여전히 뛰고 있고 체온도 떨어지지 않아 희망을 가진다. 다시 하루가 지난 7월 20일 송금섭의 의식이 되살아나기 시작한다.

그는 계속 링거 주사를 맞았고 어느 시점에서는 의식이 조금씩 회복되면서 갈증을 느끼었는지 물을 달라고 가늘게 소리를 낸다. 옆에 있던 간호원은 반가운 마음에 얼른 물을 떠서 숟가락으로 한 모금씩 송금섭의 목을 축여준다.

몇 숟가락을 받아서 입술을 적신 송금섭은 또 다시 깊은 잠에 빠져들고 하루가 지나서야 이전보다 좀 더 뚜렷하게 의식이 회복된다. 그러나 그는 한모금의 물도 제대로 넘기지 못하는 작수불입의 위중한 상태였다.

그는 간호원에게 여기가 어디냐고 가냘픈 목소리로 묻는다. 간호원은 며칠 의식을 잃어버렸던 그가 깨어나니 반가움에 얼른 대답도 해주고 지금 상태가 어떠냐고도 물어본다.

간호원의 대답을 들은 그는 머리를 끄덕거리며 말을 하려고 하였지만 목소리는 크게 나지 않고 어물어물거려 잘 들리지도 않는다. 일순간 그의 두 눈에 눈물이 주르르 흐른다.

그러다가 시간이 얼마 지나자 미동도 하지 않고 숨소리만 거칠게 쉬다가 다시 골라지기를 반복한다.

송금섭은 깊은 꿈속을 헤맨다. 총알이 관통하여 수술한다고 자르고 꿰맨 그 고통을 느끼는 것보다 차라리 아예 의식을 놓는 것이 나으리라고 간호원이나 군의관은 생각한다.

송금섭이 강아지 메리를 데리고 신나게 들판을 달리고 있다. 개구리가 "꽥 꽥 꽥" 소리치다가 금섭이와 메리가 달려가니 금방 조용해진다. 물이 가득 찬 논에는 푸른 벼들이 빽빽이 들어차 있다. 집주변의 뽕나무에서 검붉은 오디를 따먹고 뽕잎을 따서 일일이 한 장씩 물걸레로 닦아내 고물고물 거리는 누에게 먹인다.

텃밭에 심은 참외와 수박이 주렁주렁 매달리기 시작한다. 원두막을 짓고 한여름의 더위를 피하면서 노란 참외를 깎아 먹는다. 중리(中里)의 논배미에 가본다. 참새들이 이리저리 날아다니면서 나락을 쪼아 먹고 있다. 박을 허공에 후려치며 "박" "팍" 소리를 내고 입으로 소리도 내지른다. "훠이 훠어이" "훠어이"

땡개비도 노란 벼 사이를 오락가락하며 짝을 찾고 있다. 손으로 수십 마리를 잡아 꿰미에 꿰어 허리춤에 매단다.

논에서 아버지와 형들이 낫으로 나락을 베고 있고 금섭이는 이삭을 줍는다. 한 아름 주워 말려서 돈으로 바꾸어 사탕을 사먹으리라. 그동안 누에가 하얀 고치 집을 지었다.

누에 선반에서 좋은 고치를 다 담으니 큰 소쿠리로 네댓 개나 된다. 어머니는 고치를 솥에 넣고 삶아 명주실을 빼낸다. 십여 미터 길게 실을 빼내어 밑에는 지푸라기로 불을 피워 말린다. 말린 실은 물레 틀에 감아 풀을 살짝 먹인다.

누에고치에서 하얀 명주실을 빼내니 갈색의 번데기가 옷을 벗고 당황해한다. 명주실을 빼내는 작업대 옆에 앉아 나오는 번데기를 하나씩 받아먹는다. 생긴 것은 괴물처럼 보이지만 씹어보니 국물이 진하고 맛있다. 어머니가 베틀 앉을깨에 앉아서 명주실로 베를 짜고 계신다. 좌우 양발을 번갈아 밟아주며 그 사이에 북을 집어넣고 바디를 올리고 내린다. 어느새 6새(베틀에서 한 새는 80올)짜리 고운 천이 한 자나 베틀에 짜진다.

하얀 겨울이 왔다. 눈이 벼 그루터기가 보이지 않게 한 길이나 쌓였다. 삭풍이 불기 시작하자 눈보라로 변하면서 쌓였던 눈을 하늘높이 날려 보낸다. 내리는 눈과 흩날리는 눈이 천지를 감싼다. 하늘높이 날아올라간 눈은 아무 곳에나 다소곳이 내려앉는다. 바람이 들이친 모든 곳이 하얀색으로 변해버리며 인간사 고단함을 덮어버린다.

추운 겨울 사랑방에 군불을 지피고 누런 소에게 먹일 여물을 삶는다. 지푸라기 여물 삶는 냄새가 이상야릇하다. 가을에 수확한 콩을 넣고 짚과 같이 삶아 소에게 주어 영양을 보충하고 원기를 회복하게 한다. 하얀 벌판에서 연도 날리고 쥐불도 놓고 얼음이 얼어붙은 저수지에서 썰매를 타기도 한다. 봄이 오니 뚝새풀이 제일 먼저 봄을 알린다.

울타리 밑에 가득 심은 개나리가 노랗게 봉오리를 맺기 시작한다. 따스한 봄이 계속되니 봉오리를 맺은 뒤 나흘 만에 만발하기 시작한다. 동네 이곳저곳이 화사한 개나리로 물들어 있다. 송금섭은 향기를 맡아보려 노란 꽃송이 하나를 꺾어 코에 대본다.

212

어? 그런데 피! 검은 피가 꺾
은 개나리 꽃송이에서 솟아나온
다. 흘러나온 검은 피는 순식간
에 주변의 모든 노란 개나리 꽃
송이를 검붉게 물들이며 후두두
둑 떨어져버린다. 주변이 온통
검은 개나리 세상으로 변한다. 검은 개나리 사이로 검은 한복을 곱게 차
려입은 어머니 아버지가 "이리 따라 오너라." 하시며 손짓한다. 송금섭
은 웃음을 지으며 부모가 내미는 손을 두 손으로 부여잡고 따라간다. (실
존인물, 본명 송한섭, 하사. 군번 5103415, 현재 동작동 국립묘지에 잠들어 있다. 묘역,
동작 38-2-18846)

조영호의 고향 입성

    조영호가 속한 부대는 원주 공략 이후 청주 근처에서 국군과 전투를 벌여 일부 병사의 손실을 입었으나 결국 며칠이 지연되어 청주와 보은에 입성하였다. 북괴는 속리산을 넘어 상주와 김천을 공격할 예정으로 2군단의 15사단을 먼저 속리산 남서쪽에 있는 30번 도로를 따라 상주로 진격시켰다.

    하지만 화령장(상주 서쪽 20킬로미터 봉황산(741미터) 동남쪽 계곡)에 포진하고 있던 국군 17독립연대에 의하여 2개 연대가 일주일 간의 전투 끝에 각계 격파되었다. 이에 북괴 2군단장은 조영호가 속한 2사단을 추가로 진격시키었다.

    이때 마침 미군 제25사단 병력 일부가 포항비행장을 통하여 입국한 뒤 17독립연대의 진지를 인계받아 화령장과 상주 북서쪽에서 북괴 2사단, 15사단과 전투에 돌입하였다.

    조영호 대대장을 비롯한 북괴 지휘관들은 게릴라전을 병행하면서 손자병법에 나오는 우회기동 그리고 모택동의 16자 전법을 적용하고 기습

작전을 벌여 미군의 혼을 빼어놓고 물밀 듯 밀려와서 미군을 와해시켜 버렸다. 조영호 대대장으로서는 미군과 최초로 전투를 벌인 것이다. 속리산을 넘어 공격한 관계로 그리고 미군의 화력이 우세하여 많은 병사들이 손실되었다.

하지만 결국에는 미군과 국군을 낙동강전선 이남으로 밀어버렸다. 북괴군 제2사단이 상주에 입성한 날짜는 7월 31일, 사변이 일어나고 한 달 일 주일여가 지난 후였다. 조영호는 꿈에 그리던 고향 상주에 입성한다. 미군 25사단은 8월 1일 명에 의해 삼랑진에서 다시 마산으로 이동 명령을 받는다.

이즈음 북괴군의 제일 큰 문제는 병참선이었다. 즉 탄약과 식량, 기타 전투에 필요한 군수품을 미군의 공습으로 인하여 주간에는 차량이나 기차로 운반할 수가 없어서 밤에만 제한적으로 수송하게 되었다.

그리고 전투가 벌어지고 있는 최전선 지역까지는 인력으로 산악을 넘나들면서 등에 짊어지고 행군을 하여 릴레이식으로 마을과 마을 혹은 거점과 거점으로 운반한다. 이렇게 거의 도보 등 인력으로만 군수품을 나르니 적기에 보급하기도 어렵고 보급품의 물량도 현저히 줄어들어 전투 작전을 수행하는 데 많은 제한을 가져오게 되었다.

북괴군 2사단과 연대도 청주와 상주 공략에 많은 병사가 손실되어 김천을 공략하기 전에 부대를 재편성할 필요성도 있고 보급품도 확보하기 위하여 병사들에게 며칠 휴식을 취하도록 하였다. 조영호는 연대장에게 자신의 상황을 이야기하여 며칠간의 휴가를 얻는다.

조영호는 북괴군 정복을 말쑥히 차려입고 운전병을 대동하여 소련제 지프를 타고 집으로 향한다. 그의 가슴은 마치 큰일을 앞둔 어린아이처럼 콩닥콩닥 거린다. 속리산이 인접한 상주 접근지역에서 전투가 있었지만 대부분의 주민들은 피란을 가지 않고 일상을 돌보거나 집에 머물렀다. 이곳 상주에서는 전격적인 전투가 일어나지 않아서 주민들은 아직 전쟁에 대한 실감은 하지 못하고 있다.

집 앞까지는 차가 들어갈 정도의 길이 아니라서 조영호는 마을 어귀 공회당에 차를 세운다. 공회당에 모여 있는 주민들이 모두들 신기한 눈으로 차에서 내려 골목길에 접어드는 조영호를 바라보며 호기심과 의문을 가진다.

훈장을 줄줄이 단 북괴군 정복 양어깨에 소좌 계급장을 떡하니 붙이고 정모를 쓰고 말쑥하게 차려입은 조영호가 누구인지를 아무도 몰라본다. 공회당 주변에서 뛰놀던 마을 조무래기들이 어느새 우르르 몰려들어 신기해한다. 차를 만져보기도 하며 조영호 뒤를 조르르 따른다. 조영호가 집 대문 가까이 왔을 때 모자를 벗으니 그제야 어느 중등학생 한 명이 그를 알아보고 가볍게 소리친다.

"야! 저사람 정호네 큰성 아니가 큰성!"

이에 다른 조무래기들도 "어디 어디?" 하며 조영호를 자세히 살피려 신속하게 따라잡는다. 뒤를 돌아보면서 확인하고 제각각 한 마디씩 한다.

"맞다 맞어! 정호네 큰 성이다."

"맞다아이가! 정호 성님이네, 그치!"

이 말에 따라오던 조영호 동생 두 명이 다가가 묻는다.

"성이 맞제이? 큰 성 아이가?"

약간 의구심을 가지고 반긴다. 조영호는 동생들의 얼굴을 바라보면서 이름을 물어본다. 두 아이를 보니 자신과 많이 닮아 있어 동생이라 직감한다.

"어 너 니 누고? 이름이 뭐꼬? 그리고 니는?"

"에이! 성님이 동생 이름을 몰라도 되나? 안 그렇나?"

동생들이 자신들의 이름을 알려준다. 그랬다. 영호가 집을 떠나기 전에 서너 살 먹은 아이가 이렇게 커버렸으니 그가 모를 수밖에 없다.

"아이쿠 이놈들 잘 크고 있었구나. 많이 컸구나!"

그는 두 동생을 안아준다. 열여덟 살이나 차이가 나니 그럴 수밖에 없다. 이윽고 토방에 올라선 조영호는 방안을 향하여 어머니를 부른다.

"아버지! 어머니!"

그는 신발을 벗고 마루에 올라 문이 열린 방을 살펴본다. 아무도 없다. 방을 나와 부엌으로 들어가 본다. 동생들이 알려준다.

"행님아! 어무니는 뒤안에 있다 아니가!"

다시 뒤 부엌문을 밀고 뒤꼍으로 나간다. 동생들이 주르르 앞서간다. 어머니는 집 뒤꼍에 있는 자그마한 텃밭에서 잡초를 뽑고 있었다. 귀가 어두워서 앞마당과 안방에서 벌어진 조무래기들이 몰려오는 소리와 조영호가 부르는 소리를 듣지 못하였다. 조영호가 다가가 "어머니!" 하고 부르니 그제야 구부렸던 허리를 힘겹게 펴고 일어나며 뒤돌아본다.

이상한 옷을 입은 사람이 서 있지만 분명히 자기 큰자식의 목소리인 젊은이를 순간 멍하니 바라본다.

"어무니 접니다. 영호가 돌아왔습니데이!"

조영호가 또 다시 말하니 그제야 손에 든 호미를 내던지고 말한다.

"아이쿠 이놈아! 니 우리 영호 맞나? 맞어? 이리 바싹 오거레이. 니가 영호 맞제이!"

어머니는 조영호를 두 손으로 안으려다가 멈칫하고 그의 복장을 다시 쓰윽 살펴보더니 손을 벌려 아들을 안는다. 아들은 안고 어머니는 통곡한다. 죽은 줄로만 생각하고 이제는 체념하기 시작한 이때에 큰아들이 살아 돌아왔으니 기쁨은 이루 형용할 수 없을 정도로 크다.

조영호는 어머니 손을 만져보며 어머니를 안아주면서 그만 우시라고 한다. 두 사람이 방으로 들어가 앉자 집에 있던 여러 동생들도 같이 들어와 앉는다.

어머니가 통곡할 때는 어린 동생들도 같이 눈물을 쏟아낸다. 아버지를 비롯한 나머지 식구들은 일을 나가거나 외출하여 아직 집에 들어오지 않았다. 동네 조무래기들은 감히 방에 들어오지 못하고 마루에 줄줄이 앉아서 조영호의 말소리에 귀를 기울인다. 조영호는 아버지를 먼저 찾는다. 아버지는 지금 논에서 피를 뽑고 계실 거라고 한다.

조영호는 지금까지의 경과를 어머니에게 간단히 말씀드렸고 모든 사람들은 조영호의 무용담에 귀를 기울인다. 조영호는 동생들의 소식을 묻는다. 어머니는 바로 밑의 동생 제호가 얼마 전에 국군에 징집되어서 전쟁에 나갔다고 한다. 지금 아마도 대구에서 훈련을 받고 있을 것이라고 한다. 이 말을 들은 조영호의 얼굴이 순간 어두워지고 침울해진다.

동생이 군인이 되었다면 장차 서로 적이 되어 싸울 것이 아닌가? 그는 이 문제를 어떻게 해결할 것인가 고민하기 시작한다. 저녁이 되어 동네 조무래기들은 썰물 빠지듯 모두 집에 가고 일 나가셨던 아버지하고 여러 동생들이 모두 모였다. 실로 몇 년 만이냐!

비록 동생 제호가 빠졌지만 조영호 일가는 마당에 멍석을 깔고 그 위에 평상을 올려 빙 둘러 앉아 저녁을 먹으며 조영호의 무용담에 빠져든다. 수년 만에 먹는 어머니가 해주신 밥이 어디다 비교할 수 없을 정도로 맛있다.

조영호의 이야기를 다 듣고 난 아버지와 어머니 그리고 나이 든 동생들은 국군에 징병된 조제호가 걱정스러워진다. 전쟁이 발발하자마자 며칠 만에 군대에 갔으니 이제 훈련을 받고 조금 있으면 전선에 배치되어 큰아들 영호와 서로 맞서 총을 쏘고 치고받고 전투를 벌일 것 같은 예감이 들어서다.

조영호는 동생 제호의 배치 부대를 아느냐고 물었으나 아무도 모른다고 한다.

다음날 조영호는 숙희를 찾아간다. 그런데 숙희네 집은 텅 비어 있었다. 이웃집에 들어가서 인사를 하고 자신을 소개하니 금방 알아보고 친절히 대해주자 숙희네 집에 대하여 물어본다. 숙희는 시집을 가버렸고 집은 대구로 이사했다고 한다. 그리고 이 집에 다른 사람이 들어오려고 하였지만 전쟁이 일어나 아직 이사 오지 않았다는 것이다.

조영호의 온몸에서 힘이 죽 빠진다. 그리고 순간 다리가 휘청거린다. 자신의 북괴군 소좌 모습을 멋지게 보여주려 한 계획과 꿈이 한순간 허무하게 무너진다.

한편으로는 숙희가 괘씸하기도 하고 도대체 어떤 놈이 나 같은 사람을 제치고 그녀를 차지하고 데려갔을까 생각하니 일종의 오기가 생긴다. 같은 동네에 숙희의 오촌 당숙이 살고 있다는 것을 생각해내고 그 집에 가서 자초지종을 물어본다. 그동안 조영호가 중일전쟁에 참가하고 해방이 되어서도 북한에 남아있던 7년이란 세월이 한순간에 덧없이 흘러버렸다는 것을 그는 망각하고 있었다.

숙희는 조영호가 떠난 후로 열심히 공부하여 그녀가 소망하던 사범학교에 합격하고 졸업 후에는 중등학교 교사가 되어 대구의 한 학교에서 근무하게 된다. 그녀는 처음에 조영호를 기다리겠노라고 마음먹었다. 그러나 해방이 되고 3년이 흘러 그동안 다른 사람은 다 돌아오거나 생사여부가 확인이 되었는데도 조영호만은 소식이 없었다.

　그녀의 집에서는 좋은 혼사처가 나왔으니 시집을 가라고 종용한다. 숙희는 아무소리도 하지 않고 고개만 절레절레 흔들었다. 그러나 그녀가 버티는 데에는 한계가 있었다. 결국 그녀는 조영호가 더 이상 살아있다고 생각되지 않아 해방이 된 지 4년이 지난 어느 가을날 대구의 유력한 젊은이와 혼인하게 된다. 조영호는 그동안의 사연을 듣고 크게 후회한다. 더군다나 그녀가 자신을 기다렸다가 생사를 몰라 시집을 가버렸다는 것을 알고는 가슴을 쥐어뜯고 통곡하고 싶을 따름이다. 그리고 현재의 이 모습이 무엇을 가져다주었는지 생각하니 한숨만 나온다. 일순간 이 제복을 벗어던져 버릴까 하는 충동이 일기도 한다. 그놈의 공산당이 뭣이고 이념이 뭣이며, 북괴 군복과 소좌계급에 미련을 버리지 못한 자신이 한없이 미워진다. 조영호는 대구를 점령하여 그녀를 꼭 찾아보고 만나서 나를 어떻게 생각하느냐고 물어보고 싶다. 그리고 강제로라도 빼앗아 자기 사람으로 만들고 싶다.

　또 동생 제호의 문제가 그의 마음에 걱정거리가 되어 노심초사하게 만든다. 별다른 뾰족한 해결책이 없음을 알고 제호에게 편지를 써서 보내기로 한다. 지금 국군은 몇 주만 있으면 패망하게 될 것이고 남한은 공산화가 될 것이다. 이제 북한 공산당이 이 나라를 다스리게 될 것이니 기회를 봐서 국군에서 탈영하여 자신에게 오거나 혹은 투항을 하라고 쓴다. 그는 제호가 있는 곳을 알면 부치려고 편지를 품속에 넣어둔다.

　조영호는 하는 수 없이 다음날을 기약하고 이번에는 공산당 지역 인민위원회에 북괴군 제2사단 소속 보병대대장이 방문할 것이라고 부관을 통하여 사전 통보한다. 그리고 지역에서 살고 있는 친구들을 불러서 만찬을 하고 그동안 자신이 살아온 경험을 이야기하니 친구들은 대단한 사람이라고 칭찬이 자자하다.

이날 북괴군 소좌 현역 대대장이 방문한다 하니 지역 인민위원들은 난리가 났다. 업무보고 준비하랴 청소하랴 하루 종일 부산을 떤다. 다음 날 조영호 대대장이 부관을 대동하고 지역 인민위원회를 방문하니 지역의 모든 인민위원들은 도열하고 조영호를 영접한다. 그는 브리핑을 받고 세 가지 지시사항을 내린다.

① 시급히 모든 행정을 장악하고 ② 지주의 농토를 압수하여 북한식 토지개혁을 하고 ③ 반동분자를 색출하여 처단하도록 한다. 그는 반동분자의 제1순위는 일제에 협력하고 아부하면서 부를 쌓고 농민들을 수탈한 자, 그리고 같은 민족을 탄압한 자를 말한다고 특별히 지침을 준다.

나흘이 지나 조영호는 군에 다시 합류하고 김천전투에 참가하여 김천을 함락시키고 낙동강을 향하여 전진한다. 그는 빨리 대구를 함락하여 숙희를 만나고 싶었다.

조영호는 그 후로 창녕, 영산지역 전투까지 참가하여 국군과 해외에서 증파된 미군을 압박한다. 그리고 동생 제호가 아직 대구훈련소에 있다는 것을 알아내어, 여러 가지로 궁리한 끝에 대구로 피란 내려가는 사람 중 비교적 젊은 사람을 잡고 반강제적으로 그러나 부드럽게 대하면서 대구에 들어가면 우체국을 찾거나 혹은 훈련소 근처에 가서 편지를 부치도록 한다.

젊은 사람은 전투복을 반듯이 차려입은 북괴군 소좌가 부탁을 하니 몸이 얼어붙어 말도 제대로 못하고 "예 예"라고만 대답하면서 편지를 받아 품속에 고이 넣는다. 그런데 이 편지가 제대로 부쳐졌는지 그리고 제호가 받아보았는지 확인할 길은 없다.

이때 조제호는 대구군사훈련소에서 아주 짧은 기간 동안 기본 제식 훈련, 총기 다루는 방법, 사격하는 방법, 수류탄을 투척하는 방법 등을 간단하게 배운다. 그는 북괴가 대구를 점령하기 위하여 많은 병력을 투입하여 압박을 가하고 있는 다부동(구미와 팔공산 사이 5번 도로상, 대구 북방 직선거리 20여 킬로미터) 전투지역에 배치된다.

다부동 전투에서는 수많은 국군병사들이 사망하였으며 국군은 끝까지 이곳을 사수하여 대구의 함락을 막는다. 한때 대구 가까이서 일진일퇴하며 다가온 북괴군은 시내에까지 포격을 하여 시민들과 피란민들이 공포에 떨기도 한다. 조제호는 이곳 전투에서 용감하게 싸우다 북괴군의 탱크 포격에 피탄되어 전사한다.

비록 형제간의 직접적인 전투는 아니었지만 이들 형제처럼 실제 같은 전선에서 동기간끼리, 친구끼리, 가까운 집안사람들끼리 서로 적이 되어 총부리를 겨누고 총질을 하여 죽인 경우가 수두룩하다. 그런데 그들은 총을 겨냥한 상대가 누군지도 몰랐고 누구일 것이라고 생각도 하지 못했다.

특히 서울과 지방의 주요도시를 함락한 북괴군은 낙동강전선에서 부족한 병력 수를 채우기 위하여 남한 내에서 인간 사냥을 한 수많은 젊은 이를 강제로 군대에 합류시켜 소총 한 자루만을 주고 싸움터로 내몰았다. 만약 이들이 전투에 소극적이거나 반항적인 면이 보이면 독전대가 그런 병사들을 사살하거나 물러나지 말고 전진 돌격하라고 등 뒤에서 총을 쏘아댔다. 뒤로 돌아서면 독전대의 총에 사살되므로 전진할 수밖에 없었고 결국 총알받이로 전선에 투입된 인민의용군 태반이 무엇이 어떻게 되어 가는지 아무것도 모르고 죽어갔다.

이남제의 남진(南進)

오산 죽미령 전투에서 미군을 패퇴시킨 북괴군은 그 여세를 몰아 평택 안성지구, 천안지구, 전의지구, 장항, 군산, 이리, 전주, 임실, 남원, 정읍, 장성, 광주지구, 전투에 참가하여 파죽지세로 남하하고 국군은 이남제가 소속되어 있는 전차부대에 속절없이 무너져버린다.

이남제는 군산, 장항, 이리지구 전투에서 국군의 저항을 가볍게 물리치고 드디어 꿈에 그리던 고향에 입성하게 된다. 그도 연대장으로부터 며칠간의 말미를 얻어 제복을 갖추어 입고 지프를 타고 집에 갔다. 마을 사람들이 공회당에 앉아서 전쟁에 대하여 이야기하고 있다가 인공기가 그려진 한 지프차에서 북괴군 군복을 입은 젊은 사람이 내리자 모두들 목을 쭉 빼고 누구인가 알아내려고 수군수군 댄다.

이런 들판의 촌 동네에 북괴군의 지프가 온 것은 사상 처음이고 무척이나 이례적이라서 온 동네가 들썩인다. 동네 사람 몇 명이 호기심에 그를 따라간다.

이남제는 집 대문에 들어서자마자 큰소리로 "어머니! 어머니!"하고 부른다. 부엌에서 음식준비를 하고 있던 어머니가 헝클어진 머리를 뒤로 쓸며 대답하신다.

"아니 늬귀여 누구?"

어머니가 어두운 부엌에서 나온다. 이남제는 군인답게 딱 차려 자세로 거수경례를 하면서 인사드린다.

"어머니 남제가 왔어요 남제!"

"뭐 남제라고 남제여-어?"

어머니는 이상한 군복을 입고 있는 이남제를 쳐다보면서 믿기지 않는 표정을 지으며 말한다.

"우리 남제가 요상한 옷을 입고 있네. 어여- 어디 봐! 남젠가!"

남제는 모자를 벗고 무릎을 굽혀주며 작아진 어머니를 안는다. 그리고 어머니 볼에 자기 볼을 비빈다. 어머니의 눈에 눈물이 분수처럼 흘러내리고 여인 특유의 넋두리가 절로 나온다. 동네 사람들과 꼬마들이 빙 둘러 선 부엌입구에서 두 사람의 상봉은 그렇게 극적으로 이루어진다. 이남제는 어머니를 방에 모시고 큰절을 드린다. 이때 가까운 친척들이 방에 들어와 같이 인사를 드리고 그동안 자기가 겪어온 이야기를 들려드린다. 모자의 대화는 밤새도록 계속된다.

어머니의 말씀에 의하면 완주와 공덕으로 시집간 두 누나는 아들, 딸을 낳고 잘살고 있으며 그동안 어머니는 혼자서 농사를 지으며 남제가 돌아오기만을 기다리며 살고 있었다. 해방이 되었어도 이남제가 오지 않자 다들 전투를 하다가 죽은 줄로만 생각하였다. 그러나 어머니는 끝까지 아들이 돌아올 것이라고 생각하며 기다렸다.

그동안 주변의 여러 젊은이가 전장에 나갔다가 돌아오기도 하였지만 상당수는 전사통지서 한 장만 달랑 왔다. 그러나 유독 남제만은 아무런 소식이 없어 이것을 이상하다고 생각한 어머니는 남제가 살아서 반드시 집에 오리라 생각하였다. 이남제의 경우 일본군 이 되어 싸우러 간 것은 아니라 독립군이 되어 일본군과 싸우러 중국으로 간다고 하였으니 어디엔가 있고 집에 연락하기가 어려운 상황이라고 생각한다.

그리고 옆 동네 유명하다고 하는 점쟁이에게도 가서 점을 쳐보니 점쟁이는 저승사자가 아직 끌어가지 않았다 하고 이상하게 점괘도 안 나오니 차라리 희망을 가져라 한다. 이에 힘을 얻은 어머니는 매일 정수를 떠놓고 칠성님께 빌고 빌었다.

- 어머니 정안수 -

어둠 깔린 골목길 발끝으로 더듬어
반지 물 항아리 짚 또가리에 올려 이고
모시적삼 여메이며
빛다한 새벽별 헤아리면서
앙금가신 새암물 가득 퍼 붓는다.

수복(壽福) 박힌 하얀 사기그릇으로
정성스레 한 사발 담아내어
큰항아리 장독대에 올려놓고
천지신명 칠성님께 정안수 받쳐 든다.

아린마음 쓰라린 가슴 털어버리고
내 아들 살아오라고 내 자식 꼭 돌아와
이 어미 가슴에 안겨달라고
두 손 모아 허리 굽혀 소원을 빌고 빈다.

지금까지의 고난과 격투에
꿋꿋이 살아 있음은
어머니의 마음이었어라.

이틀이 지난 후 이남제는 면사무소와 지서에 간다. 면사무소와 지서
는 바로 옆에 붙어 있다. 이곳에도 이미 인민위원회가 조직되어 있었다.
인민위원장이라는 사람은 북괴군 소좌 이남제가 사전에 연락도 없이 들
이닥치자 어찌할 줄 모르며 우왕좌왕한다. 이남제는 모든 인민위원이 모
인 자리에서 공산당원이 어떻게 행동해야 하는가에 대하여 강의 비슷하
게 이야기한다.

그는 특히 인민을 괴롭히는 자가 있어서는 안 된다는 것과 모든 사람은 평등하게 태어났으므로 모든 것을 공평하게 나누어먹으며 살아야 한다며 공정한 부의 분배를 강조하였다.

그리고 그도 세 가지 실천사항을 지시한다. 이 세 가지는 그들이 북괴군 대대장이 되었을 때 남한을 점령하면 반드시 실천해야 할 요목이라고 교육을 받고 강조되었던 사안들이다. 일종의 훈시 겸 격려가 끝나고 개인적으로 인민위원장을 불러서 자신의 아버지에 대하여 이야기해 준다.

그러고는 별도의 인원을 배당하여 꼭 경찰이 수사를 하듯이 아버지를 그 지경으로 만든 장본인들을 색출할 것을 지시한다. 일제강점기 아버지의 논을 빼앗는 데 적극적으로 앞장선 공무원과 이를 사주한 관련 공무원, 그리고 자기 아버지를 죽도록 구타한 당시의 경찰지서장과 관련 경찰들을 찾아서 일단 수감한 후 자신에게 알리도록 한다.

면 인민위원장은 그 즉시 관련자들을 잡아들이도록 하고, 과거 경찰을 한 수사계에 있던 자들 세 명과 현 지서장과 차석 그리고 형사 두 명을 별도로 불러 수사하도록 한다.

이 일곱 명에 대해서는 과거 경찰로서 흠이 있더라도 눈감아주기로 한다. 일종의 교환인 셈이다. 일곱 명의 전·현직 경찰은 인민위원장에게 그 언질을 받고 자신들의 약점을 방어하기 위하여 최선을 다하기로 한다.

경찰 경력자 중 한 명은 이남제 아버지가 그 지경이 되었을 때 같은 지서에 근무하였던 사람이다. 그는 그 사건에 관여하지 않고 옆에서 모든 것을 지켜본 사람이었다. 이남제는 며칠의 휴가를 마치고 복귀하여 하동, 진주지역 전투에 합류한다.

9월 초순 북괴가 낙동강 전선에서 숨을 고르며 최후의 공격을 준비하고 있는 기간에 다시 이틀의 여가를 얻은 이남제는 고향에 와서 자신이 지시한 사항을 확인한다. 인민위원장의 지시를 받은 경찰은 수사를 마무리하여 관련자 여섯 명을 붙잡아 경찰서 유치장에 가두어놓고 있었다. 이남제는 그들에게 왜 그랬는지 그 이유를 따지고 싶었다.

　그러나 그들은 이미 수십 년이 흘러 기억이 어렴풋하다며 잘못하였다는 말만 할 뿐 자세하게 이야기하기를 기피하였다. 이남제는 그것이 몹시 못마땅하였다. 자기들이 행한 행동에 대하여 책임지려는 자세는 없고 위기를 모면해보자는 의도가 엿보였다. 이남제는 전선에 복귀하면서 그들을 처리할 것을 지시한다. 강력한 힘을 지닌 인민위원회의 자아비판을 통하여 그들은 모두 대가를 치르게 된다.

성군자의 기다림

성군자 남편 변성훈은 결혼하여 아기가 둘이나 생기게 되자 자기가 살아가야 하는 이유를 깨닫고 더욱 부지런히 일하여 제법 돈을 만지게 된다. 원래 그는 집에서 농사를 짓기 전에는 해방 후 경찰 공채에 합격하여 왕궁지서에서 순사로 몇 년 근무하였다. 그러나 천성이 농부처럼 순수한 그에게는 임기응변과 때로는 권모술수가 필요한 경찰이란 직업이 적성에 맞지 않아 사표를 낸다.

그는 얼마간의 퇴직금과 약간의 농토를 팔아 축산업을 운영하여 그 결실을 보고 있다. 그는 지금까지의 방식대로 논이나 밭을 갈아 거기서 나는 소출에 의지하는 단순한 농사 방식으로는 가난을 헤쳐 나갈 수 없다는 것을 피부로 느끼고 축산을 전문적으로 하는 축산인으로 변신한다.

그는 ○○ 농림학교에서 배운 지식을 최대한 활용하여 축산에 관해서 연구하였다. 그는 장차 소와 돼지를 대대적으로 사육할 것을 생각한다. 이에 관하여 유럽이나 미국의 선진 사육법에 대하여 연구하였다. 그는 연구 결과를 실제 적용하여 몇 년이 지나자 소 십여 두, 돼지 수십 마리, 닭과 오리 수백 마리를 기르는 전문 축산경영인이 된다.

이렇게 나름대로 최선을 다하여 일하며 아기의 재롱을 보고 행복하게 살고 있을 때 전쟁이 터졌다. 상대적으로 야산과 들판이 많은 충청도와 전라북도 지역이 7월 하순 북괴군에 의하여 순식간에 점령당한다. 그리고 지금까지 표면에 드러나지 않았던 불평불만이 가득한 자들의 세상이 되어버린다. 북괴 인민군이 들이닥치자 전부터 잠복해 있던 공산당원들과 평소 이들에게 동정적이었던 빨갱이들이 때를 기다렸다는 듯이 날뛰기 시작한다.

그들은 점령지 여느 지역에서 그러하듯이 팔에 붉은 완장을 차고 돌아다니면서 과거 남한 정부에 충성했던 인사, 재산이 있고 교육받은 사람, 그리고 평소에 악감정을 갖고 있던 사람들을 색출하고 붙잡아다가 「반동분자」라고 낙인을 찍어 투옥시키거나 혹은 인민재판을 통하여 처형시킨다.

물론 실제로 민중을 해친 자들도 일부 포함되어 있다. 이들은 세상이 달라졌다며 온갖 못된 짓을 다하고 다녔다. 그들이 말하는 반동분자의 집에 무조건 들어가 재산을 빼앗고 가축을 잡아먹거나 강간 혹은 납치를 일삼았다.

성군자의 남편은 경찰을 사직한 지 몇 년이 지났지만 꺼림칙하고 마음을 놓을 수 없어 산으로 피신하려던 중에 전직 경찰은 손대지 않는다는 선전 선동을 전해 듣고는 안심하여 그냥 집에 있었다. 성군자는 불안하여 집 걱정은 하지 말고 피신하라고 권하였지만 가정과 가축, 가금이 걱정되어 바로 집을 떠나지 못하던 변성훈은 엉거주춤하고 있다가 결국 체포당하고 만다.

어느 날 밤 인민군과 동네의 빨갱이들이 성군자의 집으로 몰려왔다. 그들은 변성훈을 불러내어 "너 몇 년 전에 경찰질 했었지?"라고 큰소리로 묻고는 막무가내로 끌고 가버렸다. 성군자는 따라가면서 아무 죄 없는 사람을 왜 붙잡아 가느냐고 항의하며 애걸복걸도 해보지만 별 소용이 없다. 이튿날 날이 밝기를 기다렸다가 큰 아이를 시집에 맡기고 젖먹이를 업은 채 남편의 옷가지를 싸가지고 면(面) 인민위원회에 갔다.

면사무소 안에는 팔에 붉은 완장을 찬 인상이 험상궂은 젊은이들이 뭐가 분주한지 왔다 갔다 한다. 성군자는 완장을 차고 나이가 지긋한 인민위원을 붙잡고 인사하며 남편 변성훈을 좀 만나게 해달라고 사정한다.

그러나 그는 성군자를 쳐다보지도 않고 고개 숙인 채 자신의 일만하였다. 하는 수 없이 다시 옆에 있던 다른 사람에게 간곡하게 부탁하였더니 그 사람은 등에 업고 있는 아이를 들여다보더니 자기 남편 변성훈은 전주형무소에 가 있으니 걱정 말고 돌아가라고 하였다.

실망하고 지친 몸으로 집에 돌아와 보니 빨갱이들이 집을 엉망으로 만들어버렸다. 빨갱이들은 가축을 다 잡아가버리고 집안의 쓸모가 있다고 생각되는 물품도 다 가져가버려 집은 폐허처럼 되어 있었다.

빨갱이들은 북괴군이 점령한 기간 중에 범죄라는 범죄는 다 저지르고 다녔다. 자기들이 평소에 아니꼽게 본 사람들은 별의별 이유를 붙여 감옥에 가두고, 반항하거나 바른말을 하면 그대로 살해해버렸다. 살해방식에는 갖가지 잔인한 방법이 다 동원되었으며 가장 잔인한 방식은 대나무로 날카롭게 만든 죽창으로 찔러 죽이는 것이었다.

우물에서 사체를 건져 올리는 장면

그렇게 죽인 사람들이 많으면 우물에 던져버리고 혹시나 살아 나올까봐 그 위에 돌을 던져 쌓았다. 또다시 살해한 사람들을 넣고 돌이나 흙덩이를 넣어 마치 황석어(참조기) 젓갈을 담그듯이 하여 우물 위까지 쌓아 올리는 악행을 저질렀다. 이것은 개인의 원한이나 불평불만을 표출하는 정도를 넘은 "묻지마 살인"이나 "사체유기"와 동일한 것이었다. 그렇게 암흑 같은 한 달여가 흘렀다.

후문에 의하면 이때 빨갱이들이 사람의 인육을 먹었다는 소문도 있고 인육이 생각보다 짜더라는 말도 돌았다. 그렇게 암흑 같은 한 달여가 흘렀다. 어느 날 유엔군이 인천에 상륙하고 서울수복 소식이 있어 면 인민위원회 사무실로 나가보았다. 그렇게 우글대던 빨갱이들은 언제 사라졌는지 썰물처럼 빠져나가버렸고 흔적을 찾을 수 없었다. 성군자처럼 면사무소에 몰려든 사람들에게서 전주형무소의 문이 열렸다는 소문이 들렸다. 이 그 소문을 들은 성군자는 아기를 업고서 전주형무소로 향한다. 전주형무소의 문이 열렸다니 남편을 만날 수 있을 것 같은 생각이 들어 마음이 급하여지고 가슴이 마구 뛰었다.

집에서 전주형무소까지는 70리 길이다. 그녀는 큰아들을 시집에 맡기고 전주형무소 위치를 물어 젖먹이를 등에 업고 아침 일찍 길을 나섰다. 오후 들어 전주형무소에 가까워지자 멀리서 몇 사람이 비실비실 걸어오고 있다. 가까이 접근하여 그들을 바라보니 헙수룩하게 옷을 입고 머리는 길며 얼굴은 수염이 가득하다. 세수를 못하여 검어 보이나 못 먹고 햇빛을 못 보아 창백해 보이는 세 사람이 걸어오고 있다.

순간 성군자는 그들이 전주형무소에서 갓 나오는 사람 같아 보여 가까이 왔을 때 혹시나 해서 제일 앞에 오는 사람에게 묻는다. 다른 두 사람도 가던 발걸음을 멈추고 다가와 성군자의 말에 귀를 기울인다.

"저 안녕하시오 잉? 혹시 전주행무소 짝어서 오시는 질인가요 잉?"

남자는 힘없이 성군자를 쳐다보고 자신의 처지를 생각하는 듯 아기를 업은 그녀를 물끄러미 쳐다보더니 말을 잇는다.

"아 예 긍게로 시방 거그서 오기는 허느만요..."

"그려요 잉! 그렇게로 아자씨도 거기서 있었는 감요?"

"이를테면 그런심지요. 그렇게 조금 아까막시 행무소 문이 열려서 막 나오는 질인듸 아적 못나온 사람들도 있당게요!"

"그럼 혹시 변성훈이라는 사람을 보신 적이 있어요?"

"변성훈! 그런 이름 못 들어 보았는디요." 그는 옆의 동료라 생각되는 두 사람을 바라보며

"어이 자네들 변성훈이라는 이름을 들어보았는가?"

"아니 들어 본적이 없는디!" 두 사람은 고개를 좌우로 내두르며 업은 애기를 보며 불쌍한 듯 성군자를 쳐다본다.

처음 말한 사람이 두 사람을 가리키면서 숨을 한번 크게 들이 쉬고 침을 꼴깍 삼키더니 이어서 말한다.

"어쩌끄 시벽에 인민군 놈들이 문을 열어주자 우리덜이 몰려 나가는 듸 그 짜슥들 그 빨갱이 놈들이 인민군들에게 대들면서 왜 니들이 문을 열어주어 우리의 원수들을 풀어주느냐고 항의하고는 문을 도로 닫아버려서 나를 포함허여 이 두 사람 허고 나머지 여러 사람들은 오늘 아침까장 못 나오고 있었지롸우!

그리고 그놈의 새깽이들이 문 열어주기 3~4일 전부터 밤이 되면 형무소에 갇혀 있는 사람들의 이름을 불러 데려다가 몽둥이로 두들겨 패곤 혔는듸 너무 아파서 울부짖는 소리가 감방에 남아 있는 사람들까지도 몸의 피가 마를 정도였고 그게 바로 지옥 같은 순간이었지롸우! 그러코롬 맞아서 수십 명이 죽어갔고마이롸우."

"하이고 고맙습니다. 지 남편도 전주형무소로 잽혀 갔는듸 얼릉 가 보야 쓰겄구만요."

"그려어 빨랑 가서 찾어보시구려! 살아있어야 헐틴디!"

성군자는 끔찍하고 잔인한 소식을 듣게 되자 남편이 형무소에 살아 있을지도 모른다는 한 가닥 희망마저 사라지는 것 같다. 성군자는 아기를 그대로 업고 급히 형무소로 달려간다.

형무소에 들어서자 광장에는 이미 무수한 사체가 널려 있다. 끌려간 남편, 아들을 찾으려 수많은 가족들이 와서 묵묵히 빙빙 돌며 시체를 찾고 있다. 큰 운동장에 가마니를 깔고 그 위에 시체를 한 구씩 한 구씩 눕혀 놓았다. 손을 뒤로 결박하여 철사나 단단한 끈으로 묶고 몽둥이로 패서 죽은 사체들이라 얼굴이 알아볼 수 없을 정도로 부어 있다.

그래서 입고 있는 옷을 보면서 자신이 찾는 사람인가를 확인하고 있다. 이 장면은 아비규환의 지옥 그대로였다. 성군자도 남편을 찾으려고 수백 구의 사체를 일일이 살펴보았지만 행인지 불행인지 남편을 찾을 수 없었다.

남편이 없기를 바라면서도 한편으로는 만일 죽었다면 시신이라도 찾

아 양지바른 곳에 고이 묻어주리라 생각하였지만 찾는 내내 떨리고 슬퍼서 눈물이 앞을 가린다. 처음 한 바퀴를 돌면서는 남편의 시신을 찾을 수 없었다. 재차 돌면서 행여나 놓치지 않았을까 하여 세밀히 찾아본다.

그렇게 네 바퀴를 돌았는데도 남편의 사체는 그 어디에도 없다. 성군자는 죽은 사람 대열에 없으니 혹

시나 아침에 만난 사람처럼 집에 불쑥 들어올 수도 있다고 생각하였다.

그리고 행여나 어디엔가 살아 있을지도 모른다는 희망을 가지며 집으로 향하였다. 그녀는 돌아오는 길 어느 야산 골짜기를 지나게 될 때에 등골이 오싹하여지는 현장을 목격하였다. 이 야산 계곡에도 공산당들이 도망가면서 죽인 양민들의 사체가 널려 있었다.

성군자는 혹시나 하여 남편을 찾아보았지만 다행히 없었다. 자수하면 무조건 용서한다는 공산당들의 감언이설을 믿고 숨어서 고생하다가 9.28수복 전날 가족들의 권유로 자수하러 갔다가 간악한 빨갱이들의 마수에 걸려 이곳으로 끌려와 참혹하게 몽둥이로 맞아 죽은 시체들이다.

근처에 부러진 몽둥이가 여기저기 널려 있다. 차라리 총살을 했다면 이 같은 고통을 당하지 않고 죽었을 것이라고도 생각해본다. 성군자는 짐승도 아닌 사람으로서 어떻게 이런 끔찍한 만행을 저지를 수 있을까를 생각하니 과거 일본군의 만행이 다시 불현듯 떠오른다.

한편 변성훈은 전주형무소에서 빨갱이들의 감시아래 북쪽으로 끌려가고 있었다. 빨갱이들은 젊은 사람들의 손을 뒤로하여 일렬로 묶어 끌고 간다. 이들은 국군과 미군에 들킬까봐 산악지역인 전주 북쪽 고산, 금산, 계룡산, 공주, 천안 동쪽 그리고 안성, 용인, 광주와 용문산을 통하여 북으로 간다는 계획을 세우고 행군한다.

이들은 중간에 배가 고프면 민가를 습격하여 식량을 약탈하고 반항하면 죽이기도 한다. 거의 2주를 걸은 변성훈은 안성을 넘어 용인, 광주로 향할 때 감시의 눈이 소홀해진 틈을 타 날카로운 바위를 이용하여 손에 묶은 밧줄을 갈아서 풀고는 도망친다. 변성훈 일행 열 명 중 여섯 명이 손에 묶은 줄을 풀었고 나머지 네 명은 손목 뒤에 묶인 줄을 못 풀어 도망가지 못하고 그냥 멍하니 달아나는 동료들의 뒤만 바라보고 있다.

도망자들은 계곡을 따라서 급히 내려갔으나 날카로운 돌투성이라서 속도를 내지 못하고 어정쩡 달아나니 이내 빨갱이들이 눈치를 채고 이들을 추격한다. 빨갱이들은 젊은이들이 대부분이라 이들을 날렵하게 추적하였으며 유효사거리 내에 들어오니 총을 쏘기 시작한다.

도망자 여섯 명 중 세 명은 이들이 발사한 총에 맞고 걸음걸이가 느려졌으나 변성훈은 악착같이 그대로 속도를 내면서 도망한다. 그런데 계곡이 좌측으로 원처럼 휘어 돌아가기에 산언덕 중간에 있던 빨갱이 세 명이 가까운 가파른 길로 우회하여 먼저 내려와서 변성훈과 도망자 두 명을 기다리고 있었다.

세 사람은 깜짝 놀라서 돌을 주워 던져 반항하며 그들이 내려온 반대방향 산으로 도주하려 했으나 빨갱이들이 더 빠르다. 빨갱이는 총을 쏘아서 세 사람을 그대로 사살해버린다. 그러잖아도 끌고 가기에 부담을 느낀 빨갱이들은 중간에 붙잡힌 도망자들을 소총으로 모두 사살해버리고 이름 모를 계곡의 나무 숲 사이에 버린다.

이런 사실을 알 수 없는 성군자는 남편이 돌아오기를 기다리며 아이들과 함께 평생을 힘들게 살게 된다. 그녀는 이전에도 없었고 앞으로도 없을 공전절후의 파란만장한 삶을 이어가게 된다. 신(神)도 때로는 불공평할 수 있다는 것을 증명하는 중이다.

북으로 끌려가는 사람들

235

김장진의 부역

한편, 김장진은 농촌진흥청에 다니며 곡물수확증대에 대하여 연구하고 있었다. 특히 보릿고개가 문제였다. 많은 가난한 사람들이 보리가 나기 전인 4~5월엔 식량이 바닥나 먹을 것이 없어 초근목피로 생계를 유지하는 경우가 많아 어떻게 하면 이를 극복할 수 있을까 고민하고 있었다.

그는 두 가지 식량증산과 대체식량에 대하여 연구하고 있었다. 특히 대체식량에 대하여 연구를 집중하여 조금만 더 경과하면 좋은 결과를 도출할 수 있을 것으로 생각되는 시기에 전쟁이 터진 것이다.

한 달 후에나 북괴군은 그가 사는 고장에 쇄도하지만 정규군이 문제가 아니라 불순분자들 즉 빨갱이가 문제가 되었다. 이 지역에서도 국군의 저항이 거의 없이 북괴군이 들어오자 지역인민위원회가 면, 군, 시, 도 단위로 구성된다.

김장진은 자신이 지금까지 살아오면서 잘못한 것이 하나도 없을뿐더러 오히려 떳떳한 위치에 있다고 생각하여 피란가지 않고 출근을 계속한다. 그러나 어느 날 집에서 저녁 식사를 하고 있는데 인민위원이란 사람들이 빨간 완장을 차고 들어와 다짜고짜 김장진을 연행하여 간다. 집 안사람들은 아연실색하여 물어본다.

"매접시(아무런 이유도 없이) 왜 데려가는 거여?"

"뭣 땜시 그려어?"

"인민을 위하여 봉사를 허야쓰께로 가야쓰겄구만 잉!"

애매한 말만 하고 손을 결박하여 끌고 간다. 김장진은 그날 밤 군 위원회에 끌려갔으며 군 인민위원회는 인민군을 위하여 그에게 노무자로 부역하라고 부역명령을 내린다.

빨갱이들은 김장진의 과거 행적이나 그 집안의 과실을 찾으려 하지만 찾을 수 없었다. 그래서 인민재판에 회부되지 않고 부역자로 강제 노역을 하게 된다. 김장진이 끌려온 것은 오랜 기간 김장진의 집에서 큰머슴살이를 했던 자의 아들 석구의 신고에 의하여 꾸며진 일이다.

김장진보다 세 살 어린 석구는 평소 김장진을 친형 이상으로 굉장히 따랐다. 전쟁이 나기 전 그는 목포항 부두에서 단순노동을 하고 있었다. 그는 성인이 되면서 자신의 출생에 대하여 회의를 품기 시작하고 음성적으로 돌아다니는 공산주의 사상을 접하게 되면서 반 사회주의적인 성향을 가지게 되었다.

그는 평소에 생각하기를 작금 이 사회는 뭔가 한번 뒤집어져야 한다, 즉 혁명이 필요하다고 친구들 앞에서 공공연히 이야기하였다. 하지만 그는 공산당에 직접 가입하지는 않았다.

그러다가 북괴군이 진주하자 인민위원회의 일원이 되어 평소에 시샘한 김장진을 신고하여 결국 노역하게 만든 것이다. 한편으로 석구는 김장진이 인민재판에 회부되는 것을 막기도 한다. 인민재판에 걸리면 최소한 백 대의 태형에 처해지므로 석구는 결사코 반대하여 다른 일반 젊은 사람들처럼 부역하도록 한 것이다. 석구는 이것이 다 자기 덕이라고 생각하고 김장진을 만나자마자 자기의 공을 은근히 내세우려 한다.

"성님은 낭중으 한턱을 내야쓰겄구마이라 잉?"

"왜?"

"참 성님도 어지간히 세상물정을 몰라버리고만잉! 이 석구 아니었으면 성님은 벌써 인민재판에 회부되야서 거의 반죽음이 되았지롸우 잉!"

"알겄다 고맙다 석구야 잉! 내가 낭중으 니 덕을 봤다고 동네방네 다 야그해줄팅게로 그렁게로 나를 부역어서도 빼내줄 수 없겄냐?"

"아따 그 정도혔으면 잘헌 것인디 성님은 참말로 고것까지도 빠질라고 그라시우 잉! 쪼깨 기다려보쇼 잉! 내가 기별을 헐팅게로."

그 이후로 석구의 모습은 보이지 않고 김장진은 끝내 부역 일을 하게 된다. 석구의 힘이 거기까지는 미치지 못한 것이다. 이곳에서도 많은 친일파나 악덕 고리업자 고위직 정부요원 등은 인민재판에 의하여 학살되었고 별다른 흠이 없는 양민들은 북괴군의 보급품을 나르는 부역자로 만든다.

국군과 북괴군 사이의 전선은 점차 동쪽으로 이동하여 이제는 섬진강과 지리산 너머에 형성되어 이곳에서 공출된 식량과 여러 보급품을 전선으로 날라주고, 북에서 철로를 통하여 운반된 보급품 또한 이들 부역자의 손에 의하여 전달되어야 한다.

부역자들은 구례, 남원 그리고 순천역에서부터 북괴군이 필요한 물품을 직접 전선에 나르기 시작한다. 남부지방의 철로는 전라선이 이리에서 순천까지, 경전선 서쪽 부분은 광주에서 순천까지만 연결되어 있다. 동쪽 구간은 진주에서 삼랑진까지 연결되어 순천에서 섬진강을 건너 진주까지는 철로도 도로도 연결이 되어 있지 않다.

따라서 섬진강 동쪽 진주와 마산지역에서 싸우고 있는 북괴군의 모든 보급은 인력에 의존해야 한다. 북괴군은 밤새 화물차로 전선에 가까운 역인 순천이나 구례까지 보급품을 운반하여 주로 밤에 다시 최전선으로 부역자를 이용하여 그 보급품을 나르게 하였다. 북괴는 전쟁을 수행하기 위하여 대부분의 보급품을 이런 방식으로 나르곤 하였다.

그 사유는 제공권의 문제였다. 낮에는 미군 전투기의 공습으로 화물열차나 트럭을 운행할 수 없어 공중공격을 피하기 위하여 밤에 주로 운행하였다. 미군의 집요한 공중폭격과 화물열차에 대한 정밀한 공격은 북괴군으로 하여금 아예 작전의 개념을 바꾸게 만들었다.

기차가 다니지 않거나 도로가 연결되지 않은 지역으로 보급품을 나르는 일은 북괴군의 큰 과제였으며 이를 해결하기 위하여 많은 지역민들을 동원하여 릴레이식으로 날랐다.

이로 인하여 현지에서 조달할 수 있는 품목을 가능한 한 늘린다. 그리고 꼭 필요하지만 현지에서 조달할 수 없고 북한지역으로부터 직접 날라야 하는 전차나 자주포, 곡사포 등의 각종 탄약과 수리부품, 유류, 전쟁에 필수적인 소련과 중공으로부터 직접 지원받은 물품 등은 사람이 직접 나르게 하였다.

보통은 북괴군 병사 한 명당 대여섯 명의 부역자를 편조하여 부역자들이 등에 지게나 지거나 짐을 들게 하였다. 그리고 몇 명의 병사들이 앞과 중간, 뒤에서 이끌거나 감시하면서 하룻밤에 몇 십리 길을 나르도록 하였다.

이들은 주로 군(郡)과 군 사이에서 교대를 하고 다시 원지점으로 가서 다른 보급품을 나르는 일을 하였다. 산악지형인 경우 미군 비행기의 폭격을 피할 수 있을 때에는 낮에도 계속 교대하여 나르게 하였다.

김장진이 배정된 지역은 구례와 순천에서 지리산 남단을 타고 산청과 마산, 진주로 가는 보급선에 투입되었다. 김장진은 동료와 함께 하루에 두덩이의 주먹밥을 먹고, 잠은 대부분 산속 동굴이나 혹은 낮에 쉴 때는 움막집에서 잤다. 한 조의 편성은 대략 부역자가 40~50명이고 감시 인민군은 1개 분대 10명이었다.

행군 대열은 인민군 서너 명과 길잡이가 앞장서서 가고 10명 단위로 짐꾼이 가면서 그 사이 사이 한 명씩 감시병을 배치하였다. 행군 대열 마지막에도 인민군 두서너 명이 몰고 가는 형식이다.

행군은 50분 걷고 10분 휴식을 반복하며 목적지까지 밤새 걸어가는 경우가 허다하였다. 김장진이 처음 등에 짊어진 물품은 기관총용 탄알이었다. 쇠로 만들어진 탄통에 총알이 담겼을 것이라고 생각되는 무거운 통은 무게만 하여도 근 15킬로그램에 달할 것으로 추정된다.

김장진은 이 탄통 두 개를 끈으로 단단히 묶어 등에 짊어진다. 등이 휘청한다. 김장진은 농부였지만 사실 지게 한번 제대로 져보지 않은 사람이기에 이 정도의 무게인데도 한마디로 힘에 부친다. 그런데 가장 큰 문제점은 탄통이 어깨와 등에 착 달라붙지 않고 제멋대로 흔들거려 등을 치게 되니 몇 시간이 지나지 않아 등껍질이 벗겨져버린다는 것이다. 처음에는 까졌다는 것을 몰랐다. 어딘가 모르게 쓰라려오기 시작하여 쉬는 시간에 동료에게 살펴보라고 하였다.

동료의 말에 의하면 상처부위는 완전히 껍질이 벗겨져 벌겋게 되어 일부 피가 성겼다고 한다. 김장진은 동료들에게 어떻게 하면 되겠느냐고 물어본다. 시골에서 농사일과 지게에 이골이 난 사람이 알려주기를 행군 중간에 마을에 들어가면 가마니 조각을 얻어 등에 두 겹으로 덧대라고 한다.

아마도 열흘 정도 일하면 짐을 짊어지는 요령과 리듬감이 생길 것이고 그러면 나중에는 이 짐이 지금보다 훨씬 가볍게 느끼어질 것이라고 한다. 비가 올 때면 산이 미끄러워 계곡으로 굴러 떨어져 부상을 당하는 대원도 발생하였다. 하지만 김장진은 이미 일본군과 독립군 시절 행군에 대한 경험을 하였고 생사의 갈림길에서 헤쳐 나온 역전의 용사였다.

이 정도의 부역과 난관은 중국에서 생사를 넘나들 일을 생각하면 아무것도 아니다. 단지 짐을 짊어진 경험만 없을 뿐이어서 의외로 적응을 잘한다. 김장진은 중국에서처럼 탈출을 생각해보지만 북괴군이 워낙 철저히 지키고 있어 기회만 엿보고 있는 중이다.

전투는 막바지에 이른 듯하였으나 한시도 쉴 수 없이 부역을 시키더니 보급물량이 현저히 줄어들었는지 9월 하순에 접어들어서는 뜸해지기 시작한다. 하루는 보급품을 나르고 돌아오던 중에 지리산 정상이 바로 북쪽에 보이는 지역에 도착하자 휴식시간이 되지도 않았는데 갑자기 북괴군 고참 병사가 휴식하러 한군데에 모이라고 한다.

50명 정도의 부역꾼들이 꾸역꾸역 모두 모여들자 갑자기 10명의 북괴군이 빙 둘러서서 등에 메었던 따발총을 내리더니 무차별 사격을 가한다. 김장진을 포함한 모든 부역자들은 현장에서 반항도 제대로 한번 하지 못하고 사살된다. 북괴군은 혹시 살아있는 사람이 있을 것으로 생각하여 한 사람 한 사람씩 확인 사살하고서 훌쩍 떠나버린다.

이들이 짐꾼들을 사살하고 떠난 날짜는 인천 상륙작전이 성공하고 서울수복이 사실화된 9월 25일이었다. 스물여섯 젊은 나이에 지리산 자락에 육신이 던져진 김장진, 총알이 심장을 관통하면서 그는 고통보다 후련함을 느끼었다. 이어진 확인사격은 그를 영원히 하늘나라에 올려 보냈다.

이렇듯 김장진처럼 북괴군에 부역한 사람들은 부역을 시킨 북괴군 당사자나 부화뇌동한 빨갱이들에 의하여 대부분 사살되거나 북으로 끌려갔다. 재수가 좋아 간신히 탈출하였거나 살아났다 하더라도 다시 국군이나 미군 그리고 경찰에 의하여 북괴군에 협력하고 부역한 자라는 낙인이 찍혀 학살당한 사람이 부지기수였다.

빨갱이가 민간인을 학살하고 떠나간 자리

낙동강 전선과 북괴군 소좌 조영호

8월 공세가 좌절된 지 대략 10여 일 후에 북괴군 총사령관 김책은 또다시 마산지구, 낙동강 돌출부와 대구 정면, 경주 화랑지역에서 동시공격을 계획한다. 이때 4개 사단 총 2만 9천 명을 투입한다. 북괴군 제4사단은 제1차 남지전투(=박진전투, 8월 6~19일)에서 다리를 건너 미군과 한국군을 공격하여 창녕 서쪽지역을 점령하였다. 그러나 미8군 사령관 워커 중장은 마지막까지 보물처럼 아껴온 미8군 예비인 미 제1해병여단 제5해병연대를 제24사단에 배속시켜 반격을 개시하였다.

19일 아침 마침내 낙동강 돌출부에 대한 북괴군 소탕작전을 끝내고 북괴군을 다시 낙동강 서부로 몰아냈다. 이때 북괴군 4사단은 막대한 사상자를 내고 사단으로서의 기능을 상실하였다. 이에 북괴군은 9월 총공세를 실행하기 위하여 4개 사단(2, 4, 9, 10)으로부터 2,900명을 보충하여 재편성하고 공격을 준비한다. 북괴군은 8월 26일 박진나루에 부교를 설치하고 26대의 전차를 앞세워 공격을 시도하여 다시 전투가 벌어지는데 이를 남지지구 제2차 전투 9월 공세라 한다.

조영호가 소속된 북괴 2사단의 일부 병력도 4사단을 도와 낙동강을 도하하려고 여러 가지 방법을 동원하여 시도한다. 먼저 주민들의 모든 배를 징발한다. 산에서 나무를 베어오고 드럼통 등 물에 뜰 수 있는 모든 물건을 가져와 수천 명의 보병과 전차가 강을 건널 수 있도록 뗏목을 만들며 사전 준비를 한다.

8월 26일 모든 준비가 완료된 북괴군은 날이 저물자 깜깜한 밤에 가능한 한 소리를 내지 않고 부교를 설치하기 시작하여 자정이 넘어서야 완성된다. 북괴군은 이 부교를 이용하거나 일부는 뗏목과 배를 탔다. 그리고 가뭄으로 물이 크게 불어나지 않은 강을 맨몸으로 건너서 공격하기 시작한다.

하지만 일부 병력이 강을 건너 교두보를 형성하려 하자 미군이 장갑차를 이용하여 공격해오고 병력과 무기의 열세로 일부 전·사상자를 남기고 부득불 퇴각한다.

남지 전투 요도

북괴 사단 사령부에서는 작전 실패의 원인을 미군이 도하할 지점을 미리 알고 대비하였으며, 도하지점이 적어 미군의 방어 전력이 병력을 집중하여 공격하였기 때문이라고 판단한다.

따라서 다음 작전은 도하지점을 늘리고 양동작전을 실시하며 전차를 먼저 투입하여 적을 초격에 붕괴시키기로 한다. 5일간 준비한 후 8월 31일 밤부터 부교를 놓기 시작한다. 4개 중대 특공대를 선발하여 직접 헤엄쳐서 강을 건너게 한다. 이들로 하여금 교두보를 확보하여 후속으로 보병이 건너갈 수 있도록 전차가 지역방어 하도록 한다.

물론 이번 작전에는 양동작전을 실시하여 미군이 자신들의 주력부대가 어디로 도강하는지 모르도록 하였다. 밤 11시가 조금 넘어 부교가 연결되자 북괴군은 3,000명 정도의 보병과 전차를 박진나루 등 여러 나루와 강을 통하여 기습 도하를 시도, 성공한다.

북괴군은 미 제2사단의 10킬로미터에 이르는 전선과 진지를 순식간에 돌파한다. 그리고 미군이 지키고 있는 클로버 고지 등을 점령하고 연이어 영산과 창녕까지 진출한다. 이때까지 피란을 가지 않았던 영산, 도천, 계성, 창녕 북부지방의 주민이 피란을 가게 된다. 이렇게 북괴의 관심사였던 주요 고지가 북괴군의 수중에 들어간다.

9월 3일 9시경 조영호가 속해 있는 사단은 밀양 통로를 돌파하려 시도한다. 조영호 보병대대가 선봉에 서서 전진한다. 어서 빨리 대구를 공략하여 점령하지 못한 남한 땅을 모두 해방시키고 사랑하는 숙희를 만나보고 싶다.

그는 혼신을 다하여 대대를 지휘하였으며 지금까지 낙동강을 건너 성공리에 교두보를 만들고 이제 밀양을 통하여 남쪽에서 대구로 진입하고자 시도한다. 그런데 문제가 생겼다. 자신의 생각으로는 현풍에 대치하고 있는 나머지 1개 사단도 협공하여 밀양방면으로 공격한다면 밀양은 큰 문제없이 점령될 것 같은데 사령부는 다른 사연이 있는지 주춤하고 있다. 그 사이에 미 해병 제5연대의 증원군이 도착하여 조영호 소좌의 대대는 미군의 반격에 주춤한다.

설상가상으로 미군의 공중공세가 점점 치열해져 낮에는 아예 꼼짝하지 못할 정도이고 밤에도 불꽃을 훤히 밝혀가며 괴롭히고 있다. 조영호는 공중공세가 있는 낮 동안에는 산악지역에 숨어 있다가 밤에 공세를 취한다.

저녁이 되어 조영호가 영취산을 넘어 밀양을 공격하려 영산을 막 지나 영취산(791미터)을 향하는 골짜기 개활지에 있을 때 미군 전투기가 선회하더니 공중공격을 시작한다. 미군 전투기는 수십 발의 조명탄을 쏘아 주변을 대낮처럼 밝히더니 전투기 몇 대가 교대로 와서 폭격을 가하고 기관총을 난사한다.

대대장 조영호 소좌는 전 대대원에게 대피하라고 소리쳤으나 개활지라서 피할 곳은 밭이나 논두렁 정도다. 조영호도 논두렁 옆에 있는 작은 도랑 사이에 몸을 던져 엎드린다. 미군의 맹렬한 2,000파운드 고폭탄 수백여 발이 조영호 대대가 있는 지역에 마치 너희들 숨은 곳을 알고 있다는 듯이 머리 위에 떨어진다.

미군 전투기는 한 편대가 공격하고 이탈하면 또 다른 편대가 공격하여 거의 두어 시간을 맹폭격한다. 그리고 미군 포병의 공격이 이어진다. 노심초사하고 있는 조영호가 귀를 막고 엎드려 있을 때 도랑이 연결된 지점에 벼락 치는 소리가 난다.

강렬한 폭파구가 생기며 뭔가 섬뜩한 느낌을 받는다. 마치 천근만근의 무게가 일순간에 가슴에 몰아치듯 한다.

그러고는 몸을 전혀 움직일 수 없고 갑자기 머릿속이 하얗게 되지만 의식은 오히려 뚜렷해진다. 포격은 계속된다. 얼마간의 시간이 지나자 조영호는 서서히 의식이 없어지고 힘이 빠지고 있다는 것을 느낀다. 조영호가 쓰러져 있는 땅의 표면은 가슴의 상처에서 흘러나온 피로 흥건하다.

하얀 머릿속에 갑자기 그림이 그려지기 시작한다. 동생들과 아버지, 어머니의 얼굴이 큼지막하게 그려진 뒤 사라지고 연이어 숙희가 웃으면서 다가오다가 조영호가 다가가니 이번에는 자꾸만 멀리 달아난다. 집 뒷동산에 분홍빛 진달래가 여기저기 가득 피어있다. 한껏 뽐내고 피던 개나리는 이제 꽃망울이 시들어 문득 일어나는 바람에 우수수 떨어진다. 진달래는 선분홍 핏빛으로 변하고 떨어진 개나리는 검붉은 색으로 물들어버린다.

세 전우 운명의 길

　천영화는 다행스럽게도 마포구 인민위원장인 옛 전우의 도움을 받아 밥은 굶지 않고 살고 있었다. 하지만 주방장으로 취직된 음식점이 문을 닫아야 할 처지에 놓인다. 일단 손님이 줄어들었고 밥 지을 쌀을 더 이상 수급할 수가 없었기 때문이다. 그리고 집에도 그동안 비축하였던 식량이 바닥나서 식량을 필히 구해야만 한다. 식당주인과 함께 마포시장에 나간 천영화는 뛰어오른 쌀 가격을 보고 깜짝 놀란다.

　자신의 월급으로는 겨우 쌀 한 말밖에 살 수 없으며 그마저도 물량이 부족하여 돈이 있어도 더 이상 살 수 없다. 한 사람에게 많은 쌀을 팔지도 않는다. 식당주인도 놀라서 자신이 먹을 것만 조금 산다. 앞으로 식당을 운영할 수 없다고 판단하고 천영화에게 의견을 묻는다. 천영화도 식당주인의 의견에 동의한다. 만약 이 쌀 가격으로 장사를 한다면 음식 가격을 지금보다 세 배나 올려야 할 것인데 노동자들이 사먹지 않을 것이라 생각한 것이다.

　곡물가격이 이처럼 뛰어오른 것은 북괴군이 식량조달을 위하여 지역 인민위원회에서 개인이나 쌀가게가 소유하고 있던 곡물을 뒤져서 무조건 80퍼센트 정도를 몰수하였기 때문이다. 그리고 산지에서 쌀이 서울로 계속 올라와야 하는데 전시라서 수송수단이 제한되어 있고 산지에서도 보유한 곡물을 이미 다 내어놓은 상태라 더 이상 서울이나 대도시로 올라올 물량 자체가 없었다.

설혹 올라올 쌀이 있다고 하더라도 미군 전투기의 공격으로 서울까지 올라오기가 더디고 어려웠다. 계절은 가을 초입이어서 두 달 정도나 더 지나야 햇곡식이 나온다. 일종의 보릿고개처럼 추곤민(秋困民) 기간이어서 식량을 구하기가 그렇게 어려운 것이다.

천영화는 인민위원장을 찾아가 도움을 청해보기로 한다. 친구가 찾아오니 반갑게 맞은 김기열은 천영화의 이야기를 듣고 위원들에게 식량 사정을 들어보고는 최대한 지원해주라고 한다. 그러나 부하들은 겨우 쌀 한 가마만 내줄 수 있다고 한다. 천영화는 자신이 일하고 있는 식당은 막 일꾼 노동자들이 한술씩 먹는 국밥을 팔고 있으므로 식당이 문을 닫으면 많은 노동자들이 밥을 굶어야 한다, 그러니 굶은 노동자들은 더 이상 노동을 할 수 없어 여러 가지 일을 진행하는 데 영향을 미칠 것이다, 또한 상당수의 인민위원들도 자신의 식당에서 먹는다는 사실 등을 이야기한다.

이 식당은 콩나물국밥과 돼지국밥을 팔고 값도 싸서 일일 노동자들에게는 최고의 식당이었다. 더불어 상당수의 인민위원들도 자주 와서 끼니를 해결하고 있었다. 김기열은 다시 지시하여 여유분을 확보해주도록 하였으나 합하여 세 가마니밖에 마련하지 못한다.

이 정도 양이면 겨우 일주일에서 열흘밖에 지탱하지 못할 식량이다. 그래서 천영화는 식당주인과 함께 다시 시장에 간다. 잡곡을 사서 쌀에 섞어 넣어 잡곡밥을 팔기로 한다. 잡곡 역시 가격이 많이 올랐고 구하기도 어려웠으나 지금은 물량확보가 문제라서 일단은 3주 정도 운영할 식량을 마련한다.

이렇게 근근이 지내고 있는데 9월 16일이 되니 이상한 소문이 떠돌기 시작한다. 미군이 인천에 들어와서 북괴군과 치열한 공방을 전개하고 있다는 것이다. 천영화는 과거 자신의 경험으로 현 상황을 머릿속에 그릴 수 있었다. 당시 조선 사람들이 난공불락이라고 여겼던 거대한 일본을 쓰러뜨린 미군이 아니던가?

자신은 얼마 전까지 미군과 직접 접촉하고 그들과 근무를 해보아서 미군들의 실력을 잘 알고 있다. 그렇다면 북괴군은 이제 머지않아 패배를 맛볼 것이고 패주할 것이 자명할 것이다.

이러할 즈음, 9월 20일 이후 인민위원들의 행동이 이상해진다. 지금까지는 나이든 자에 대해서는 별로 억압하지 않았는데 이제는 성별과 나이를 불문하고 지식인이라고 생각되는 사람들을 다 잡아들이고 있다.

예를 들어 교수, 과학자, 예술가, 소설가, 음악가 등 명성이 있다고 생각되는 사람들을 다 잡아들여서 그중에 반동분자로 판단되는 사람은 인민재판에 넘겨서 처형해버린다. 인민재판에 회부되지 않은 사람도 감옥에 가두어 서대문 형무소나 경찰서 유치장은 이런 식으로 투옥된 사람들로 이제 만원을 이룬다.

천영화는 시국이 수상하다고 판단하고 식당주인과 상의하여 식당문을 닫고 숨어 지내는 것이 좋겠다는 의견일치를 본다. 그래서 9월 23일 이후로는 집에 숨어 전처럼 토굴 속에서 거의 24시간을 보낸다.

이렇게 이틀을 보내니 가까운 곳에서 총소리가 들리고 전투기 폭격, 곡사포 포격 소리가 들려온다. 천영화는 어머니와 동생을 지하실에 내려와 숨어 있도록 한다.

9월 25일 아침 밤새 폭격 소리가 끊이질 않더니 귀청을 찢어버릴 포소리가 작렬한다. 모두들 깜짝 놀라 몸을 움츠렸고 공포에 떤다. 이어서 조금 먼 곳에서 또다시 우지끈 소리가 난다. 한 시간여가 지나 잠잠해지자 동생에게 나가보라고 하니 오십여 미터도 떨어지지 않은 이웃집이 포탄을 맞아 완전히 부서져버렸다는 것이다. 그리고 마포 중심가에 있는 여러 채의 집이 불에 타고 있고 주변으로 번지고 있다고 한다.

불을 끄려는 소방차 소리가 들릴 까닭이 없으며 그저 포탄 떨어지는 소리만이 정적을 찢어놓고 있을 따름이다. 천영화가 생각할 때 이웃집에 포탄이 떨어진 것은 분명한 오발탄이었다.

9월 25일 북괴군은 각 지역 인민위원회에 특별지령을 내린다.「모든 공산당원은 서울에서 철수하라, 그동안 체포한 유력인사들은 북송하라」라는 내용이다.

김기열과 배정욱은 인민위원들에게 철수준비를 하도록 명령을 내린다. 그리고 처신을 어떻게 할 것인가 잠시 생각하더니 더 이상 이곳에서 살 수 없다고 판단한다. 그들은 인민위원들을 시키어 각 지서와 경찰서에 갇혀있는 인사들을 포박하여 끌고 가도록 명령한다. 만약에 반항을 한다거나 도망을 치면 모두 사살하도록 한다.

마포지역에서만 체포된 사람이 백여 명이나 되었다. 인민위원장은 사람들을 한 사람씩 두 손을 뒤로 묶은 다음 긴 줄로 10명씩 꾸러미 꿰듯 묶어 각기 세 명의 인민위원이 붙어 끌고 가게 한다. 그리고 인민위원장은 몰수한 차량에 식량과 물, 간단한 조리기구를 싣고 그 뒤를 따라가고 있다.

이들이 3일을 걸어 개성 근처에 도달했을 때 북괴군이 격렬하게 저항한 서울은 다시 유엔군의 깃발아래 놓이게 된다. 김기열과 배정욱은 행군속도를 늦출 수 없다. 제공권을 확실히 장악한 미군 전투기의 폭격으로 이제는 도로를 따라 못 올라가고 산길을 따라 주로 밤에 걸어야 한다.

인민위원들은 끌려가는 사람 중에 일부 젊은이들의 손을 풀어주고 가져온 식량과 밥 지을 도구를 들고 행군에 따르도록 한다. 이렇게 북으로 행군하던 중에 퇴각하는 북괴 인민군과 같이 행군할 때도 있었다. 김기열과 배정욱은 인민군을 따라가면 쉽사리 평양으로 갈 수 있을 것 같아 가능하다면 퇴각하는 군대의 후미에 붙어 따라간다. 행군 대열이 개성을 넘어 금천과 서흥 부근에 이르자 인민군은 퇴각을 멈추고 산악을 의지하여 반격준비를 한다.

민간인 납치자 행렬은 이들 마포와 종로 위원장을 비롯한 인민위원들이 끌고 가는 행렬이 다가 아니다. 남한의 점령지 전역에서 북괴군의 패주가 시작되자 동시다발적으로 괴수 김일성의 지령에 의하여 수많은 사람들이 소위 빨갱이와 인민군에 의하여 한반도의 모든 산악지역을 넘어 동시에 끌려가고 있는 것이다.

김기열과 배정욱은 사리원을 넘자 이제는 미군의 포격이 이곳까지는 있을 것으로 생각지 않아 낮에는 걷고 밤에 잠을 자는 것으로 바꾼다. 그런데 이것이 크나큰 오판이 되어버린다. 일행이 사리원을 넘어 평야지대를 걸어가자 어떻게 알고 왔는지 미군 전투기가 공격한다. 행렬에 동참한 인민군 몇 명과 총을 가진 인민위원이 전투기에 대고 대응 사격을 하였지만 이것은 조족지혈이다. 전투기의 거친 폭격으로 끌고 가는 자와 끌려가는 자들 다수가 죽거나 큰 부상을 입는다.

김기열과 배정욱도 중상은 아니지만 계속 걸어가는 데 지장을 받을 정도로 부상을 입는다. 이런 폭격의 틈바구니에서 수십 명의 포로가 도망친다. 한 시간이 지나 전투기가 가버리자 살아있는 인민군과 위원들이 모든 포로들은 일어나라고 소리친다. 그런데 이때 다시 전투기가 돌아와서 공격하여 더욱 아수라장이 되어버리는 혼란이 일어난다. 끌려가던 사람들은 모두 포박을 풀고 이곳저곳에 굴곡진 지형을 이용하여 몸을 던지듯이 엎드린다.

이윽고 폭격이 끝나자 모두 눈치를 보며 일어난다. 인민군과 위원들 일부가 총을 떨어뜨리며 죽거나 중상을 입는다. 이에 끌려가던 포로들이 그 총을 주워 사용할 수가 있게 된다. 이제는 전세가 역전된다. 포로들은 수적 우세를 이용하여 모든 인민군과 위원을 제압해버린다.

김기열과 배정욱은 이번에는 포로들 앞에 끌려가는 정반대 입장이 되어버린다. 포로들은 저놈들 사람도 아닌 놈들, 모두 죽여버리자고 이구동성으로 말한다. 반대하는 사람이 하나도 없어 인민군과 위원 그리고 지역 인민위원장이던 김기열, 배정욱은 끌려간 민중들에게 일종의 인민재판에 의하여 사살된다. 사살되기 전 두 사람은 비로소 자신들의 행동과 사상에 대하여 잠깐이나마 후회한다.

9월 28일 수도 서울이 미군의 맹공에 의하여 북괴군의 공포통치에서 벗어나게 된다. 굴속에서 라디오를 듣고 있던 천영화는 굴을 나와 어머니와 동생에게 알리고 마포시내와 연이어 서대문, 서울역 그리고 중앙청 방향으로 나가본다. 시내의 모든 건물은 폐허가 되다시피 부서져 그동안의 얼마나 전투가 극렬하였는지 확연히 보여주고 있다.

자신도 과거 군대에서 전투를 하였지만은 이렇게 참혹하게 변해버릴지는 전혀 상상하지 못하였다. 시간이 얼마간 지나자 그동안 숨거나 피하였던 양민들이 하나씩 시내로 몰려나온다. 그리고 서울시내 이곳저곳에서는 인민군과 빨갱이에게 끌려간 사람들의 생사를 확인하기 위하여 서대문형무소나 파출소, 경찰서 등으로 사람들이 몰려든다.

수많은 사체가 형무소 곳곳에 방치되어 있고 가족을 찾으려는 사람들로 가득 찼으며 눈물바다를 이루고 있다. 가족을 찾을 수 없는 사람들은 허망한 마음으로 발길을 돌리고 있다. 천영화는 가슴을 쓸어내리며 집으로 돌아와서는 앞으로 어떻게 살아가야 할까 생각한다.

당장 먹고 살기도 어려운 이 시기에 자신이 앞으로 어떻게 무엇을 해야 하겠다는 생각을 갖는 것 자체가 폐허가 된 이 서울에서는 허황하고 무의미한 꿈이라고 생각한다. 그리고 한편으로는 분노가 치밀어 오른다. 모든 것을 잿더미로 만들고 자신들과는 전혀 관계가 없는 사람들을 학살하는 공산당에 대하여 이제는 그 정체를 알 것만 같다. 자신의 목적을 달성하기 위해서는 어떠한 수단과 방법을 가리지 않고 악행을 저지르는 무서운 단체라는 것도 알게 되었다. 심지어 부모자식간의 천륜을 저버리는 경우도 있었다.

그런데 국군이 서울을 수복하자마자 또 하나 큰 문제가 발생한다. 경찰과 국군, 미군이 북괴군과 인민위원에 협조한 자 그리고 부역한 자들을 마구 잡아들이고 있다는 것이다.

천영화 자신은 부역하거나 협조한 사실이 없으므로 소문에 개의치 않고 집에 머물고 있었다. 그는 미군 공병대가 예전처럼 여의도에 들어와 공사를 재개하게 되면 그곳의 식당에서 계속 일하면 좋겠다고 생각한다. 그래서 서울이 수복되었으니 얼른 미군이 와줄 것을 기대하고 있다.

그렇지만 공사가 끝나면 미군도 가버릴 것 같아 그것을 바탕으로 좀 더 큰 식당에 취직하면 좋겠다고 생각하여 집에 있을 때 영어 능력을 향상시키기로 마음먹고 틈이 나는 대로 실전영어 위주로 공부를 한다. 그가 이렇게 희망을 가지고 집에서 머물고 있을 때 어느 날 경찰과 대한청

년단이라고 칭하는 청년 7~8명이 몰려와 천영화에게 다짜고짜 경찰서로 동행하자고 한다. 천영화는 노하여 경찰과 청년들을 향하여 큰소리로 외치다시피 면박을 준다.

"아니 당신들이 뭐하는 사람들인데 남의 집에 허락도 없이 들어와서 오라 가라 하시오?! 당신들은 북괴군이 쳐들어 왔을 때 국민을 위하여 제대로 싸우지도 않고 제일 먼저 도망친 자들이 그대들 아니오? 피난도 못가고 이곳에 남아 빨갱이들에게 지긋지긋하게 고생을 당한 사람들을 이제 잡아간다고? 이런 철면피들! 에이 퉤!"

이런 반항적인 일이 있을 것이라고 미리 예상하였듯이 경찰 한 명이 얼른 권총을 빼들고 위협한다. 그리고 다른 경찰이 관 도장 하나가 빵 찍힌 서류 한 장을 눈앞에 내민다.

"여보시오, 천영화 씨. 여기 가택수색과 체포허가증이 있소이다."

"이게 뭐요? 이따위 문서가 무슨 소용이 있소? 대통령부터 고위고관직들까지 자기들만 살겠다고 민중은 남겨두고 아무도 모르게 살짝 도망간 놈들이 뭐가 어떻다고 권력을 행사하려고 하오? 난 가택수색과 체포를 당하도록 나쁜 일을 한 적이 없소이다."

"천영화 씨! 그렇게 결백하다면 경찰서에 가서 당신의 입장을 충분히 밝히는 것이 좋을 듯하오."

"좋소, 좋소이다! 갑시다. 그 총 치워요!"

천영화는 수긍하면서 당당히 마포 경찰서에 들어가 취조를 받는다. 경찰서 마당과 건물 안에는 사람들로 북적거린다. 자신처럼 잡혀 들어왔을 것이라고 추측해본다. 천영화가 취조실에 앉아 있자 근무복을 입은 경위가 들어와서는 천영화를 본다. 처음 본 순간부터 그를 주시하고 서류를 번갈아 보면서 고개를 몇 번이나 갸우뚱거린다. 이윽고 자리에 앉아 기본적인 것 외에 여러 가지를 취조한다.

그러고는 천영화에게 북괴군이나 인민위원회에 협조나 부역을 한 사실이 있지 않느냐고 묻는다. 천영화는 결단코 그런 일이 없었고 오히려 인민군이 자신을 잡으러 왔는데 그 이유가 자신이 과거에 경찰직에 있었기 때문이라고 대답한다. 이 말을 들은 경찰은 천영화 얼굴에 가까이 다가가 유심히 쳐다보며 말한다.

"천영화 씨! 당신 말이야, 혹시 기마경찰로 중구경찰서에서 근무하지 않았었소?"

"그렇소, 내가 그러니까 필리핀 전장에서 돌아와 처음 직장을 얻고 당당히 공채시험에 합격하여 얻은 직업이 기마경찰이었소."

"그래 맞다 맞어! 내 기억이 맞구나. 야! 영화야 나 장재남이야 재남이! 너와 함께 공채에 합격하여 기마연습도 같이 했던 재남이!"

"어 어 어! 너 너 그래 기억난다! 재남이. 하하하 반갑다 반가워! 그래 이젠 계급도 올라가고 살 만하겠구나. 축하한다!"

"난 네가 다른 데 취직하였다는 소식만 들었지 바빠서 떠나는 것도 못보고 그냥 보냈는데. 아직 살아있네그려."

"사실 나도 경찰을 계속하고 싶었지만 어머니가 경찰이란 직업을 못마땅하게 생각하셔서 그만두었고 그 뒤로 미군 식당에서 일을 하기도 하였네. 여하튼 반갑다! 반가워! 그런데 왜 내가 여기에 잡혀왔지? 혐의가 뭐야?"

"어- 음! 여기 이 서류에 기록된 것을 보면 자네만 인민위원회에 잡혀갔다 풀려났고, 인민위원회가 뒤를 봐주었다고 한 시민이 밀고하였다네. 하지만 이제 걱정하지 말게나!"

천영화는 고개를 끄덕거리며 그럴 것이라 여기며 말한다.

"그렇지 그렇게 오해도 하게 생겼지. 내가 과거에 경찰에서 근무를 하였는데 빨갱이한테 잡혀가서 살아 돌아왔으니 아무래도 이상하게 생각되겠지!"

"그런데 어떻게 그 이리 떼 같은 빨갱이들에게서 풀려났지?"

"사연을 말하자면 길고 긴데, 이곳 인민위원장을 하였던 사람이 마포에 사는 내 옛 전우였다네. 자세히 말하자면 일제강점기 태릉훈련소에서 훈련 받을 때 같은 내무반에 그것도 바로 옆자리에 누워서 같이 뒹굴고 땀과 피를 섞은 절친한 친구였다네. 그들 모두 오키나와 전장에서 천재일우의 행운을 지닌 채 구사일생으로 살아난 사람들이었지. 내가 체포되어 인민재판을 받기 직전 거기서 그를 만났다네."

"음─ 당신은 어떻든 행운이 있는 사람이라고 생각되네. 그런 사연이 있었구려. 그러니 주변에서 보고 이상하게 생각하여 신고를 하지! 어이 천영화 어떻든 반갑네. 지금은 바쁘니까 나중에 다시 만나세. 나 이곳 사찰계에 있다네. 시간나면 찾아오소. 그리고 이 서류는 당신에 대하여 기록한 것인데 사상우수자로 기록을 해놓고 당신이 경찰을 지낸 것도 기록을 하여 놓을 테니까. 어서 집에 가보게나."

천영화는 크게 경을 치려다 결백이 밝혀진 셈이다. 9.28수복 후 어쩔 수 없이 인민군에 협조한 수만 명의 양민은 인민군과 인민위원회의 협력자, 부역자로 낙인이 찍혀 학살당하거나 정부의 제재를 받게 된다.

부역자 확인사살

이남제와 빨치산

9월 28일 인천상륙작전의 성공으로 서울이 다시 연합군의 수중에 들어가고 후방을 차단당한 북괴군은 낙동강 전선에서 국군과 미군에 돌파당하여 일부 정규 병력은 지리산, 덕유산, 대둔산, 용문산과 경기도 산악지형 그리고 동쪽의 태백산맥을 타고 북으로 퇴각한다. 하지만 상당수의 북괴군은 포로가 되고 일부 병사들은 민간에 흩어진다. 또한 일부 병사는 미처 후퇴하지 못하고 몇 군데 지역에 남게 되었고 이들은 세력을 규합하여 빨치산이 되어 남한의 험한 산악지대로 잠적한다.

그들은 그곳에서 현지의 부역자 또는 공비들과 합세하여 새로운 비정규전 조직을 구성하고 전쟁기간 중 후방에서 국군을 교란한다. 약 5만 명으로 추산되는 잔여 북괴군의 절반은 포로가 되거나 자연 소멸된다. 이들은 주로 학도병 혹은 남한 출신으로 강제 동원되어 전투에 참여한 병사들이다.

나머지 절반인 2만5천 명 정도는 남부군단(지리산과 회문산 중신의 빨치산), 제526군부대(오대산 옆 응봉산을 중심으로 조직된 빨치산), 인민유격대, 남부군단 전북도사단, 경남도당, 전남도당 유격대 및 제주도 인민유격대로 나누어져 농성을 한다. 이중에서 지리산을 거점으로 활동하던 부대가 남부군단이다.

이남제는 남부지역에서 연합군을 공격하고 있다가 퇴각명령이 내려와 그동안 전투에서 전차 7대를 소진하고 남은 전차 6대를 이끌고 북으로 가기 위하여 국도를 타고 올라갔다. 그러나 미군 전투기의 표적이 되어 공격을 당한다. 남쪽 남지리 전선에서 100여 킬로미터를 북쪽으로 이동하다가 전차의 연료보급이 제대로 되지 않아 더 이상 전차를 가동할 수가 없어 계곡에 전차를 버리고 도보로 이동한다.

전차의 해치를 열고 빠져나온 전차병 수십 명은 대대장 이남제의 지휘하에 산악지형을 이용하여 북으로 올라가기로 결정한다. 도로를 이용하면 주민들에게 발각될 것이다. 게다가 이미 전국 각지에 날카롭게 촉각을 세우고 있는 군과 경찰에 발각되면 결코 살아남을 수 없다는 사실을 알고 있다.

이남제는 서쪽과 북쪽 방향을 보니 높은 산들이 줄지어 있는 것을 발견하고 평소에 배운 독도법을 이용하여 대략적인 지점을 추측할 수 있었다. 하지만 계곡에 있는 외지고 허름한 초가집을 발견하고는 보다 정확한 지점을 알아볼 요량으로 이남제와 몇 명이 초가집에 다가갔다. 울타리가 없는 집이라 방문을 직접 열어볼 수도 있지만 이남제는 주인을 부른다.

"주인장 계시오?"

한참 있다가 인기척이 나며

"누구여?"

수염은 덥수룩하고 깊은 주름살이 파인 늙수그레한 사람이 때가 낀

흰 한복 바지의 골마리를 추어올리며 허리를 반쯤 숙이고 방문을 지그시 연다.

"웬일이여 이런 고사티까장?"

"할아버지 거시기 시방 여기가 어디쯤 되지요?"

할아버지는 이런 곳까지 와서 여기가 어디냐고 물어보는 것이 이상하여 "예?" 하고 반문한다. 이남제는 할아버지의 귀가 어둡다고 생각하여 다시 한 번 크게 물어본다.

"예 우리는 금산으로 갈라다 길을 잃어버렸어요. 저기 금산으로 갈라면 어디로 가야헌데요."

"아 예! 이질로 가면 되지롸. 저쪽 산이 보이롸우?"

할아버지는 손을 들어 손가락으로 산을 가리키며 말한다.

"어어 어디요? 아 저그 저산요?"

"아 예 예 저그 저산이 우쪽으로 보이는 높은 봉우리가 민주지산이라 허고 그 저짝 산이 덕유산인디 그 산 새로 댕기면 될 것이여롸우!"

"그렇게 시방 여그가 어디쯤이라고 허야 쓰겠소 잉?"

"그렇게 가깝게는 저짝으로 남쬑으로는 거창이 사십여 리 남짓허고 만요 잉!"

"아 예 예 잘 알겠습니다. 고맙습니다."

이남제와 부하들이 외딴집을 벗어나니 부대대장 대위가

"대대장님, 저 노인네 없애버려야 되지 않겠음―메?"

자기들의 정체가 탄로나 국군에 신고하고 발각될까봐 걱정되어 한 말이다. 이남제는 잠깐 멈칫하여 생각하더니 걱정하지 말고 그냥 가자고 한다. 부하들을 이끌고 금산을 향하여 알려준 산길로 접어든다.

이남제는 왜 전쟁과 전혀 상관없는 무고한 사람들을 죽이고 있는가,

공산혁명이란 것이 그렇게 무차별로 사람을 죽이는 것은 아니라고 생각하고 있었다. 부(富)를 독차지하지 않고 빈부의 차이가 없이 만민이 평화롭게 사는 것이 공산주의혁명의 목표라고 평소 나름대로 이론을 정립하였다.

따라서 자신들의 신분이 노출된다고 하여 막무가내로 아무나 죽이고 싶지 않았다. 진정한 공산주의는 그런 것까지 다 품어야 한다고 생각하였다.

이남제 일행은 주로 산등성이를 타거나 계곡을 따라 목표를 향하여 힘겹게 걸어간다. 산은 깊고 길은 없어서 발길은 더디어지고 어느덧 해는 서쪽으로 넘어간다. 밤길을 걷는 것은 적에게 발각되지 않아 위험하지는 않지만 반면에 실족할 가능성이 많아 도중에 야영을 하고 일찍 일어나 길을 가기로 한다. 다행히 배낭에는 비상식량이 남아 있어 하루 종일 아무것도 먹지 못한 그들로서는 빨리 밥을 해먹고 휴식을 취하도록 하였다.

다음날 일행이 행군하여 덕유산 근처에 다가갔을 때 또 다른 인민군 복장을 한 무리를 만났다. 그들은 낙동강의 창녕 일대에서 미군을 공략하였던 부대의 패잔병들이다.

패잔병의 지휘자인 인민군 소대장은 1개 소대 병력이던 인원이 도중에 도망을 가 이제는 20여 명으로 줄었다고 한다. 이남제는 그들로부터 귀한 정보를 얻는다. 국군과 경찰이 금산지역은 패잔병들의 귀로임을 알고 주요 분기점 곳곳을 점령 잠복하여 많은 북괴군 병사들이 사살되거나 포로로 잡히고 있다는 것이다. 그래서 그들은 경기 쪽 경로를 포기하고 추풍령과 속리산, 월악산과 강원도를 잇는 산을 타기로 결정한다. 그들이 추풍령에 접어들었을 때 어느 빨치산 부대를 또 만났다. 그곳을 지휘하고 있던 자는 이남제와 같은 계급인 소좌이고 보병이었다. 그는 북괴군 사령부에서 새로운 지령이 내려왔다고 전하였다. 내용은 다음과 같이 남조선에서 거점을 마련하여 농성을 하라는 지시였다.

「현재 남한지역에 남아 있는 모든 인민군은 북으로 귀대하지 말고 정규 인민군이 다시 남하할 때까지 국군과 미군의 후방을 교란하면서 제2전선을 형성하라」

이남제는 이 지령을 받고 어디로 가서 제2전선을 형성할까 생각해본다. 부대대장과 여러 장교들과 협의한 끝에 전라북도 지역의 회문산에서 이미 농성하고 있는 공비들과 합류하기로 결정한다. 그가 이 지역을 선택한 이유는 그 지역에 이미 공산주의자들이 준동하고 있어 협조를 많이 받을 수 있고, 평야지대가 가까이 있어 식량조달이 용이하기 때문이다. 그리고 옥정호와 주변에 담양, 순창, 남원, 임실 그리고 조금은 멀지만 정읍 등의 도시가 있으며 지리산에 연결되어 있어 유사시에 긴급히 피란할 수 있다는 사유였다.

그들은 다시 뒤돌아 산악지대를 통하여 회문산에 도착하였고 이곳에서 농성 중인 빨치산과 합류한다. 회문산에는 700여 명의 빨치산들이 농성하고 있었으며 방준표가 사령관이 되어 지휘하고 있었다.

그런데 이곳의 문제는 식량이었다. 700여 명의 대식구를 먹이려면 많은 식량이 필요하였다. 처음에 숫자가 적을 때에는 큰 문제가 되지 않았다. 초기에 자의반 타의반이라 하였지만 대부분 강제로 주변 농촌에서 식량을 약탈하여 해결한다. 가을걷이가 끝난 다음에는 약간의 여유가 있지만 그것도 겨우 내내 그리고 새 곡식이 나오기 전까지 먹기에는 터무니없이 부족하다. 그리고 이 지역은 산이 대부분이라 쌀 대신 수수, 조,

강냉이 등 잡곡이나 고구마가 더 많았다.

한두 달은 초기에 수집한 식량으로 그럭저럭 버틸 수 있었지만 추운 겨울이 문제였다. 식량이 떨어지자 사령관은 부대를 사방으로 내보내 식량을 조달해오라고 명령을 내린다. 이남제도 이제는 민간인 복장으로 갈아입고 같이 식량조달에 나선다. 그러나 양민들이 순순히 식량을 내줄 리가 없다. 자신들이 먹어야 할 식량조차 부족하니 거절하였고 빨치산들은 강제로 양민의 식량을 빼앗을 수밖에 없었다.

이 과정에서 이곳저곳에서 사상자가 수없이 발생하였다. 이남제는 이런 과정을 지켜보고 뭔가가 잘못되어 가고 있는 것을 목격한다. (실제 회문산 근처에서 빨치산에 의하여 사살된 양민의 수를 1,000명 정도로 추산하고 있다.) 이남제가 알고 있는 소위 빨치산은 정규군과는 별도로 일반 민중의 지원이나 협조를 반드시 얻어야 하며 활동지역의 민정과 그 특색에 대해 자세히 알고 거기에 맞춰 행동해야 한다는 것이었다.

그런데 문제는 지금 이 집단이 일반민중의 지원이나 협조를 얻는 것에는 전혀 개의치 않고 오히려 양민을 사살하고 민심을 이반하는 짓을 일삼고 있으니 이남제는 한심스러우면서 한편으로는 놀라웠다.

그는 중국 연안에 있을 때 잠시였지만 인민에 대한 모택동의 지극한 배려를 익히 보고 감탄하기까지 하였다.

즉 「게릴라는 물고기이며 인민은 물이다」라는 모택동의 말과 행동이 일치하고 있었다. 장개석 군대는 양민을 약탈하였지만 모택동의 인민군은 오히려 농민의 양곡과 물건을 시세보다 높은 가격에 사서 조달하였다. 그리고 민중에 대하여 부정한 행동을 한 인민군을 처벌하여 민심을 크게 얻은 모택동의 사례가 이남제의 뇌리를 스쳤다.

그는 이런 전쟁의 와중에서도 인민을 대하는 모택동식 정책과 공산주의가 모든 군대와 인민이 추구해야 할 가치라고 생각하고 있었다. 그래서 그는 사령관 방준표에게 그러한 문제점을 지적하면서 앞으로는 이런 일이 재발하지 말아야 하며, 인민들의 민심을 얻어야 우리가 살아남을 수 있다고 조언하였다. 이남제의 이러한 조언이 사령관에게는 눈엣가시로만 보였다.

이곳의 실정을 모르는 철부지 같은 소리라는 것이다. 그 뒤에 이러한 일이 몇 번 벌어지고 자신의 의견이 묵살되자 이남제는 이곳은 자기가 있을 곳이 아니라 생각하였다. 그래서 자기와 생사를 같이 하였던 전차 부대원 일부와 같이 북으로 가기로 결심하였다. 자신과 부하들은 북한으로 넘어간다는 말을 남기고 출발하려고 짐을 챙기었다.

방준표 빨치산 사령관은 이남제를 위험한 인물로 보았다. 그가 앞으로 공산주의 빨치산에 반하는 일을 할 반역자가 될 것이라고 판단하여 부하들에게 눈짓하여 없애버리라고 한다. 이남제가 통나무집 문을 열고 부하들과 나오니 십여 명의 빨치산 대원이 그에게 총을 겨누며 다가온다.

"왜 그러시오? 그 총은 왜 겨누고 그러시오?"

그 중 우두머리라고 생각되는 사람이 총을 내리며 말한다.

"당신은 우리 빨치산 동지들을 배반하고 있소. 우리는 결단코 배신자를 용서하지 않소!"

"배신은 무슨 배신이오. 난 지금 북으로 인민군을 찾아 합류할 예정이오. 당신들하고는 생각이 약간 다르니 난 정규군과 합류하여 다시 전투에 임하려고 그러오. 그러니 난 내 갈 길을 가야겠소."

"이곳은 당신이 생각하는 것처럼 그렇게 가고 싶으면 가고 오고 싶으면 오는 곳이 아니요. 당신은 공산혁명을 할 인물이 아니오. 공산혁명은 모든 수단과 방법을 동원해서 이루어져야 하오. 수단과 방법이 어떠하든

상관없소. 당신은 정규군에 합류한다고 하지만 그것을 믿을 수 없소."

"믿는 것은 당신들의 마음이오. 나의 지식과 그동안의 경험으로는 인민의 적이 되어서는 결코 혁명을 이룰 수 없다고 생각하오. 수단과 방법은 반드시 인민에게 해가 되지 않는 방향으로 되어야 한다고 생각하오. 인민을 지지자로 만들지 못하고 그들에게 해를 가하거나 그들을 적으로 삼는 행동은 결국은 파국을 초래할 것이요. 그동안 나는 몇 번이나 조언을 하였지만 전혀 받아들여주지 않았소. 이제 그만 나를 놔주시오."

이남제는 배낭을 등에 지고 뒤도 돌아다보지 않고 두어 걸음을 뗀다. 이때 세 구(ㅁ)의 따발총에서 불빛이 튀어나온다. 이남제는 단번에 거꾸러진다. 그는 쓰러지면서도 "공산주의는 이런 것이 아니다." 하고 외친다.

26살 젊은 나이에 공산주의가 뭔지도 모르고 공산주의도 아닌 독재자들의 사주를 받아 공산화하여 공산주의를 해보려다 공산주의를 신봉한다는 자들에 의해서 한을 남긴 채 세상을 하직한다.

천영화의 군 입대 및 참전

　　서울이 수복되고 한 달여를 칩거하며 미군의 여의도 재진입만을 간간이 확인하고 있던 천영화는 어느 날 경찰에 근무하고 있는 친구 장재남을 만난다. 두 사람은 여러 가지로 사회현실에 대하여 이야기도 나누고 현 전투상황에 대하여 물어보고 듣기도 하였다. 장재남은 마포경찰서 사찰계에서 종로경찰서 정보계로 옮겼다. 그는 여기서 현재의 전선 등 여러 상황을 알 수 있어 이것을 천영화에게 간단히 이야기해주었다.

　　특히 북진하여 일부는 압록강까지 진격하였던 국군과 유엔군이 전전선에서 밀리고 있다는 것을 알게 된다. 천영화는 집에 들어와 곰곰이 자신의 처지와 현 시국을 생각해본다. 아직은 젊은 사나이인데 무기력한 자신이 조금 초라해 보인다. 그래서 이 중차대한 시기에 자신도 뭔가 도움이 되는 일을 해야 한다고 생각하고 여러모로 숙고한다. 그러다 군인이 되어 공산군과 싸우는 것이 작은 힘이라도 제일 보탬이 될 수 있다고 최종 판단한다. 천영화는 어머니에게 자기 의견을 조용히 말씀드린다.

어머니는 하나밖에 없는 아들이 아깝지만 피는 못 속인다고 아직도 소식이 없는 시아버지와 남편의 뒤를 이어 나라에 몸 바칠 것을 생각하는 아들이 가엾기도 하고 한편으로는 대견하기도 하다.

어머니는 이미 죽을 고비를 여러 번 넘긴 자식의 운명은 하늘에 달려 있다고 생각한다. 그리고 나나 네 동생, 집안일에는 개의치 말고 나라를 위하여 네 한 몸 바치라고 군 지원을 허락한다. 그길로 천영화는 국방부로 직접 가서 군 입대를 지원한다. 그로부터 보름 후 1950년 11월 하순 밀물과 같이 밀려오는 중공군을 뒤로하고 천영화는 대구에 있는 훈련소에 입소한다.

대구에 있던 육군 제1훈련소는 전쟁발발 후인 1950년 8월 14일에 창설되어 훈련병을 교육시키고 있다. 육군은 후일 부산과 대구, 제주의 3개 훈련소를 통합하여 1951년 3월 21일 육군의 단일 신병훈련소인 육군 제1훈련소를 제주도 모슬포에 창설한다. 천영화와 청년 수백 명은 단축된 2주 과정의 훈련을 받는다. 주요 훈련내용은 기본적인 제식훈련과 총기사용 그리고 총검술, 수류탄 투척 방법 등이다.

천영화는 비록 수 년이 지났지만 이미 일본 훈련소에서 강도 높게 받았던 훈련이고 실제 전투 경험도 있어 조교를 겸하면서 훈련을 마치게 된다. 훈련종료 후 그는 과거 군 경력이 인정이 되어 하사로 임명되었으며 전선으로 곧바로 투입된다. 그동안 북괴군과의 전투에서 곳곳이 파괴된 경부선 철로는 수복되면서 즉시 복구되어 천영화가 입·퇴소할 때는 경부선 철로를 이용할 수 있게 된다.

천영화가 최초로 배치된 곳은 국군 제8사단이다. 이때 전선은 37도선을 중심으로 하여 쌍방이 대치하고 있었다. 천영화가 제8사단에 배치된 1950년 12월 미8군 사령관인 워커 장군이 뜻하지 않게 지상 차량 충

돌로 인하여 사망하고 뒤를 이어 리지웨이 장군이 연합군 사령관이 된다. 그가 취임한 이후에 연합군은 중공군의 제3차 공세(1950. 12. 31.~1951. 1. 20.)로 평택-원주-단양-정선-삼척을 연하는 37도선까지 철수한다.

새롭게 사령관을 맞이한 연합군은 1951년 1월 15일부터 평택에서 수원까지 적의 배치와 규모를 탐색할 목적으로 서부전선에서 '울프하운드 작전(Wolfhound Operation: 덩치 큰 사냥개)'을 전개한다. 그 결과 수원-여주 이남지역에는 중공군 부대가 소규모만 배치되어 있음을 확인한다. 이를 토대로 유엔군은 수색정찰에서 지역확보로 작전개념을 전환하고 1월 25일을 기해 일제히 반격작전을 감행한다.

이 작전 이름을 '벼락작전(Thunderbolt Operation)'이라고 칭하고 중공군을 맹렬히 공격하여 수원을 회복한다. 그리고 용문산 근처의 지평리(남동쪽 15킬로미터)에 있는 쌍터널 부근에서 1월 30일부터 작전을 수행하여 평택-원주-단양-정선-삼척을 연하는 37도선에서 남한강-원주로 이어지는 선으로 전선을 밀어 올린다.

이 작전으로 미 제1군단과 제9군단은 2월 초까지 조·중연합공산군이 장악하고 있는 남한강 교두보를 제외하고 한강 남안을 확보하는 데 성공한다.

라운드 업 작전(Round up Operation: 몰이작전)과 천영화

천영화는 연합군 10군단의 한국군 제8사단에 배치되어 처음으로 라운드 업 작전에 참가하게 된다. 서부지역에서 한강을 향하여 공격하는 벼락작전이 비교적 순조롭게 진행되어 서부지역 전선이 북쪽으로 올라

감에 따라 중동부 지역의 전선도 북상시킬 필요가 있게 된다. 이때 리지웨이 장군은 보급이 취약한 중공군의 약점을 간파하고 공격하기로 한다.

미 제8군은 점차 치열해지는 수원정면에 있는 수리산, 광교산, 그리고 한강남쪽에 있는 남한산, 퇴촌 근방에 위치한 양자산 전투를 지원할 목적으로 1월 30일 연합군 제10군단(아몬드 소장이 지휘하는 국군 3, 5, 8사단, 미 2, 7사단, 총 5개 사단) 중동부지역에 대규모 병력을 투입하도록 한다.

이러한 작전을 위력수색이라고 한다. 위력수색이란 적의 위치나 전력 등을 알 수 없을 때 유인 전력을 투입하여 반응을 보고 적정을 파악하는 작전이다. 그리하여 한국군 8사단은 중공군과 북괴군의 위치를 파악하기 위한 미끼 사단으로 투입되었으며 천영화는 사단작전에 따라 홍천과 횡성, 원주 지역에서 중공군과 전투를 벌이게 된다.

한편 중·북괴 연합지휘부는 2월 7일 전황 판단결과 북괴군 제5군단과 중공군 제42군의 돌파를 방지하고, 한·미 연합군의 서울 방향에 대한 공격확대를 저지하기 위해 양평 남동쪽과 원주, 횡성지역에 웅거하고 있는 연합군부대에 대해 역습을 실시하기로 결정한다.

이를 위해 2개의 공격 집단이 편성된다. 제1공격집단은 양평 북동쪽의 중공군 3개 군(39, 40, 66)과 제2공격집단은 횡성 북동쪽의 북괴군 2개 군단(3, 5)이었다.

역습 시 제1공격집단은 양평 남동쪽의 미 제2사단과 한국군 8사단을 격멸하고 차후 충주 방향으로 공격을 계속하며, 제2공격집단은 원주 북동쪽에서 한국군 제3 및 5사단을 격멸하는 계획을 수립하였고 그 시행 시기는 2월 11일로 결정한다.

폭설과 영하 20~25도의 맹추위 속에서 실시된 5일 간의 작전에서 중공군과 북괴군은 중부 및 동부전선에서 20~30킬로미터를 일일평균 4~6킬로미터의 속도로 전진하였다.

2월 4일 새벽부터 하늘에 구름이 끼기 시작하더니 저녁 무렵에는 낮게 잿빛 색깔로 변하면서 눈발을 뿌리기 시작한다. 기온이 낮아서 눈은 녹지 않고 쌓이기 시작한다. 오전에는 전(全) 8사단 고급지휘관 회의를 사단 임시본부에서 가진다. 오후에는 소대장 이상 전 지휘관을 소집하여 내일 아침부터 개시될 작전계획에 대하여 브리핑한다.

소대장도 회의를 참석하고 나서 소대본부로 모든 소대원을 소집하여 사단회의 결과인 소대와 중대, 대대의 공격지점과 공격경로에 대하여 상세히 브리핑한다. 이날 밤은 내일 아침부터 있게 될 공격에 대비하여 개인군장과 탄창을 챙기고 M-1 소총과 여러 무기를 손질하고 닦아 둔다.

저녁식사를 마치자 눈은 더 굵어져서 벌써 발목까지 쌓이기 시작한다. 다음날 새벽 여명이 트지도 않은 다섯 시에 일어난 병사들은 개인 천막 위에 수북이 쌓인 눈을 털어내고 천막을 갠다. 그리고 따스한 국밥 한 그릇을 마파람에 게 눈 감추듯이 해치운다.

식사 후에는 깨가 들어 있는 주먹밥 두 개를 챙겨 배낭 속에 집어넣는다. 깨가 든 주먹밥은 미군이 참전한 후에 제공된 것으로 미군의 보급체계가 후방을 풍부하게 지원하여 개전 초보다 훨씬 좋은 여건에서 전투할 수 있게 되었다.

천영화가 속해 있는 대대와 연대는 오늘 횡성에서 섬강을 따라 북서쪽으로 이어지는 개울에 연해있는 계곡과 경사진 능선 그리고 행군을 할 수 있는 산등성이를 따라 매곡리와 창봉리로 진군한다.

그들의 최종 목표는 오음산(930미터) 서쪽 골짜기에 있는 삼마치 고개를 넘어 5번 도로를 따라 홍천을 남쪽에서 공격하는 작전이다. 또 다른 연대는 44번(현 6번) 도로를 좌측으로 두고 우측방 갈기산(685미터: 횡성 서북쪽 25킬로미터)과 망덕산(갈기산 우측에 인접한 산) 우측에서 까끈봉을 넘어 홍천을 서쪽에서 포위 공격하는 작전이다.

아침이 되자 눈발이 약해졌으나 하늘은 여전히 을씨년스럽다. 하얀 눈이 반사되어 잿빛구름은 조금씩 밝은 빛을 띠기 시작한다. 아침 7시부터 전 8사단의 병사가 진격을 시작한다. 발목 약간 위까지 쌓인 눈은 눈 위를 걸어가는 병사들의 군화소리를 삼키고 있다.

첫날 행군 때는 눈이 왔지만 무릎까지 쌓이지는 않아서 진격에 큰 지장이 없었고 오히려 소리 없이 침입할 수 있어 계획된 선까지 무사히 도달하게 된다. 그런데 사단병력이 통제선까지 전진하였는데도 중공군이나 북괴군의 모습은 보이지 않는다.

2월 5일 첫날은 별 교전이 없었으며 해가 저물자 개인 텐트를 치고 그 위에 눈을 덮어 위장한 후 휴식을 취한다. 다음날 아침 후방으로부터 전해져온 음식을 받아 식사를 한 뒤에 조심스럽게 계속 전진한다.

2월 6일도 같은 목표를 향하여 진군을 계속하고 서서히 조심스럽게 적정을 살핀다. 그리고 척후병을 전방에 보내어 탐색을 한 뒤에 본대가 이동한다. 오후가 된 지금까지도 적은 보이지 않고 전투도 없다. 이때 중공군도 부대 이동이 있었던 것으로 추측된다.

첩보에 의하면 「서부전선의 병력을 한국군 정면으로 이동시켜서 이를 저지 격파한다는 작전을 세워 수행중이다」라는 내용이 포착되어 2월 6일 오후부터는 더욱 조심스럽게 전진하였다.

저녁 무렵 척후병이 중공군으로 보이는 적이 삼마치 고개에 진지를 만들고 기다린다고 관측 보고하였다. 대대장은 중대장과 소대장들을 모이게 하여 작전회의를 하였다.

대대장은 정면에서 공격을 하면서 적을 견제한 다음 정상 산등성이에 있는 병력을 은밀히 침투시키어 후방에서 협공하도록 하였다. 산등성이의 중대병력이 먼저 출발하였다. 우회할 시간을 주기 위함이다. 그런데 그들이 출발한 지 20여 분도 되지 않아 총성이 울려온다.

이어서 정면에서도 언제 다가왔는지 적이 사격을 가해온다. 천영화를 비롯한 모든 중대원들은 이미 엄폐물을 이용하여 몸을 숨기고 있어 적의 기습에도 사상자가 발생하지 않고 침착히 대응 사격한다. 이날 대대가 계획하였던 우회공격 계획은 실패로 끝났고 더 이상 공격하지 않기로 하였다. 적이 완강히 저항하여 이대로 가다간 많은 병사의 손실로 이어질 수 있기 때문이다.

모든 대대가 전투가 있던 지역으로부터 후방으로 2킬로미터 정도 더 물러나 엄폐물을 이용하여 바위와 나무 사이사이에 각 소대별로 간이 진영을 만든다. 이로써 하루해가 지났다.

다음날 날이 밝았다. 어젯밤부터 몰아치는 바람에 온 산이 휘청거리고 아침은 살이 에일 듯 춥다. 불을 지필 수 없어 바람만 막은 텐트에서 체온으로 텐트 안을 덥힌다. 방한복을 입었지만 워낙 기온이 떨어져 몸을 오들오들 떨며 한 텐트에 세 명이 서로 몸을 기댄 채 상대방의 체온으로 추운 밤을 보냈다.

이날은 아침부터 공세를 하여 적을 퇴각시키도록 상부에서 지시가 내려 왔다. 전 대대병력은 일제히 공격을 감행한다.

약 2킬로미터를 전진하니 척후병이 관측한 대로 적이 엄폐물을 이용하여 사격을 가해온다. 모든 대대원들이 일제히 반격 사격을 한다. 엎드려 사격하는 도중 천영화 하사가 지세와 전황을 살펴본다. 제일 반격이 강하고 엄폐가 잘 되어 적이 숨어서 사격하는 지점에 한편으로는 취약점이 보이기 시작한다.

그곳의 정면에는 큰 바위가 있고 주위의 나무가 다른 곳보다 무성하다. 따라서 적 몰래 잠복하여 수류탄을 던질 수 있는 거리까지 다가갈 수 있겠다고 판단한다. 그리고 그곳을 엄호하는 다른 적들도 눈에 보이지 않는다.

등하불명이라고 바위가 있는 지점까지만 눈에 띄지 않으면 적이 눈치 채지 못하게 접근할 수 있을 것 같아 천영화는 소대장과 선임하사에게 자신의 의견을 말한다. 소대장과 선임하사는 시도해볼 만하다고 동조하며 날렵한 소대원 두 명을 붙여준다.

천영화는 자신의 계획을 두 사람에게 설명하고 신중을 기할 것을 당부한다. 세 병사는 배낭을 벗어 동료에게 맡겨놓고 각각 소총과 수류탄을 세 발씩 가지고 바위와 바위틈을 기어서 눈치 채지 못하게 가장 낮은 포복으로 조금씩 조금씩 다가간다.

세 사람은 이미 주변의 나뭇가지를 잘라 방탄모와 요대에 꽂아 위장하였다. 움직이지 않고 있으면 몇 십 미터 밖에서는 키 작은 잡나무로 보인다. 이들 세 사람을 엄호하기 위하여 본대에서는 맹렬히 사격을 가한다. 드디어 세 사람이 적에게 15미터 정도 다가간다. 사각지대를 이용하여 이번에는 몸을 반쯤 일으켜 신속히 적진지에 다가간다. 세 병사들은 수류탄 한 발씩 석 발을 적진지에 던져넣고 귀를 막고 엎드린다.

"꽝 앙 콰과 쾅"

한 차례 폭풍이 일어나고 적의 비명소리가 들려온다. 이번에도 천영화의 신호에 따라 다시 한 발을 까서 아까 투척한 지역의 우측 방향으로 그리고 또 한발은 좌측에 던져넣었다. 조금 전보다 더한 비명소리가 들린다. 수류탄 폭풍이 걷히자마자 천영화는 동료 병사 두 명에게 돌진한다고 눈짓하며 M-1 소총을 들고 적진에 뛰어 들어간다.

　　이곳저곳에 여러 명의 중공군이 쓰러져 있고 수명의 적이 불과 몇 미터 앞 나무사이로 도망가는 것이 보인다. 천영화와 두 명의 동료는 달아나는 중공군에게 무릎쏴 자세를 취하며 정조준한 후에 소총을 발사한다.

　　미군의 반자동 M-1 소총은 일본군 시절의 소총보다 연발 사격하기에 훨씬 좋았다. 세 명의 적군이 거꾸러진다. 이때 소대의 본대 일행이 진지로 쇄도한다. 이 진지는 1개 분대가 지키고 있었던 것 같다. 소대원에 이어 중대원 모두가 돌파한 이 진지를 전초지 삼아 삼마치 고개를 향하여 계속 침투 공격한다. 한 곳에 돌출부가 생기니 다른 중공군들의 진지도 물러날 수밖에 없다. 국군의 측면과 후면에서 공격받을 가능성이 많아졌기 때문이다.

홍천/횡성지구 전투

이렇게 삼마치 고개를 중심으로 공방을 계속한다. 중공군은 더 이상 물러날 곳이 없다는 투로 연일 갈수록 저항이 거세어진다. 중공군은 더 이상의 진지 돌파를 허락하지 않고 오히려 역공을 시도하여 국군의 피해가 발생하기도 한다. 전투가 소강상태에 이르렀을 때 중대장이 전하는 정보에 의하면 적이 지금 동쪽에서 한국군 5사단과 미 제2사단을 공격하여 전투가 크게 벌어지고 있고 연합군이 밀리고 있는 중이라고 한다.

중공군이 이곳에서는 수성만 하는 이유를 알 것 같았고 조만간 공격할 가능성이 있다는 것을 어렴풋이 짐작할 수 있었다. 중공군은 홍천의 관문인 이 고개의 중요성을 인식하고 병력을 계속 증강하는 중이었다.

이러한 상황에서 리지웨이 사령관은 국군 3사단을 8사단과 5사단 중앙에 투입하여 8사단이 싸우는 오음산 우 측방에 투입한다. 국군 제8사단은 이번 작전의 최대 난관인 삼마치 고개를 돌파하기 위해 작전을 계획하고 수행한다. 2월 9일 아침부터 항공공격을 요청하여 공중공격을 시작으로 총공격을 감행한다.

P-51 무스탕과 F-4U 헬케어 항공기가 근접지원 작전을 수행한다. 미군은 단발 전투기인 F-4U 헬케어 40대를 각기 수원과 대구에서 출격시키어 삼마치를 중심으로 중공군에게 폭격을 가한다. F-4U 헬케어는 최대 2,450마력의 단발 엔진으로 최대 속도는 746킬로미터, 항속거리는 1,600여 킬로미터이며 무장은 주익에 중기관총 6문, 20밀리 기관포 2문, 5인치 항공기용 고속로켓 8발, 250~907킬로그램의 폭탄을 최대 3발 장착하여 지상의 중공군 진영을 폭격한다.

한국 공군 또한 P-51 무스탕을 대구에서 발진시키어 지상군을 지원한다. P-51도 최대 시속 700여 킬로미터, 무장도 주익에 브라우닝 12.7밀리 M2 중기관총을 장착하고 폭탄은 2,000파운드(907킬로그램)까지 탑재가 가능하다. 이들 대지 공격기들은 지상의 관제요원과 무전기로 통화하고 그들의 유도를 받아 폭격의 정확도를 기한다. 공군에서는 이들을 TACP (Tactical Air Control Party, 전술항공통제반)라고 하며 아군에 대한 오폭을 줄이고 적군에 대하여 정확한 폭격을 기하고자 만들어진 팀이다.

1948년 이후 전투기를 제공해달라는 한국 정부의 요청을 2년 넘게 묵살하던 미국도 막상 전쟁이 발발하자 입장을 바꾼다. 6월 25일 전쟁발발 직후 공군의 건의에 의하여 대통령이 미 극동사령관에게 전투기를 요청한다. 이에 미 극동사령관은 F-51 무스탕 전투기를 공군에 제공하겠다고 하였다. 공군참모총장은 6월 26일 전투기 도입을 위하여 여의도에 있던 T-6 연습기 조종사 10명을 선발한다.

그들은 수원비행장에서 바로 C-46 수송기를 타고 일본 규슈의 이타즈케(板付) 미군기지로 급파된다.

7월 1일이 되어서야 파견된 조종사 중 일부가 처음으로 비행훈련을 받을 수 있었다. 7월 2일 한 시간 정도의 비행훈련만 받은 후 F-51을 직접 몰고 곧바로 기수를 돌려 한국으로 향한다. 7월 2일 대구에 도착한 조종사들은 다음 날인 3일부터 곧바로 출격에 나선다.

P-51 무스탕

F-4U 헬케어

겨우 한 시간의 비행시간으로 폭격임무를 수행하는 것은 불가능한 일이었지만 정신력으로 임무를 수행한다. 이후 항공기와 무장을 더 지원받은 공군은 전란 중 단독으로 후방차단작전과 근접지원작전을 수행하여 중공군과 북괴지상군을 꼼짝 못하게 묶어놓는다. 또한 소련조종사가 주도하는 북괴공군의 전투기를 수없이 격추시키는 혁혁한 전공을 세우게 된다.

한 시간여 공군의 공격이 집중된다. 공군의 폭격이 끝나자 이번에는 105밀리 곡사포를 중심으로 한 연합군의 포병이 집중사격을 가한다. 포병 사격이 끝나고 북쪽에서는 44번(6번) 도로와 남쪽에서는 5번 도로를 따라 전차가 중공군의 진지에 접근하여 포격한다. 중공군의 저항도 공중공격과 포병 사격이 있을 동안에는 잠잠하더니 포격이 멈추고 미군의 전차가 접근하니 대전차포와 기관총 그리고 곡사포로 응사한다. 공중공격과 포병의 사격이 있었지만 적은 완전히 무력화 되지 않았다.

그들은 며칠 전부터 땅굴을 파서 공중폭격과 지상포의 공격을 피할 수 있도록 하고 진지에 배속된 전투요원도 사상자가 나면 즉시 후송하고 부족한 전투요원을 바로 보충하였다.

벙커 안. 숨어서 사격 중인 중공군

277

미군의 전차가 계곡의 도로로 접근하니 중공군이 대전차포를 쏘아 명중시켜 미군 전차 두 대의 무한궤도가 파괴되어 움직일 수 없게 되었다. 연이어 뒤따라가던 보병에 대하여 기관총을 난사하여 여러 명의 사상자가 발생하였다.

천영화 하사가 속해 있는 대대는 5부 능선에서 삼마치 고개로 접근하였다. 중공군은 며칠 사이 병력을 증가시키어 용문산 부근의 지평리까지 거의 30킬로미터 전면에 3개 집단군(12개 사단: 20만 명)을 집중 배치하여 방어를 수행하고 공격준비를 하고 있었다. 워낙 많은 수의 적이 수성하고 아군이 공격하면 대응하니 적을 격멸할 특별한 전술이 있을 수가 없다.

연합군은 항공지원하에 보병, 전차, 포병의 협조공격을 10일까지 계속 수행하였으나 돌파하는 데 실패한다. 천영화는 중일전쟁에서 중국군이 벌인 지연전 그리고 게릴라전을 떠올린다. 그렇게 지루한 공방 속에 3일이 지나간다. 국군의 사상자도 많이 나오기 시작한다. 사상자는 의무병에 의하여 즉시 횡성으로, 그리고 중환자는 원주로 후송된다.

2월 10일은 아침부터 구름이 끼더니 오후에는 눈발이 굵어지기 시작하여 2월 11일 아침에는 수북이 쌓여 주변을 구분하기 어려울 정도가 된다. 하지만 새벽까지 간간히 내리던 눈은 아침이 되니 그치기 시작하고 눈을 뿌린 구름은 서서히 물러가기 시작한다.

오늘은 결판을 내야겠다는 각오 아래 전 장병이 일제히 공격을 감행한다. 그러나 공격을 할수록 국군의 피해만 더 나올 뿐 좀처럼 중공군의 진지를 무너트릴 수가 없다. 나무숲 사이에 잘 위장된 적진지에서는 기관총탄이 난무하며 쏟아지고 계곡 아래 탱크도 적의 강력한 대전차포로 인하여 주춤하지 않을 수 없다.

오늘도 공중공격을 감행하였지만 중공군에 치명적이지는 못하다. 그들은 두더지처럼 미리 파놓은 굴을 이용하여 잘도 숨어서 폭격을 피한다. 하루 종일 공격하였지만 피차 상호간에 전·사상자만 생기고 전선은 고착된다. 밤이 되자 초승달이 간간이 지나가는 구름을 피하여 죽도록 열심히 싸우라고 인간들의 세상을 어렴풋이 밝혀주고 있다.

병사들 모두 낮에 싸우느라 지친 상태에서 휴식을 생각하고 있는데 이것을 알기나 하듯이 중공군이 진지 가까이 몰려와 공격한다. 모든 병사들은 대응 사격하였고 휴식이란 꿈은 일시에 깨져버린다. 중공군은 어느 시간에는 줄기차게 끊임없이 밀려오고 어느 때는 간헐적으로 몰려와 뜸하기도 하다. 그렇게 싸우기를 몇 시간 동안 이전투구식 전투를 벌인다. 주로 소총 사격을 하며 공격하던 중공군이 이번에는 징과 꽹과리를 치고 나발과 피리를 불며 벌떼처럼 몰려온다. 중공군의 전형적인 밀어붙이기식 인해전술 공격이 시작된 것이다.

8사단 전 전선에 걸쳐서 중공군의 공격이 전격적으로 이루어진다. 이에 따라 라운드 업 작전을 수행하여 홍천을 점령하려던 작전은 실패로 돌아간다. 거꾸로 중공·북괴 연합군의 남하공격에 한국군 8사단이 수세에 몰리기 시작한다.

천영화 하사는 소대장, 소대원들과 함께 5부 능선의 경사지고 바위가 있는 곳을 선택하여 방어한다. 중공군이 몰려와 소대원들이 총을 쏘고 수류탄을 던져 물리쳐도 하나가 쓰러지면 또 그 뒤에서 끝없이 밀려온다. 이제 쏠 총알까지 떨어지기 시작하여 소대원 중에 하나가 소리친다.

"총알이 다 떨어졌다. 빨리 총알을 날라줘라. 총알을 속히 줘야 한다!"

그러나 그 소리는 메아리만 칠 뿐이다. 이미 중공군은 8사단 전 지역에 쇄도하여 8사단 병사와 육박전에 돌입한다.

천영화 하사가 진을 치고 있던 소대에도 중공군이 난입한다. 장병 모두가 일치단결하여 처음에 몰려온 중공군을 겨우 물리쳐내고 한숨을 몰아쉬고 있을 때 또다시 중공군이 몰려들어온다. 전투에서 돌격태세로 들어갈 때 사기를 북돋우기 위하여 북을 치고 나발을 불며 아우성치는 고각함성이 천지를 뒤흔드는 듯하다. 모두들 착검이 된 M-1 소총을 굳게 잡고 중공군이 진지에 뛰어 들어오면 찌르고 올려쳐서 적을 제압한다. 그러나 서너 명에서 대여섯 명 정도가 들어오면 그런 동작이 가능하지만 십여 명 이상 수십 명이 우르르 떼를 지어 한곳으로 몰려드니 어찌할 수 없이 당할 수밖에 없다.

천영화 하사는 난입한 중공군 수명을 찔러 굴복시키고 이어서 뛰어드는 한 명을 총검으로 복부를 찌른다. 검을 빼려는 순간 옆에서 달려드는 다른 중공군이 그를 찔러 들어온다. 천 하사는 상체를 뒤로 젖혀 피하면서 대검에 찔린 중공군을 발로 밀어내는 순간 적의 대검이 오른쪽 팔과 옆구리를 스치면서 깊은 상처를 내며 오른쪽 허벅지 안쪽에 깊이 박힌다. 천 하사의 입에서 순간 "억!" 하는 비명소리가 튀어나온다.

인해전술로 몰려오는 중공군

이때 옆에 있던 동료가 천 하사를 찌른 중공군에게 대검을 휘두르고 목을 치니 중공군이 쓰러진다. 천 하사가 오른쪽으로 완전히 떨어지지 않고 몸을 수그리고 있을 때 또 다른 중공군 한 명이 다가와 천 하사의 하체를 찔러 온다.

　천 하사는 있는 힘을 다하여 몸을 피하였지만 칼은 인정사정없이 천 하사 오른쪽 정강이뼈를 깊이 스치면서 종아리에 박혀 버리고 연이어 중공군은 방아쇠를 잡아당긴다.

　"빵" 하고 한 발의 총알이 그의 허벅다리에 연이어 박힌다. 천영화도 동시에 몸을 피하면서 총칼로 그를 찌른 중공군의 가슴을 찌른다. 칼이 몸에 박히자 중공군은 비명을 지르며 즉사하고 천영화도 총잡은 손에 힘이 빠지면서 동시에 온몸에 힘이 풀린다. 그러다가 좌측으로 1미터 정도 계단식으로 된 낮은 지역에 눈이 수북이 쌓여 있는 구덩이로 쓰러지면서 머리가 돌에 부딪치고 만다.

　그러고는 더 이상 움직일 수 없다. 이러는 사이에 여러 소대원들과 중공군 십여 명도 상호 백병전에 의하여 쓰러진다. 소대장은 더 이상 소대원을 죽일 수 없다고 판단하여 현 진지에서 후퇴하여 새로운 진형을 갖추려 한다. 중대장과 대대장도 이에 동의하여 약 2킬로미터 후방으로 물러나 전열을 가다듬고 탄약도 새롭게 보충하여 심기일전 방어망을 만든다.

　천영화는 의식이 한참 후 일시에 가물거리며 돌아온다. 그는 몸을 움직여보았다. 왼팔은 움직일 수 있었으나 오른팔이나 오른다리는 전혀 움직일 수 없었다. 왼발과 왼손을 이용하여 일어나려고 하였지만 전혀 움직여지지 않는다. 왼손으로 상처부위를 만져보았다. 총알을 맞고 칼이 박혔던 허벅다리에서 피가 계속 흘러나오고 있다.

지혈해야 하지만 어떻게 된 것인지 몸을 움직일 수가 없다. 그 사이 피는 꾸역꾸역 흘러나와 그의 약하여진 의식을 서서히 가져가고 있다.

순간 그는 살아야 한다고 생각하며 마지막 혼신의 힘을 기울여 왼손으로 속셔츠를 올려내어 이빨로 찢어 낸다. 그리고 피가 제일 많이 나는 곳이라 생각되는 상처부위에 대고 꾹 누르고 덮어둔다. 곧 심한 한기를 느낀다. 그는 왼손을 이용하여 주변의 눈을 퍼서 자신의 몸에 덮는다. 구덩이에 눈이 많이 쌓여서인지 눈을 퍼 올리는 데에는 힘들지 않다. 눈이불을 뒤집어 쓴 모양새가 된다.

어느 순간 그의 무의식 세계에 잠들어 있던 과거가 주마등처럼 스쳐지나가기 시작한다. 계모가 칼을 들고 자신을 쫓아와 어느 산간으로 도망을 친다. 중국군 비행기가 달아나고 있는 자신을 향하여 기관총을 난사한다.

그는 바위틈에 숨어서 있다가 비행기가 사라지자 수풀에서 나온다. 수풀을 나오니 큰 바다가 앞을 가로막고 있어 쪽배를 타고 건너 집에 가기로 하고 힘껏 노를 젓는다. 멀리서 비구름이 몰려오더니 그의 배를 뒤집어버렸고 그는 한없이 물속으로 잠긴다. 물속에 잠기니 걸어갈 수 있는 암흑 길이 나타난다. 그는 어딘지도 모르고 그 길을 따라 끝없이 계속 걸어간다.

어느새 초승달은 사라지고 날이 밝기 시작한다. 날이 밝아오자 중공군의 공세도 잠잠해지기 시작한다. 대대장은 각 대대별로 인원파악을 하도록 한다. 병사의 40퍼센트가 보이지 않는다. 대대장은 모든 장병들에게 이미 지급된 주먹밥을 먹고 다시 진격하도록 명령을 내린다. 이날 아침도 날이 무척이나 춥다. 눈 속을 오랜 시간 돌아다녀서 그런지 가죽으로 된 군화가 젖고 얼어붙어 마치 쇳덩이를 달고 다니는 듯하고 발이 엄청 시려온다. 방한복과 장갑을 끼고 있어도 손가락은 이미 감각이 없어진 지 오래되었다.

병사들은 재충전한 후에 어제의 전투지역으로 다시 진격한다. 곳곳에 중공군의 시체와 행방이 묘연하였던 국군의 사체 상당수가 차디찬 눈 위에 너부러져 있다. 천 하사가 소속된 소대장과 소대원들은 백병전을 벌였던 곳으로 다시 올라가본다. 소대원 11명이 대부분 피범벅이 되어 죽어 있었고 천영화 하사도 쓰러져 얼굴과 다리 밑 부분만 드러내고 눈 속에 묻혀 있는 것을 발견한다.

그가 쓰러져 있는 곳은 바람에 눈이 날려 수북이 쌓인 곳이다. 그리고 그가 왼손을 이용하여 눈을 자기 몸의 일부를 덮은 것을 본다. 그의 몸에 올려 있는 눈을 치우니 허벅다리에 그의 셔츠 조각이 상처부위에 올려져 있어 지혈이 된 것을 확인할 수 있었다. 선임하사가 천 하사의 코에 대고 확인하니 아직도 숨은 쉬고 있다.

즉시 진맥하니 미약하나마 심장이 뛰고 있어 위생병으로 하여금 상처부위를 확인하고 임시 구호조치와 후송을 지시한다. 천 하사는 피를 많이 흘려서 의식이 없는 상태였고 그가 쓰러져 누워 있던 주변에는 흘린 피가 흥건히 고이고 엉긴 채 얼어붙어 있다.

저녁 무렵이 되자 중공군이 또 다시 몰려와 공격하기 시작한다. 8사단 장병은 어제처럼 용감히 싸웠지만 중공군의 더욱 치열해진 인해전술 공격에 오늘은 견딜 수 없을 것 같다. 어제에 이어 또 다시 육박전이 벌어진다. 병력이 이미 30~40퍼센트 감소된 8사단은 전 지역에서 몰리기 시작한다.

마침내 대대장은 현 전선에서 후퇴해야 한다고 연대장에게 보고한다. 연대장은 후퇴명령을 즉시 내리지 않고 사단장의 결심을 받아야 하니 잠시 기다리라고 한다. 사단장은 각 연대장의 상황보고와 철수건의를 받아들여 마침내 현 전선에서 5킬로미터 후방인 창봉리와 성지봉으로 철수하도록 명령을 내린다. 그러나 이 철수명령은 너무나 늦었다.

6개 사단 10만 명이나 되는 중공군은 한 개 사단을 향하여 돌진하였다. 바로 인해전술이다. 중공군이 최초로 전선을 넘을 때에는 징과 꽹과리 그리고 북을 두드리고 피리를 불면서 소총을 쏘아대며 몰려온다. 국군 8사단은 후퇴한 뒤에 저지(低地) 진지를 급히 만들어 이들의 공격을 막아내려 했으나 죽이고 죽여도 계속 밀려드는 중공군으로 인하여 결국은 무너지고 만다.

이리하여 국군 제8사단은 막대한 손실을 입고 원주방면으로 철수하게 된다. 이때 18킬로미터에 달하는 전선에 전개되어 있던 국군 제8사단의 병력은 각개 행동으로 중공군의 포위망을 뚫고 탈출해야만 했다.

계곡에서 눈에 빠지며 공격하는 8사단 병사들

한편, 리지웨이 사령관은 중공군의 대병력이 8사단을 무너뜨린 뒤 횡성으로 밀려들자 이를 포위하기 위해 원주에 있던 미7사단과 187공수연대 그리고 전차부대를 횡성에서 맞받아 나가게 하여 그들의 예봉을 저지한다. 그리고 원주 서쪽 문막에 국군 6사단과 영국군 27여단, 그 북서쪽 지평리에는 미2사단을 급파하여 일익 포위태세로 적을 공격한다.

이 전투가 지평리 전투이다. 지평리 전투에서 프랑스군과 한국군의 혼성 부대가 중공군의 공격을 잘 막아내어 전쟁의 양상이 달라지기 시작한다. 고군분투한 국군 제8사단은 원주 남쪽의 주천리로 물러나 일단 부대를 수습한 다음 다시 대구로 이동하여 재편성을 실시한 후 후방의 공비토벌작전에 임한다. 이 횡성 전투에서 중공군은 3~4만 명의 손실을 내고 2월 공세는 실패한다.

반면에 8사단도 약 7,000명의 병력과 막대한 장비의 손실을 내고 주포리에 집결하여 재편성한다. 2월 13일 낙오병 수집선이 설치되고 알몬드 장군이 사단을 제천 서쪽 주포리에 군단 예비대로 이동시킨 후 부대인원과 정비를 점검하였다.

확인 결과 전사했거나 행방불명된 장교의 수는 323명이며 그중에는 10연대장과 그의 참모 전원, 16연대의 부연대장, 7명의 대대장 그리고 30명의 중대장이 포함되고 7,465명의 희생자를 냈다. 그리고 수많은 야포, 대전차포, 차량, 통신장비, 박격포 등이 손실을 입었다. 미끼사단이었던 8사단의 병사 태반이 치명상을 입거나 죽었다.

개나리의 꿈

    천영화는 원주로 후송되어 즉시 혈액을 보충한다. 다행히 의식은 회복되었으나 상처 부위가 썩어 들어가고 있다. 야전병원의 군의관은 천영화가 살아나려면 오른쪽 다리를 절단해야 한다고 한다. 그리고 지금 이곳에서 수술은 불가능하니 통합병원에 후송된 후 수행해야 한다고 한다. 때마침 8사단 전체가 대구로 철수하여 재편성해야 하므로 천영화는 중앙선 군용열차를 타고 대구통합병원에 입원한다.

    천영화가 통합병원에 입원하자 미군 군의관과 한국 군의관 둘이 그의 부상당한 부위의 상태를 확인한다. 천 하사는 자신의 발을 절단하여야 한다는 원주 야전병원 군의관의 말이 내내 뇌리에서 사라지지 않는다. 그동안 마음속으로 끙끙 앓으며 여러 가지로 고민하고 이곳까지 왔다. 그는 매우 궁금하여 군의관에게 물어본다.

    "군의관님, 이 상처가 매우 위중하여 제 다리를 절단해야 한다고 하는데 정말 그렇게 해야만 되나요?"

    한국군 군의관은 대답을 유보하고 미군 군의관과 몇 가지 이야기를 주고받더니 심각한 표정을 지으며 말한다.

"예. 지금 상태는 상당히 위중합니다. 칼 독이 뼈까지 들어가 있고 근육의 상처부위가 이미 썩어 들어가서 근육을 들어내 봐야 결과를 알 수 있어 지금 판단하기는 어렵습니다. 그러나 저희들은 다리를 자르지 않고 최선을 다하여 치료할 터이니 너무 걱정하시지 않아도 되겠습니다."

천영화는 길게 한숨을 내쉬었고 희망을 가진다. 곧 바로 수술에 들어간 천영화는 깊은 수면에 빠져 들어간다. 그의 모든 과거가 몇 번이나 스크린이 지나가듯 돌려지는 가운데 수술은 성공적으로 끝이 난다. 군의관은 다리를 자르지 않도록 최선을 다하여 수술하였다.

이제 도려낸 썩은 부위에 살집만 다시 차고 상처가 아물면 될 것이라고 한다. 천영화는 자신의 발을 자르지 않고 수술해준 군의관과 간호원에게 고마움을 표한다. 발 절단에 대한 걱정이 사라지고 회복하기 위하여 병상에 누워 있으니 이제는 별의별 생각이 다 밀려온다.

제일 먼저 어머니와 동생의 안부다. 1.4후퇴 이야기를 들었는데 과연 어머니와 동생은 서울을 나와서 어디라도 피란은 갔는지, 갔다면 어디로 갔는지, 그리고 3월 16일에 서울이 재수복 되었다는 소식을 들었는데 과연 다시 집에 돌아갔는지, 모든 것이 궁금하다.

작년에 서울이 점령되고 미처 피란을 못가서 한번 호되게 당하였던 서울시민들은 1.4후퇴 당시 모두 피란을 갔지만 천영화 어머니와 동생은 가지 않았다. 재수복되는 그날까지 피란을 떠나지 못 하였거나 아예 떠나지 않으려는 사람들에게 북한 공산당은 처음 점령하였을 때처럼 행패를 부릴 수도 없었다.

북괴군이나 인민위원들이 서울에 다시 진주하였지만 폐허가 된 서울 시내는 텅텅 비었고 사람이 살지 않는 이곳에서는 아무런 일도 할 수 없었기 때문이다.

그러니까 마치 북극이나 남극의 극지방 혹은 사막을 점령한 것이나 같은 무용지물 상태였던 것이다.

천영화는 수술 후 의식을 회복하자 자신이 전투 중 부상을 입어 수술을 성공적으로 받고 입원하여 있다는 소식을 편지로 써서 집으로 보낸다. 아직까지 답장이 오지 않으니 집 소식이 더욱 궁금하다. 또한 그는 할아버지와 아버지의 생사가 몹시 염려스러웠다. 이 전쟁이 끝나면 꼭 북으로 올라가 그분들을 찾아보리라고 다짐한다.

어머니 말씀대로 만약 그분들이 어떤 사고를 당하였거나 혹은 병사나 자연사를 하였더라도 자식의 도리로서 꼭 무덤이라도 찾아내 술 한 잔 올리고 그분들이 어떤 연고로 그리 되었는지 알아내고 싶었다. 사실 해방 후에 그분들을 찾으러 북한 온성에 가보려 하였지만 호구지책이 문제되어 틈을 내기가 어려웠다. 차일피일 미루다 정부수립이 된 이후에는 아예 북한으로 들어갈 수도 없는 상황이 되어버린다. 그리고 그는 조부와 부친이 북한 공산당과의 관계를 어떻게 정립하였는지도 알고 싶었다.

그는 또한 중국에서 헤어진 탈영자 네 명에 대한 생사여부와 그들이 지금 살아 있다면 무엇을 하고 있을까 역시 궁금하였다. 과연 그들이 일본군의 마수를 벗어나 무사히 그들이 의도하는 곳으로 잘 갔을까? 특히 사투리를 쓰고 개성이 강하였던 조영호와 김장진의 모습이 떠오른다. 그리고 여러 전우들의 생사와 최근에 만나게 된 김기열과 배정욱은 어떻게 됐을지 몹시 궁금하다.

9.28수복 후에 그들을 찾아가보았지만 두 사람은 신적 없이 사라져버렸다. 당시에 천영화도 그들이 서울에 남아서 정상적인 생활을 할 수 없으리라고 생각하였다. 인민재판의 과정과 결과를 지켜본 그는 직감했다.

천영화는 가만히 누워서 생각해보니 그동안 먹고사느라고 지금 벌어지고 있는 전쟁에 관해서 생각하지 못한 여러 가지 의문점이 떠오른다.

우선 이 전쟁의 정체가 무엇인지, 그들은 왜 무엇을 위하여 우리 남한을 공격하였는지, 공산주의가 대관절 무엇인데 자기들이 생각하는 이데올로기 테두리에 모든 사람을 옭아매려 하는지, 남북이 통합되는 길이 그렇게 무력밖에 없었는지, 그리고 지난번 자신과 싸웠던 인해전술을 벌인 중공군은 또 무엇이고 그들은 왜 이곳까지 와서 수없이 죽어가고 있는 것인지, 등의 역학관계를 그로서는 도통 알 수 없었다. 그러니까 곰곰이 생각해보면 지금 상황은 형제끼리, 가족끼리, 서로 죽이고 헐뜯고 혈전을 벌이는 골육상잔의 질곡에 갇혀 있는 것이다.

한 집안에서 분란이 일어났으니 그 집안이 잘될 리가 없는 것은 자명한 일이다. 그리고 6.25사변이 일어나기 전 몇 년 동안 북진통일을 할 수 있다던 현 정부는 북괴가 저렇게 강력한 군대를 기르고 남침을 할 동안에 무엇을 하고 있었는지 이해가 되지 않는다. 위정자들은 해방 후 5년을 공론만 일삼고 진정 필요한 실사구시의 정신이 턱 없이 부족했다고 나름대로 평가도 해본다. 물론 여기에는 점령군 미국의 책임도 상당수 배제할 수 없다.

이와 같은 여러 가지 현실에 대하여 논의하고 불평불만도 하고 싶지만 주변에 그럴 만한 사람도 없고 자신의 몸도 좋지 않은 상태에서 여러 가지 일들을 생각하면 회복에 좋지 않을까봐 모두 잊어버리고 다른 좋은 일만 생각하기로 한다.

왜냐하면 어느 날부터 그는 좋은 꿈 즉 화서지몽이 아니라 악몽을 꾸었기 때문이다. 이곳에 입원한 후로 손에 흠뻑 땀이 배는 빈도가 더 늘었다. 만주에서 중국으로 부대배속을 받아갈 때 중국군 유격대가 그가 탄 기차를 공격하여 수십 명의 젊은 친구가 즉사하거나 피투성이가 된 것을 보았고, 일본군이 중국인을 직접 사살하는 장면을 보았으며, 미군의 공격에 일본군함이 침몰되어 탈출하고는 바닷물 속에서 뜨거운 기름 불길에 화상을 입었던 이후로 악몽을 자주 꾸기 시작하였다.

그런데 최근에는 자다가 큰소리를 친다든가 깜짝 놀라서 일어나는 악몽을 이틀이 멀다하고 꾸게 되니 스스로 정신적 안정의 필요성을 느끼고 있었다.

어느 날 그는 병실 침대에 앉아 포크 겸용 숟가락으로 밥을 먹으면서 무심코 숟가락을 보다가 문득 의구심을 가졌다. 숟가락 넓은 부분에는 「U.S.A.」라고 쓰여 있었는데 뒤집어보니 자그마한 글씨로 「Made in Japan」이라고 표기되어 있는 것을 본 것이다.

그는 "어허 이 숟가락을 일본에서 만들었네!" 하며 병실 주변의 여러 주요 물품들을 살펴보았다. 링거 등 주변에 있는 대부분의 제품이 일본에서 만들어졌고 심지어는 자신이 짚고 있는 목발도 일본제였다.

천영화는 그것이 단지 일본이 가까워서 즉 지형적인 이유로 그렇게 된 것이라고만 생각하고 넘어갔다. 그러나 이러한 상황은 반도인 수천만 명의 가슴을 다시 한 번 찢어 놓고 미래의 불행한 씨앗을 키우는 결과가 된다는 사실을 아무도 예견하지 못한다.

6.25사변이 일어나기 전 일본의 국내 상황은 일반 국민이 살아가기에 퍽이나 어려운 암흑기였다. 일본 왕의 무조건 항복 후 5년이 지났지만 사회는 공황에 빠져 들었으며 모든 분야에서 황폐화가 진행되고 있었다.

미국은 일본이 항복하기 이전에 동경과 기타 여러 주요도시를 폭격하여 산업시설과 군수품 생산을 위해 사용했던 생산설비 상당부분을 파괴하였다. 특히 나가사키와 히로시마의 원폭 공격은 일본 국민을 피폐시키고 정상적인 삶을 영위할 수 없는 지경으로 만들었다.

일본을 점령한 연합군은 점령기간 중에 일본을 다시 일으키기 위하여 농지개혁, 재벌 해체, 노동3법의 성립, 독점금지법의 제정과 같은 미국식 자본주의 시스템과 조세제도를 도입하여 시행하였다.

하지만 경제는 결코 나아지지는 않고 생활필수품과 만성적인 식량부족으로 극심한 인플레이션만 가져왔다. 곧 경제가 파산 지경에 이르러 극심한 경제 불황을 겪게 되었다. 길거리마다 실업자는 넘쳐나고 일자리 없이 방황하는 노숙자가 장사진을 쳤다.

설상가상으로 연합군은 전후 배상의 일환으로 중국을 비롯한 4개국은 배를 동원하여 일본의 공장에 남아 있는 금속기계 등 설비기계를 자국으로 반출해버렸다. 이것은 일본의 전쟁 수행 능력중 무기 생산 능력을 제거해 버리기 위한 초기 조치의 일환이었다.

그런데 이 조치는 일본의 기계 산업을 완전히 없애 버리는 수준은 아니었고 기본적인 수준은 남겨 놓은 상태였다.

한편 미국은 일본 경제를 살리기 위하여 디트로이트 은행대표인 닷지를 일본에 파견하여 '닷지 라인(DODGE LINE)'이라는 특단의 경제 살리기 조치를 시행하였다. 이 제도는 강력한 경제 안정 정책을 추진하기 위한 민간 금융 중심의 새로운 제도였다.

제2차 세계대전이 끝나고 동서냉전이 심화되자 1947년 초 미국은 일본을 부흥시켜 일본의 경제력이나 군사력을 이용하려는 방향으로 미국의 전략을 수정하게 되었다. 이때부터 미국의 대일정책이 변경되기 시작하였고 전쟁배상의 완화에 대한 검토가 본격화되었다.

하지만 닷지 라인의 시행으로 경제는 별로 나아지지 않고 오히려 역풍이 불어 공공부문과 정부의 보조금에 의존하고 있던 민간기업에 심각한 타격과 불황을 가져오게 되었다.

이 여파로 대대적인 기업정리와 중소기업의 도산, 대량해고로 인한 실업자 증대, 노사 간의 대립이 심각하게 되었다. 당시 도요타 같은 일본 유수의 여러 자동차 회사는 수요의 격감과 자금난의 이중 타격으로 천여 개의 협력회사가 도산되기도 하였다.

이외에도 많은 분야에서 노동자들이 해고자가 되어 길거리로 내몰렸고, 이곳저곳에서 노동쟁의가 발생하여 사회의 혼란이 가중되었다.

한편, 한국동란 직전 한반도 주변에서 큰 두 가지 사건이 발생하여 한반도에 깊은 영향을 주게 된다.

첫 번째 사건은 장개석의 국민군이 국공내전에서 패하여 대만으로 쫓기어 간 것이다. 1946년 일본군이 항복하자 국민당은 미국의 원조 하에 군사력을 증강하여 중국공산당과의 제3차 국공합작을 거부하였다. 국공합작을 거부한 이유는 당시 장개석 군이 4대 1이라는 압도적 군사력을 보유함으로써 모택동과의 전쟁에서 승리할 수 있다는 생각에서였다.

모택동도 이에 맞서 굴하지 않고 강력한 응전으로 나가기로 하였다. 마침내 1946년 전면적인 내전으로 돌입하게 되었다. 이 전쟁을 국공내전이라 한다. 중공군은 각개 격파의 작전을 전개하면서 세력권 내에서 토지개혁을 추진하여 정치적, 군사적인 기반을 닦아 나가고 국민당을 고립시키는 전략, 전술을 시행하였다.

이에 반하여 국민당은 민중의 지지를 얻지 못하여 1947년 말부터는 국민당과 공산당의 세력관계가 역전되기 시작하고 중공군은 전 전선에 걸쳐 총반격을 개시하였다. 한마디로 공산당은 민중의 지지를 받았고 장개석 군은 지지를 얻지 못하여 많은 장개석 군의 심복 장수들이 모택동에게 항복하고 돌아서버렸다. 마침내 중공은 국민정부를 대만으로 몰아내고 1949년 10월 1일 베이징 천안문 광장에서 중화인민공화국 수립을 선포하였다.

이렇듯 공산화가 된 중공의 등장으로 미국은 세 가지의 정책을 수정하여야 할 필요성이 대두되었다. 먼저 공산국가를 견제하려던 목적의 애치슨라인이다. 한국을 포함시키지 않고 일본 위쪽으로만 그은 이 애치슨라인 정책을 근본적으로 수정하여야 하였다. 그리고 공산주의가 팽창하는 저지선이 일본에서 한반도가 되어야 한다는 새로운 완충지대의 필요성, 마지막으로 공산주의 팽창에 맞설 미국을 대신할 강력한 아시아 지역 대리국가의 필요성이었다.

그리하여 미국은 아시아에서 자국을 대신할 대리국가로 일본을 설정하였다. 그리고 2차 대전 후에 허덕이고 있는 일본을 경제적으로 중흥하고 군사적으로 강국을 만들기 위하여 여러 정책을 시행하기에 이른 것이다.

두 번째로 큰 사건은 1949년 9월 소련이 핵실험에 성공한 것이다. 소련은 영국의 핵폭탄 제조 정보를 입수하고자 이중스파이를 잠입시켰다. 또한 미국에도 요원을 침투시켜 핵개발 계획에 관련된 정보를 수집해 핵개발을 시작하여 마침내 1949년에 핵실험에 성공하였다.

소련의 핵 개발 성공에 당황한 미국은 1950년 초반에 일본을 소련과 공산주의에 대항하는 전초기지로 만들 것을 생각하고 일본의 전쟁 배상에 관한 내용을 대폭 수정하였다. 일본의 재기를 위하여 미국은 일본에 대하여 아주 관대한 전후배상처리를 하기로 방침을 세우고 샌프란시스코 조약(대일 평화조약=전후 배상 조약: 1951.9.8.)을 체결하여 면죄부를 주었다.

이때 대한민국은 샌프란시스코 조약의 전후 배상국가에서 아예 제외되어버려 한 푼도 받지 못할 상황에 처하게 된다.

일본의 강력한 반대로 대한민국은 회의조차 참석을 하지 못하고 독도에 관한 영유권도 가지지 못하게 되었다.

약삭빠른 일본은 독도를 한국 측 영토에 포함시키려는 미국의 조약 전문 초안에서 제외시키고 대한민국을 전승국에서도 빼버리도록 미국에 요구하였고 미국은 일본의 손을 들어 주었다.

바로 이즈음 일본이 패전 이후 경제뿐만 아니라 모든 분야에서 빈사 상태에 빠져 있을 때 1950년 6월 25일 일본 열도에 기적이 일어났다. 바로 이웃이자 자신들의 만만한 식민지였던 한국에서 전쟁이 발발한 것이다. 그것도 중공이나 소련이 직접 침략한 것이 아니고 그들의 꼭두각시인 김일성을 내세워 자기들끼리 자중지란이 일어나 이전투구를 하고 있는 것이다.

한국 전쟁이 발발하자 미국은 초기에 일부 잔류하였던 미군 고문단을 일본으로 철수하여 완전히 한반도에서 손을 빼려는 정책을 검토하기도 하였다. 그러나 위에서 살펴본 여러 가지 요인 즉 애치슨라인의 후퇴와 완충지대의 필요성 등으로 인하여 미국은 불가불 한국전쟁에 관여하게 되었다.

미국은 개전 초 일본에 주둔하였던 미군을 오산전투에 투입하고 이후에 부산과 포항을 통하여 후속 전력을 투입하여 겨우 낙동강 전선을 지켜내고 있었다. 그동안 미군의 항공기는 일본에서 발진하여 북괴군을 공격하기 시작하였고, 요코스카 항 등 일본의 주요 항만에 주둔한 미군 함정도 출동하여 북괴군을 공격하기 시작하였다.

미군은 거의 모든 군수품을 일본에서 주문을 하여 사용하기 시작하였다. 미군은 모든 군수품 즉, 무기, 폭탄, 차량, 수리 부속품 그리고 통조림 등 각종 음식, 군복, 군화, 내의, 의료품, 삐라 등등 수많은 필요물품을 주문하였으며 심지어 얼음까지도 일본에서 갖다 사용하였다.

이러한 전쟁 특수로 도산 직전에 있었던 수많은 회사들이 회생하기 시작하였다. 일본 왕을 비롯한 위정자들은 즐거운 비명을 질러댔다. "오오 나의 구세주 조선이여! 감사합니다. 고맙습니다. 아리가또 고자이마쓰 조센징."

일본 내 모든 공장이 다시 돌아가고 실직하거나 퇴직한 노동자가 산업현장에 다시 돌아왔다. 일본은 그렇게 중흥되었다. 이렇게 벌어들인 돈으로 전쟁패전국으로서 배상금을 다 갚고 새로운 출발을 하게 되었다. 그리고 2차 대전 기간 중에 쌓아놓은 기술과 미국의 새로운 공업기술을 습득하여 활용하면서 비약적인 발전을 하게 되어 모든 분야에서 세계최고의 기술력을 가진 공업국가가 되어버렸다.

남북한이 서로 머리통이 터지게 싸울 때 일본은 방휼지쟁 즉 어부지리를 한 것이다. 아직도 남북한이 첨예하게 대립하고 있는 이 순간에도 그들은 웃고 있다. 그 웃음은 두 가지의 웃음이 겹쳐져 있을 것이다. 비웃음과 함박웃음이다.

한국전쟁이 한창일 때 맺어진 1951년 샌프란시스코 강화조약에서 전범국 일본이 주빈으로 초대되었음에도 남한은 옵서버 자격에 불과했다.

일본의 식민지가 된 후 어느 나라보다도 치열한 대일 항전을 하였고 임시정부까지 갖추고 조직적인 저항을 계속했음에도 김구 주석의 예견대로 남한은 샌프란시스코 강화조약의 서명 당사자가 되지 못하였으며 온전한 주권 국가로 인정받지 못했다.

더구나 1953년 한국전쟁이 끝날 무렵부터 일본은 노골적으로 독도에 대한 권리를 주장하기에 이르렀고 지금도 그 연장선상에 있다.

이러하듯 제3의 일제침략이 시작되게 만든 빌미 제공은 다른 국가도 사람도 아닌 바로 우리들 자신이었다. 작금의 상황은 조선 말기의 상황과 다를 바가 없다. 국제 정세도 변함이 없고 오히려 중국이라는 강력한 세력이 청나라를 대신하고 있다. 한반도의 내분은 최고조에 달하여 남북은 진흙탕 싸움을 끝없이 벌이고 있다. 세계 최강의 일본 군사력을 막아낼 힘이 아직 우리에게 없다. 그런데 그들의 제3의 침략은 이미 시작되었다.

최근에는 자국의 군사력을 한반도에 파견할 수 있는 합법화를 시도하고 있다. 강한 국가가 이웃하여 있을 때 약한 국가는 끊임없는 괴롭힘을 당하는 것이 역사적 진실이다. 그 이웃이 지금 너무나 강하다.

더구나 우리들 스스로 일본을 강한 국가로 만들어 주고 있다. 일본 상품을 스스럼없이 사주어 그 돈으로 그들은 이미 재무장을 완료해버렸고 새로운 전쟁을 수행할 능력을 이미 갖추어버렸다. 그런데 자칭 지도자라는 사람들은 자신의 안위만 생각하지 새로운 제국주의 탄생에 대해서는 모르쇠로 일관하고 있다.

위정자나 국민들이 경각심을 가지지 않는다면 또다시 구한말의 을사오적처럼 적극적 협력자가 나올 공산이 크고 뼈아픈 과거의 역사가 되풀이 될 가능성도 농후하다.

3월 하순 천영화는 침상에서 일어나 목발을 짚고 걸음 연습을 시작한다. 천영화는 이날까지 일어나지 못하고 침대에 앉아서 목발만 만지작거리며 다리 힘을 길러야 한다는 의사와 간호원의 조언에 발을 힘주어 보고 흔들며 운동해본다.

천영화가 부상당한 지 두 달이 된 4월 중순 토요일에 동생이 면회를 왔다고 간호원이 면회준비를 하라고 한다. 천영화는 이 먼 곳까지 면회를 오다니 정말로 눈물 나도록 동생 혜순이가 고마웠다. 그는 오늘은 기어코 목발에 의지하지 않고 내 힘으로 걸어나가 동생을 보고야말리라 생각한다.

왼발로 짚고 오른발을 내딛는다. 된다. 비록 힘은 들지만 두 달 만에 자기 힘으로 절룩거리며 걸을 수 있었다.

이것을 본 간호원이 그렇게 걷는 것도 좋지만 더 힘이 생길 때까지 목발에 조금씩 의지하여 걷는 것이 좋겠다고 한다. 혼자 목발 없이 걷다가 혹시 다리에 힘이 없을 때 겹질리거나 근육이 없는 뼈에 무리가 가 골절이 될 수 있다고 조언한다. 그리하여 오늘 면회는 목발을 짚고 나가기로 한다.

그가 면회소에 들어가니 동생이 의자에서 일어나 반갑게 맞이한다. 천영화는 동생의 두 손을 꼭 부여잡고 말한다.

"혜순아, 먼 길을 오느라 정말 고생하였다."

"어머, 오빠 목발을 짚고 있네!"

혜순이는 오빠의 오른쪽 다리를 살펴본다.

"그래. 그쪽 다리를 수술해서 그런 거야. 이제 새살 돋고 아물면 괜찮아질 거야."

그래도 혜순이는 이번에는 오빠의 바지 오른쪽을 올려본다.

잘 안올려지자 천영화가 의자에 앉으면서 무릎까지 올려서 보여준다. 흉터가 심하게 나있고 아직 살이 완전히 돋지 않아 다리 형체가 정상적이지 않다.

그런데 천영화가 혜순이만 보고 인사하다가 동생 뒤에 마포에서 자주 만났던 소녀가 서있는 것을 발견한다. 천만 뜻밖이고 반가워 인사한다.

"어! 태임이가 왔구나. 어떻게 여길 왔어? 혜순이하고 어떻게 알게 되었어? 여하튼 먼 길을 오다니 정말 고마워!"

"오빠 안녕, 많이 다쳤다고 해서 걱정했어요."

그는 태임 학생의 손도 잡아준다. 알고 보니 동네에 있는 같은 교회에서 혜순이와 태임이는 알게 되었고 그 뒤에 친하게 되었단다. 혜순이와 대화하면서 자주 만났던 아저씨가 그녀의 오빠인 것을 알게 된다. 그리고 오빠가 전투 중에 큰 부상을 입어 대구에 입원중이라는 것을 전해 듣는다. 혜순이가 혼자 가는 것이 무섭고 쓸쓸하니 같이 가자고 하여 기차를 타고 동행한 것이다.

천영화는 그녀가 정말 반갑고 고마웠다. 그는 고마움에 그녀의 손을 잡고 흔들었으며 그녀는 만면에 웃음을 띠고 인사를 받았지만 서로 마주잡은 손바닥에는 긴장을 하였는지 땀이 배어난다. 천영화는 그녀의 손에서 따스함과 정겨움이 묻어나는 것을 느낄 수 있었다.

그들은 가져온 음식을 같이 나누어 먹은 뒤 병원 앞 정원에 나가 포근해진 봄바람과 햇살을 맞아보기로 한다.

초봄이라서 햇볕이 따스하게 내려쬐는 양지쪽 잔디는 어느새 푸름을 더하고 있다. 그리고 정원 울타리에 노란 개나리가 가득 피어 주변을 화사하게 밝혀주고 있다.

세 사람은 노란 개나리 꽃송이를 만져보고 얼굴에 가져다대며 향기를 맡아본다. 따스한 봄바람이 문득 스쳐 지나가자 개나리꽃이 일제히 춤을 춘다. 개나리 꽃송이는 천영화가 쾌유될 것을 알고나 있는 듯 봄바람에 한들한들 특유의 향취를 내뿜고 춤추며 축하하고 있다. (천영화 하사 (실명), 군번: 0229776, 소녀 이름은 나태임, 두 사람은 후에 부부인연을 맺었다.)

-전 4권 끝-

지은이 송기준

공군사관학교 졸업
전투기 조종사
전투비행 대대장
합동참모본부/공군본부 근무
대한항공 근무
현재 에어부산항공사 근무
에어버스 기장
시인, 수필가
문학지 『윌더니스』 (현)운영위원장

검은 개나리 4

초판 1쇄 발행일 2016년 3월 25일

지은이 송기준
발행인 이성모
발행처 도서출판 동인
주 소 서울시 종로구 혜화로3길 5, 118호
등 록 제1-1599호
TEL (02) 765-7145 / FAX (02) 765-7165
E-mail dongin60@chol.com
I S B N 978-89-5506-708-8
정 가 16,000원